Bianca Magens

Weil ich dich noch immer liebe

Über das Buch

Eine Frau, die in London einen Neuanfang wagt. Ein Mann, der alles zu haben scheint und dessen Leben dennoch von heute auf morgen auf den Kopf gestellt wird. Und eine Liebe, die zeigt, dass alles möglich ist.

Maggie und Adam verbindet nichts, außer dem Bewerbungsgespräch, das sie führen. Sie ist unsicher und schüchtern, er selbstbewusst und steht mit beiden Beinen fest im scheinbar perfekten Leben. Doch schon bald wird klar, dass ihre Leben fester ineinander verwoben sind, als sie geahnt haben – und dass dem Schicksal egal ist, woher du kommst oder wer du bist.

Bianca Magens

Weil ich dich noch immer liebe

Roman

Bibliographische Information der Deutschen Nationalbibliothek: Bibliografische Information der Deutschen Nationalbibliothek: Die Deutsche Nationalbibliothek verzeichnet diese Publikation in der Deutschen Nationalbibliografie; detaillierte bibliografische Daten sind im Internet über dnb.dnb.de abrufbar.

© 2018 Bianca Magens
Weißdornweg 27, 61118 Bad Vilbel

bianca.magens@gmx.de
Instagram: bianca.magens.autorin

Herstellung und Verlag: BoD – Books on Demand, Norderstedt
Covergestaltung © Katharina Rupp

ISBN: 9783748168782

Inhalt

Teil eins

Kapitel eins

"Weil du noch immer das schönste Lächeln hast"

Maggie

Ein letzter Blick auf meine Armbanduhr. 9.29 Uhr, eine Minute zu früh. Ich öffne langsam und vorsichtig die Eingangstür der Bar. Ein leicht drückender, aber keinesfalls muffiger Geruch schlägt mir entgegen und zeugt davon, dass diese Tür heute noch nicht länger als wenige Sekunden offen gestanden hat. Als ich eintrete, umhüllt mich leise Hip-Hop Musik. Die Bässe wummern trotz der geringen Lautstärke unter meiner Haut und vermischen sich mit meinem aufgeregten Herzschlag.

Mit vorsichtigen Schritten gehe ich in die Mitte des Raumes. Zögernd, abwartend. Nervös.

Gemütliche vielfarbige Sessel umrunden niedrige Mosaik-Tische. Es ist trotz der vielen Lampen, die an den Wänden ringsherum angebracht sind und die sich brüderlich mit denen verbinden, die an der Außenfassade angebracht sind, relativ dunkel. Eine lange und ähnlich diffus beleuchtete Theke schlängelt sich gegenüber von mir an der Wand entlang, dahinter mehrere Regalbretter, auf denen Flaschen in allen erdenklichen Formen und Farben stehen. An den Unterseiten der Bretter leuchten schmale LED-Lampen und spiegeln sich vielfach in den bauchigen Glasflaschen ringsherum. Ordentlich reihen sich Gläser an einer Seite der Theke auf. Große, kleine oder solche mit Griff. Wenn ich nur bei einem Bruchteil davon wüsste, wofür sie gebraucht werden, dann könnte ich mich bereits als Experte einstufen. Da ich aber von Alkohol kaum eine Ahnung habe, kehren die Zweifel schnell zurück. Vielleicht war es doch keine so gute Idee, sich in einer Bar zu bewerben.

Den Gedanken, wie es dazu kam, würde ich nur zu gern verdrängen, aber ich kann es nicht. Noch an dem Abend, an dem mein Vater es mit seinen Ansprüchen, ich solle wie er endlich in die Politik gehen, übertrieben hatte, habe ich mich bei meinem Onkel Brian gemeldet. Dass dieser nach monatelanger Funkstille so schnell einwilligt, mich bei sich aufzunehmen, habe ich genauso wenig erwartet wie die Reaktion meiner Eltern. Denn während mein Vater überhaupt nichts von meinem fluchtartigen Verschwinden mitbekommen hat, weil irgendein Treffen wieder wichtiger war als seine Tochter, hat meine Mutter bloß still geweint und mich ziehen lassen.

Das war vor rund zwei Monaten und seitdem habe ich nicht nur die weite Strecke zwischen meinem amerikanischen Heimatdorf nahe Cleveland und London hinter mich gebracht, sondern vor allem nichts mehr von meinen Eltern gehört. Es ist nicht so, dass ich sie nicht vermissen würde. Und es ist auch nicht so, dass ich alleine und mit diesen plötzlichen Pflichten und der Verantwortung, die ein Leben auf eigenen Beinen birgt, sonderlich gut klarkommen würde. Ich war schon immer eher der Mensch, dem feste Bestandteile in seinem Leben wichtig waren. Fremden Menschen kann ich meistens nur langsam vertrauen, neuen Situationen stehe ich grundsätzlich skeptisch gegenüber. Dass viele Menschen mich auf den ersten Blick als unsicher beschreiben würden, spiegelt nur zu gut das wieder, was tatsächlich in meinem Inneren herrscht. Es ist nicht so, als würde ich nicht versuchen, immer und überall einen kompetenten Eindruck machen zu wollen. Doch sobald eine Situation, die ich nicht kenne oder die ich im schlimmsten Fall nicht einmal grob einschätzen kann, auf mich zukommt, schrillen bei mir jegliche Alarmglocken. Und dann fehlt meist nur noch ein schiefer Blick in scheinbar alltäglichen Situationen und ich bin so verunsichert, dass ich beinahe vergesse zu atmen.

Nun stehe ich hier und will mich in einer Bar bewerben, von der ich aus dem Internet weiß, wie angesagt sie sein muss und die ich entdeckt habe, weil ich, mit Google Maps und dem GPS Signal meines Handys ausgerüstet, wie ein Tourist alle beliebten Bars im Umkreis von fünfzehn Kilometern im Internet durchsucht habe. Bei rund einem Dutzend habe ich angerufen und gefragt, ob sie eine Aushilfe gebrauchen können, bei elf davon gab es lediglich eine unfreundliche Absage. Weil ich meine Ersparnisse aber nicht weiter ausschöpfen will, obwohl ich noch einige Wochen damit über die Runden käme, stehe ich nun in der einzigen Bar, die mich nicht sofort abgewiesen hat.

Außer beim Rasenmähen bei unserem ehemaligen Nachbarn Mr Dash habe ich mich noch nie daran versucht, eigenes Geld zu verdienen, weil es bei dem guten Einkommen und einem mehr als großzügigen Taschengeld meines Dads einfach nicht nötig war. Vielleicht hat er damit zu kompensieren versucht, dass er im Grunde nie da war. Heute verfluche ich ihn sogar für seine Großzügigkeit.

Jetzt stehe ich hier, verunsichert und alleine, schäme mich für meine unreife Idee. Vermutlich ist es besser, sofort den Rücktritt zu planen, bevor mich überhaupt jemand gesehen hat. Es gibt sicherlich auch andere Orte, an denen man als junge Frau Geld verdienen kann. Vielleicht frage ich bei McDonalds nach, da wird doch immer jemand gebraucht, oder etwa nicht? Mein Entschluss steht fest, ich drehe mich um, will die Bar gerade verlassen. Doch anstatt wieder hinaus auf die Straße zu treten und der Situation zu entfliehen, blicke ich direkt auf eine Männerbrust in schwarzem Sweatshirt. Ich stoße einen spitzen

Schrei aus und hüpfe mit wenig Eleganz einen halben Meter nach hinten.

So viel dann wohl zum Thema Souveränität in fremden Situationen.

"Oh, Entschuldigung, ich wollte dich nicht erschrecken."

Ich höre die Worte, bin mir ihrer Bedeutung im ersten Augenblick allerdings nicht bewusst. Als ich meinen Kopf etwas hebe, um den Ursprung der Worte wahrzunehmen und sie dadurch vielleicht besser verstehen zu können, erkenne ich, dass zu der Stimme ein schief lächelndes Gesicht mit dunklem, dichten Bart und glitzernden haselnussbraunen Augen gehört. Der Mann ist auf den ersten Blick älter als ich, aber es könnte auch der Bart sein, der diesen Eindruck erweckt.

"… normalerweise so, dass in meiner Bar nicht einfach mitten am Tag fremde Frauen herumstehen."

Hat er etwas gesagt? *Oh Gott.*

Ich habe zu lange gestarrt. Röte schießt mir übers Gesicht bis in die Ohrläppchen und ich merke, dass mich der Mann fragend mustert. Das Lächeln auf seinen Lippen ist nicht verschwunden, es ist jedoch schwächer geworden. Und – wenn mich nicht alles täuscht – noch ein bisschen schiefer.

Maggie, du musst antworten!

Meine Gedanken drehen sich im Kreis. Dabei bleiben sie leider ziemlich oft an diesem wirklich sehr gut aussehenden Äußeren hängen, was nicht gerade förderlich ist. Was mein Inneres Ich mir versucht mitzuteilen, ist mir natürlich bewusst. Es ist nur so, dass ich nicht weiß, was ich sagen soll. Auf ein Vorstellungsgespräch hätte ich zwar vorbereitet sein sollen, aber erst kamen meine Selbstzweifel mir in die Quere. Und dann ein hübscher Mann, der mich aus dem kleinen bisschen Konzept, das ich hatte, gebracht hat. Ob dieses Aussehen zu der Stimme passt, mit der ich telefoniert habe? Von meiner Vorstellung her hätte ich ihn völlig anders beschrieben, aber es wäre nicht das erste Mal, dass mir ebendiese Vorstellung einen Streich gespielt hat. Nicht, dass mich seine breiten Schultern und die Tatsache, dass er mich um ein gutes Stück überragt, stören würden.

"Alles okay?", fragt der Mann und hebt eine Augenbraue, um seine Worte zu unterstreichen. Diese leicht buschigen Augenbrauen, die von einem genauso tiefen Schwarz sind wie sein Bart und das Shirt, das er trägt. Ich bringe ein zögerliches Nicken zustande. Das scheint ihn fürs Erste zu besänftigen, denn das Lächeln kehrt auf seine Lippen zurück. Etwas verspätet nehme ich wahr, dass er mir seine Hand entgegenstreckt.

"Ich bin Adam, mir gehört die Bar hier. Also, naja, eigentlich meinem Bruder und mir, aber er ist selten da." Sein Lachen erfüllt den Raum. "Wenn du mir jetzt noch deinen Namen verrätst, dann könnte das mit unserer kleinen Vorstellungsrunde etwas werden."

"Ähm ja. Maggie. Hallo."

Meine Stimme ist kaum mehr als ein Flüstern. Seine Ansage hätte ich bei jedem anderen als provokant aufgefasst, aber das spielerische Lächeln in seinem Gesicht nimmt jede Schärfe aus seinen Worten.

"Maggie also." Seine Augen blitzen. "Freut mich, dich kennenzulernen."

Adam

Das Erste, was mir an ihr auffällt, ist ihre Unsicherheit. Und ich habe das Gefühl, dass ich sie ein wenig überrumpelt habe. Ich stelle mir die Frage, wie sie es überhaupt geschafft hat, in den Laden zu kommen, obwohl er lange noch nicht geöffnet hat. Am wahrscheinlichsten ist es, dass einer der Mitarbeiter gestern Abend vergessen hat, die Eingangstür zuzusperren. Das passiert häufiger, als es sollte, aber für gewöhnlich steht am nächsten Morgen keine fremde Frau mitten im Raum. Für später nehme ich mir vor, einen Blick auf den Dienstplan zu werfen. Immerhin könnte es keine junge Frau, sondern ein Einbrecher sein, der mich hier überrascht. Aus nahe liegenden Gründen ist mir eine hübsche Frau lieber.

"Wenn du zum Reden bereit bist, dann erkläre mir doch bitte, warum du hier so verloren stehst, Maggie."

Die Szene amüsiert mich und ich merke, wie sie ein wenig zusammenzuckt, als ich ihren Namen am Satzende betone, ihn extra ein wenig langsamer ausspreche als den Rest. Sie merkt es sofort. Ihr Blick wandert rasch nach unten und sie mustert verunsichert den orientalisch anmutenden Teppichboden. Dann räuspert sie sich und gibt den ersten vollständigen Satz seit unserer Bekanntschaft von sich.

"Ich bin wegen des Jobs hier. Aber ich bin mir nicht sicher, ob –"

"Wegen des Jobs?", unterbreche ich sie harscher, als ich sollte. Das erste Mal verrutscht mein Lächeln und ich merke zu spät, dass nun ich derjenige bin, der sie anstarrt. Welcher Job? Neben meinem Bruder und mir gibt es drei Mitarbeiter, und das reicht völlig aus, um den Laden am Laufen zu halten.

Maggies herzförmiges Gesicht nimmt erneut eine rötliche Farbe an, als sich unsere Blicke treffen. Dann schüttelt sie leicht den Kopf und ihre an den Seiten herabhängenden

Haarsträhnen wippen hin und her. Das natürliche Braun ihrer Haare spielt auf eine beeindruckende Weise mit ihren grünen Augen zusammen. Sie hat dickes Haar, das zwar gepflegt, aber natürlich gekräuselt und damit etwas wirr aussieht. Sie macht nicht den Eindruck auf mich, als wäre sie ein Püppchen, dem alles daran liegt, ein gutes Auftreten zu haben und bewundert zu werden, aber dennoch ist sie sehr stilsicher. So, als ob sie sich Gedanken um ihr Äußeres macht, ohne diese Angewohnheit dabei zu sehr auszuleben. Die gedeckten Farben ihrer modernen Kleidung passen gut zueinander. Ihre leicht schimmernden Lippen verziehen sich bei ihren nächsten Worten unglücklich nach unten.

"Das muss alles ein großes Missverständnis sein. Es tut mir leid, ich wollte hier nicht einfach reinplatzen. Ich dachte, ich hätte ein Vorstellungsgespräch, aber wenn Sie der Chef sind und mich nicht erwarten, dann muss es mein Fehler sein. Danke trotzdem."

Ein zaghaftes Lächeln erscheint auf ihrem Gesicht, das sowohl entschuldigend als auch niedergeschlagen wirkt. Mir entgeht nicht, dass sie den Fehler sofort bei sich selbst sucht, obwohl es auch ein Missverständnis meinerseits sein könnte. Meine harsche Unterbrechung hat allerdings sicher nicht dazu beigetragen, dass sie sich besser fühlt.

Sie wendet sich von mir ab und bewegt sich Richtung Ausgangstür. Ich weiß tatsächlich nichts von einem Plan, eine neue Mitarbeiterin einzustellen. Es konnte nur mein Bruder dahinterstecken. Sofort meldet sich Ärger in mir. Das kann nicht sein Ernst sein, mich einfach ohne Vorwarnung in eine solche Situation zu verfrachten.

Und so schnell mich der Ärger über diesen Alleingang, den er sich erlaubt, überkommt, schleicht sich beim Gedanken an meinen Bruder auch ein anderes, mir nur allzu vertrautes

Gefühl an. Es wäre besser, wenn diese Frau genauso schnell aus meinem Leben verschwände, wie sie hereingeschneit kam. Sie wäre in meinem Leben nur ein weiterer Faktor, der es nötig macht, aufzupassen. Wenn ich sie tatsächlich einstellen würde, dann müsste ich jeden ihrer Schritte begleiten. Und müsste versuchen, sie von meinem Bruder fernzuhalten. So lange es irgendwie geht.

Ich hätte niemals so nett sein dürfen. Und dennoch ist mir beinahe schmerzlich bewusst, dass sie für diese Lage genauso wenig verantwortlich ist wie ich.

Noch bevor sie die Tür erreicht hatte, hielt ich sie auf. "Du sollst Du zu mir sagen." Ihre Augenbrauen wandern verwundert in die Höhe, als sie abrupt stehen bleibt und sich erneut zu mir wendet. So, wie sie dort steht, erinnert sie mich an ein ängstliches Reh im Licht zweier Autoscheinwerfer.

"Und ich denke, wir finden eine Lösung für unser kleines Problem."

Maggie

Die Sessel sind mindestens genauso bequem, wie sie aussehen. Während ich es mir in einer Ecke der Bar gemütlich gemacht habe, versuche ich ein weiteres Mal vergebens, meine Nervosität in den Griff zu bekommen.

Das lief alles so gar nicht nach Plan und den ersehnten Neustart hatte ich mir definitiv anders vorgestellt. Immerhin scheint Adam nett zu sein, obwohl er mir auf den ersten Blick ein wenig Respekt eingeflößt hat. Das hier ist sein Revier und ich habe das Gefühl ein Eindringling zu sein. Obwohl er mir angeboten hat, mich zu setzen und anscheinend das Gefühl eines Vorstellungsgesprächs aufrechterhalten will.

Als ich ihm auf Nachfrage erzählt habe, dass ein Mann namens Nick meinen mehr oder minder verzweifelten Anruf entgegengenommen und mir erzählt hat, dass er mich gerne persönlich kennenlernen möchte, da hat er plötzlich angefangen zu lachen.

"Das ist so typisch, Nick will immer alle hübschen Frauen persönlich kennenlernen." Ich erkenne, dass seine Worte nicht ganz ernst gemeint sind. Sein amüsierter Tonfall macht jedenfalls diesen Eindruck.

Ich bin mir nicht sicher, ob ich mich dafür bei ihm bedanken sollte, oder ob ich mich nur lächerlich gemacht hätte. Hat er damit gemeint, dass er mich hübsch findet? Oder waren das nur eine Handvoll saloppe Worte? Zumal dieser Nick durch ein Telefonat wohl kaum in der Lage sein kann, über mein Aussehen zu urteilen. Abgesehen davon würde ich nicht gerne irgendwo arbeiten, wo man mir bloß des Aussehens wegen eine Chance gegeben hat.

Adam weiß ganz sicher, wie er mit Frauen reden muss, damit sie darauf anspringen und damit er bekommt, was er will, aber gleichzeitig macht er nicht den Eindruck als würde er ein Frauenheld sein.

Als ob man das so einfach erkennen kann, rüge ich mich selbst. Zwar behaupte ich von mir selbst immer wieder gerne, eine gute Menschenkenntnis zu haben. Aber ich weiß, wie oft der Schein trügen kann.

Adam steht hinter dem Tresen an einer überdimensionalen Kaffeemaschine, wie man sie aus italienischen Cafés kennt und die mindestens so viel kostet wie ein gebrauchter Kleinwagen. Nun, da ich Adam aus einiger Entfernung betrachten kann, merke ich, wie breit und muskulös seine Schultern sind, ohne dass man das Gefühl haben würde, neben ihm unterzugehen. Er bewegt sich bewusst und irgendwie geschmeidig, nicht etwa ungelenk oder grob, wie es so viele große Männer gerne tun. Neben dem schwarzen Sweater trägt er eine olivgrüne Hose und dunkelgraue Turnschuhe. Um sein Armgelenk windet sich eine teuer aussehende Uhr, die mich dazu veranlasst, den Ärmel meines hellgrünen Pullovers über meine eigene, mittlerweile etwas abgewetzte Uhr zu ziehen. Sie war ein Geschenk meiner besten Freundin Courtney zu meinem achtzehnten Geburtstag und ich weiß, dass sie teuer war. Aber viel wichtiger ist der ideelle Wert, den keine andere Luxusuhr, die mein Vater mir im Laufe der letzten Jahre geschenkt hat, mit sich bringt. Vielleicht ist es diese persönliche Note, die das unscheinbar aussehende Schmuckstück an meinem Handgelenk zu etwas macht, was ich vor Adam verstecken möchte. Als könnte ich damit ein Stück zu viel von mir zeigen. Wie idiotisch, dass manche Dinge im Leben eine solche Wucht für einen selbst haben, dass man das Gefühl hat, durch sie hindurch könnte jeder andere sofort in die eigene Seele blicken.

Die Selbstverständlichkeit, mit der Adam sich bewegt, macht mir nur einmal mehr bewusst, dass ich hier fehl am Platz bin, und die Nervosität, die wie eine Schaukel in meinem Magen hin und her schwingt, lässt mich den Blick von Adams männlichem Rücken wenden.

Sei einfach du selbst!

Es dauert nicht lange, da sehe ich im Augenwinkel, dass Adam sich auf den freien Sessel neben meinem setzt. Die beiden Espressotassen, von denen ein verführerischer Duft emporsteigt, stehen in der Mitte des Tisches, auf dem bereits ein randvoller Zuckerstreuer auf seinen Einsatz wartet.

Adam atmet tief ein. "Also, Maggie, nimm mir meinen kleinen Ausbruch vorhin bitte nicht übel. Ich habe nicht damit gerechnet, dass mein Bruder sich eigenständig um neue Mitarbeiter kümmert."

"Dein Bruder? Nick?", frage ich verwirrt.

Kurz kann ich den Ausdruck in seinem Gesicht überhaupt nicht lesen, ehe er erwidert: "Ja, ich dachte, das wüsstest du?"

Woher, bitteschön, soll ich denn das wissen?

"Ähm nein. Wenn ich ehrlich bin nicht."

Ich gebe ein kurzes, unsicheres Lachen von mir. Bereits zum dritten Mal an diesem Vormittag senke ich den Blick, spüre, dass ich rot werde. Na klasse, wenn das so weitergeht, dann wird mein Gesicht nie wieder in der Lage sein, eine normale Farbe anzunehmen. Beinahe fürchte ich, er könnte genauso explodieren wie mein Vater, wenn ich etwas nicht weiß oder wenn ich mich blöd anstelle. Das ist natürlich Schwachsinn und das ist mir klar, aber ein angelerntes Verhalten kann man nur schwer wieder abstreifen, wenn es einem erst einmal in Fleisch und Blut übergegangen ist. Auch bei Dad habe ich irgendwann nur noch den Kopf eingezogen. Ich habe mir zwar jedes einzelne Wort zu Herzen genommen, aber ab einem bestimmten Zeitpunkt habe ich aufgehört, mich zu rechtfertigen. Auch wenn es für einen Außenstehenden kaum nachvollziehbar ist, habe ich auch in diesem Moment Angst, dass ich einen genervten Adam aushalten muss. Umso erstaunter bin ich über seine nächsten Worte.

"Seit wann wohnst du hier?"

Mit dieser Frage hätte ich nicht gerechnet. Ich dachte eher, Adam würde mich wenigstens belächeln, weil ich auf seine rhetorische Frage mit einem unwissenden Kommentar geantwortet habe, aber anscheinend hat er das Thema bereits abgehakt.

"Seit ungefähr zwei Monaten", entgegne ich und habe selbst bei dieser einfachen Frage mit nur einer passenden Antwort das Gefühl, dass ich etwas falsch mache.

"Gefällt es dir hier?"

Adam nimmt einen Schluck des dampfenden Gebräus und ich stelle amüsiert fest, dass die Espressotasse in seinen Händen aussieht wie Puppenspielzeug. Er umfasst mit einer Hand gleich die ganze Tasse, wahrscheinlich würde er nicht einmal seinen kleinen Finger in den Griff schieben können, ohne Schmerzen zu leiden.

"London ist eine schöne Stadt. Ich mag es hier, ja", antworte ich. "Bist du hier geboren?", stelle ich die Gegenfrage und traue mich damit auf ein etwas privateres Gebiet. Es interessiert mich wirklich, daher überwinde ich meine Unsicherheit. Außerdem sehe ich meine Chancen auf den Job immer weiter schwinden, wenn ich nicht langsam etwas vorsichtige Initiative ergreife. Ich fasse ebenfalls nach meinem Espresso, den ich wie gewohnt ohne Zucker trinke, was für die meisten Menschen einem Alptraum gleicht.

"Ich wohne schon immer hier und bin in London geboren, ja." Er zögert kurz, lächelt. "Aber ich reise gerne, wenn es die Zeit erlaubt. Du auch?"

Ich zucke leicht die Schultern. "Bisher bin ich nicht viel rumgekommen", gebe ich zu und taue langsam ein wenig auf. Unsere etwas stockende Unterhaltung bleibt zwar sehr oberflächlich und hat wenig gemein mit einem Vorstellungsgespräch, aber ich kann verstehen, dass Adam mich als erstes einmal grob kennenlernen will. Immerhin war er nicht derjenige, der mich eingeladen hat. Er weiß überhaupt nicht, an wem er mit mir ist. In mir baut sich der unangenehme Druck auf, dass ich unbedingt mehr als das sagen sollte, aber meinem gedankenschweren Kopf fällt nichts ein. Glücklicherweise versteht Adam sich gut darin, ein Gespräch aufrecht zu erhalten und spricht schon bald weiter.

"Was hast du vorher gemacht?" Sein Interesse ist genauso ehrlich wie meins.

Kurz wäge ich ab, ob ich ihm eine grobe Zusammenfassung meines Lebens gebe oder ob er danach gar nicht gefragt hat und ich ihm nur kleine Stückchen hinwerfen soll.

"Eigentlich komme ich aus den USA", fange ich daher etwas lahm an und sehe ihm dabei in die Augen, um seine Reaktion abzufangen. Wie bei den meisten Menschen sehe ich auch bei ihm, dass er kurz erstaunt ist, als könne er nicht glauben, dass man Amerika verlässt, wenn man dort doch alles hat. Ein Land mit so endlosen Möglichkeiten, in dem viele einzelne aber dennoch untergehen. Für mich ist es normal, aber auf fast jeden, mit dem ich über mein Geburtsland gesprochen habe, üben die Vereinigten Staaten von Amerika eine ungewöhnliche Faszination aus.

Als ich merke, dass Adam mich interessiert ansieht, fasse ich etwas Mut und erzähle mehr.

"Ich habe die High-School mit 18 beendet und habe am Cleveland Institute of Art studiert. Wirklich viel Zeit für große Reisen hatte ich also nicht, aber innerhalb Amerikas bin ich ein wenig rumgekommen. Als ich noch Schülerin war, sind meine Eltern ein paar Mal mit mir in Europa gewesen, aber ich war ehrlich gesagt zu jung, um da eine große Sache drin zu sehen.

Heute weiß ich, dass viele meiner Freunde niemals ihr Heimatland verlassen haben und es vermutlich auch nicht werden."

Adam nickt, als wisse er, von was ich rede. "Wenn man jung ist, denkt man immer, man hat die Welt vor den Füßen liegen", sagt er dann beinahe philosophisch, "und dann wird man älter und rauscht einfach an den Gelegenheiten vorbei, weil das Leben eben einfach weitergeht und ohne einen nur ziemlich selten auskommt."

Kurz herrscht Stille zwischen uns.

Ja, denke ich, er hat recht. Oder aber das Leben treibt einen fort, obwohl man es gar nicht will. Aber das sage ich ihm nicht.

Er hat sich leicht nach vorne gebeugt und die Ellenbogen auf den Knien abgestützt, was ihn ein bisschen nachdenklich wirken lässt, zeitgleich aber vor allem Interesse ausstrahlt.

"Warum bist du dann in London?", fragt er schließlich die entscheidende Frage, auf die ich eigentlich keine Antwort habe. Denn die Wahrheit möchte ich nicht preisgeben. Kurz überlege ich, wie ich aus der Situation entfliehen kann, ohne mich gleich jede Gelegenheit zu verbauen, aber alles, was ich zustande bringe, ist ein Schulterzucken. In die Augen sehen kann ich ihm nun nicht mehr, er würde vermutlich merken, dass ich nicht die Wahrheit sage.

"Es ... lief einfach alles ein bisschen anders, als erwartet", weiche ich aus. Adam legt seine Stirn skeptisch in Falten, dann setzt er sich wieder gerade hin.

"Eigentlich geht es mich auch nichts an, das hier sollte eigentlich so etwas wie ein Vorstellungsgespräch sein", schließt er das Thema ab. Ich hoffe, dass sein Verständnis nicht nur gespielt ist, aber ehrlich gesagt habe ich das Gefühl, dass ich mir mit meiner Verschlossenheit bereits alle Chancen auf einen Job verbaut habe. Dass ich mit 24 Jahren zwar ein abgeschlossenes Studium in der Fachrichtung Innendesign, aber keinerlei Berufserfahrung habe, ist nicht gerade etwas, womit man prahlen kann. Und dass ich obendrein auch noch aus für einen Fremden unerklärlichen Gründen so weit weg von zu Hause bin, ist noch viel schwieriger in einem Bewerbungsgespräch unterzubringen. Natürlich will ich liebend gerne irgendwann in dem Bereich arbeiten, den ich studiert habe, aber momentan erscheint mir dieser Weg einfach noch zu groß für die Situation, in der ich mich befinde.

Ich muss wirken wie eine unreife Frau, die nicht weiß, was sie eigentlich in ihrem Leben will. Und so fühle ich mich manchmal auch. Die Hoffnung, hier in London einen Weg für mich zu finden, ist zwar noch nicht zerplatzt, aber nach zwei Monaten, in denen sich nicht wirklich etwas gebessert hat, auch nicht gerade greifbarer geworden. Adam muss mein nachdenkliches Gesicht richtig gedeutet haben. "Ich wollte dich nicht verhören oder so", stellt er klar, aber es liegt eine Spur Verärgerung in seiner Stimme. Sofort habe ich das Gefühl, mich rechtfertigen zu müssen. "In meinem Job-Ratgeber stand aber nichts von Smalltalk. Das habe ich nicht geübt."

"Okay, eins zu null für dich", sagt Adam. Zum ersten Mal habe ich das Gefühl, das Richtige gesagt zu haben. Eine kurze Pause entsteht, in der ich es mir erlaube, aus den großen Fenstern der Bar hinaus auf die belebte Straße zu blicken. Zwei Tauben teilen sich ein Stück Waffel, das auf dem Boden liegt und auf dem gegenüberliegenden Bürgersteig streitet sich ein Pärchen wild gestikulierend. Tiere sind manchmal so viel einfacher als Menschen.

"Du hast einen Job-Ratgeber?"

Ich drehe schnell den Kopf zurück zu Adam und sehe, wie er eine Augenbraue gefährlich nahe an seinen Haaransatz geschoben hat. Dass jemand seine Augenbrauen so weit nach oben schnellen lassen kann, habe ich noch nie beobachtet und es übt eine lächerliche Faszination auf mich aus.

Ich schüttele mit einem winzigen Grinsen auf den Lippen den Kopf als Antwort auf seine Frage, von der ich sicher bin, dass er sie nur gestellt hat, um mich auf meinen Tagträumen zu holen. Er lacht leise, senkt dabei den Kopf und schließt die Augen für ein paar Sekunden.

Wie kann ein Mensch so viel Selbstbewusstsein ausstrahlen? Ist er sich dessen überhaupt bewusst? Ich befürchte, neben Adam kann man nur unsicher wirken, keine gute Voraussetzung also für mich. Nicht nur seine Erscheinung, auch die Art, wie er sich verhält, zeigt mir nichts als Sicherheit und dem völligen Wissen darüber, dass er mit jeder seiner Bewegungen ein kleines Statement setzen kann.

In einvernehmlichem Schweigen sitzen wir kurz zusammen. Mir fällt nichts ein, was ich unserem kleinen, nett gemeinten Schlagabtausch hinzufügen könnte, ich empfinde die kurze Stille nicht als störend. Trotzdem ermahne ich mich dazu, mit den Gedanken nicht wieder abzuschweifen. Ich will nicht, dass Adam denkt, ich wäre eine realitätsfremde Träumerin, die mit ihrem Kopf niemals dort ist, wo sie es sein sollte. Das hier ist immerhin ein Vorstellungsgespräch. Oder so etwas in der Art. Irgendwie.

Ein lautes Klingeln lässt mich zusammenfahren. Gerade so merke ich, dass Adam nur mit Mühe seinen Blick von mir abwendet und sich dem Handy widmet, das in seiner Hosentasche lautstark auf sich aufmerksam macht. Er murmelt eine Entschuldigung, ehe er sich erhebt und sich ein paar Schritte von mir entfernt, bis er nicht mehr in Hörweite ist. Plötzlich ist er weg, nur noch die leicht eingesunkene Polsterung des Stuhls zeigt, dass er eben noch hier gesessen hat.

Weil ich nicht weiß, was ich machen soll und mein Espresso bereits leer ist, krame ich in meiner Umhängetasche nach meinem eigenen Handy. Ich besitze es schon so lange, dass ich aufgehört habe, die Jahre zu zählen und ich weiß, dass das Modell schon gar nicht mehr auf dem Markt zu finden ist. Aber so lange es seinen Dienst tut, werde ich einen Teufel tun und Geld für ein neues Smartphone ausgeben. Und es ist eine stumme Rebellion gegen meine Eltern und ihren unbesiegbaren Drang, immer das Beste und Neueste zu besitzen.

Neben drei Werbemails, über die mich mein E-Mail-Anbieter informiert, entdecke ich eine Textnachricht von meiner besten Freundin Courtney, die es anscheinend besser schafft, ihre Familie stolz zu machen und noch in unserer Heimatstadt wohnt. Jedenfalls dann, wenn sie nicht von Nachwuchsdesignern in fremde Städte eingeladen wird, um Klamotten zur Schau zu stellen, die ich mir niemals kaufen würde.

Courtney: Sorry Liebes, hab es total verpeilt. Ich hasse Zeitumstellung. Ich hoffe, du hast Erfolg heute! Drücke alle Daumen! Ruf mich nachher an! xxx

Typisch Courtney, denke ich noch, bevor mir ein herber Duft in die Nase steigt, der definitiv nicht aus Richtung der Espressotassen kommt, und ich merke, dass Adam direkt vor mir steht. Hastig und peinlich berührt werfe ich das Handy zurück in die Tasche und sehe zu ihm auf. Er macht sich nicht die Mühe, sich hinzusetzen, als er zu sprechen anfängt. Auf seinem Gesicht liegen mehr Emotionen, als ich in dem kurzen Moment analysieren kann. Wut, Angst, Skepsis.

"Maggie, es tut mir leid. Ich muss los. Wir müssen das auf einem anderen Zeitpunkt verschieben. Nick hat ja deine Nummer, er meldet sich sicherlich bei dir." Dann stockt er kurz, scheint zu überlegen, ehe er in seine Hosentasche und nach seinem Portemonnaie greift. "Falls du noch Fragen hast", kommentiert er und wirft mir eine mattschwarze Visitenkarte mit seinem Namen auf den Tisch vor mir.

Mit diesen Worten dreht er sich um, steckt sowohl sein Handy als auch den Geldbeutel, den er bis zum Schluss verkrampft in der Hand gehalten hat, in die Hosentasche zurück und stapft davon. Während ich mir meine Jacke über den Arm werfe und ihm eilig hinterherlaufe, spüre ich, wie die Enttäuschung an mir nagt. Eine Blase voller Selbstmitleid platzt über mir.

Maggie

Ich würde nur zu gerne von mir behaupten, dass ich die Bar mit einem besseren Gefühl verlasse, als ich sie betreten habe, aber das wäre gelogen. Immer wieder muss ich mir selbst gut zureden, dass ich mein Bestes getan habe. Entgegen Adams Ankündigung rechne ich nicht damit, dass sich noch einmal einer der Brüder bei mir meldet. Wenn die ganze Sache nicht von Anfang an nur ein öder Scherz oder ein wackeliges Missverständnis gewesen ist ...

Obwohl ich froh darüber sein müsste, diesen Teil des Tages bereits überstanden zu haben, begleitet mich die Nervosität noch immer. Normalerweise kann mich kein Wässerchen mehr trüben, sobald ich endlich etwas gemeistert habe, wovor ich mich zuvor fürchtete, aber heute ist es nicht so. Vielleicht liegt es an Adams seltsamen Abgang, vielleicht ist es auch die Gewissheit, auf vollster Linie versagt zu haben.

Ich beschließe, dass ich dringend etwas brauche, das mich aufheitern kann. Auf meiner Liste ganz oben steht diesbezüglich immer Kaffee, aber in dem Fall hatte ich schon genug des heißen Gebräus und fürchte, dass mein Magen ähnlich zu rebellieren beginnt wie meine Gedanken, wenn ich nun noch mehr Nachschub liefern würde. Obwohl ich mir selbst eingestehen muss, dass nach Koffein in jeglicher Form erst einmal einige Leerzeilen auf meiner imaginären Glücklich-Mach-Liste auftauchen, zücke ich mein Handy und öffne Google Maps.

Schnell habe ich gefunden, was ich suche, und sehe auf der kleinen Entfernungsanzeige, dass der Weg zu meiner ganz persönlichen Ablenkung gar nicht so weit entfernt ist, wie ich befürchtet habe. Ich gehe durch die Straße, auf der ich Minuten zuvor noch die Tauben und das streitende Pärchen beobachtet habe. Alle Mitglieder dieser kuriosen Gesellschaft sind mittlerweile verschwunden und wahrscheinlich streiten die beiden noch immer, während die Tauben bereits einen anderen Ort gefunden haben, an dem sie liegengelassene Essensreste abstauben können.

Als ich vor gut zwei Monaten nach London gekommen bin, habe ich gedacht, mich hier niemals zurechtfinden zu können. Allein für das U-Bahn-Netz muss man studiert und für das Betreten der viel zu alt und unsicher aussehenden Bahnen eine abgeschlossene Angsttherapie hinter sich gelassen haben. Viel besser sind die obligatorischen Busse, am liebsten die, auf denen gerade der aktuelle Lieblingsfilm gepriesen wird. Ich erinnere mich lächelnd an eine Situation vor zehn Jahren, als ich in den Sommerferien das erste Mal mit meinen Eltern herkam, um meinen Onkel Brian zu besuchen. Brian wohnt und lebt schon in London, seit er volljährig ist. Seine vier Wände waren die erste Anlaufstelle, als ich hergekommen bin. Aufgelöst von meiner panischen Flucht aus dem Elternhaus habe ich bei ihm angerufen und stand wenig später vor seiner Tür. Er versprach mir, mich aufzunehmen, bis ich eine bessere Bleibe gefunden habe.

Damals bei unserem ersten Besuch wollten meine Mutter und ich unbedingt eine zweite Shopping-Tour einlegen, während mein Vater sich ein – wie er uns sagte – alkoholfreies Bier gönnte. Dass man in den meisten Fällen völlig gedemütigt aus einem Pub geschmissen wird, wenn man mitten in Großbritanniens Hauptstadt Bier ohne Alkohol bestellt, war uns beiden Frauen damals nicht klar, aber auch heute vermute ich, dass er uns damals nicht ganz die Wahrheit gesagt hat. Während meine Mom und ich also auf den Bus warteten, der uns in Richtung Innenstadt befördern sollte, sah ich das große Gesicht Edward Cullens auf mich zusteuern. Der Mann all meiner vierzehnjährigen Fantasien war dort so überlebensgroß kaum zu ignorieren – und prompt stiegen Mom und ich in den Bus, obwohl er überhaupt nicht in die richtige Richtung fuhr. Um für rund 20 Minuten knapp über den braun glänzenden Haaren des Vampirs zu sitzen war uns aber keine Tat zu schade.

Beim Gedanken an diese absurde Aktion muss ich unverhofft lachen und mir wird gleichzeitig schmerzlich bewusst, dass diese schönen Momente der Vergangenheit angehören. Einer Vergangenheit, die ich nicht mehr einholen kann, weil in der Zwischenzeit einfach zu viel geschehen ist.

Ich stelle mich zu einer Gruppe, die aussieht, als bestünde sie aus Touristen, und schaue unauffällig auf den Plan neben mir, um herauszufinden, welche Buslinie mich zu meinem Ziel führt. Bevor ich mich noch ein weiteres Mal vergewissern konnte, dass ich mich nicht verschaut habe, naht bereits das rote Ungetüm und ich lasse mich von den anderen Wartenden ins Innere des Busses treiben. In der Hoffnung, auch wirklich nichts falsch gemacht zu haben, suche ich mir einen Platz auf der oberen Busetage und setze mich ans Fenster.

Als hätte der Wettergott darauf gewartet, dass ich, die immer ihren Schirm vergisst, wenn sie das Haus verlässt, endlich ein Dach über dem Kopf hat, fängt es zu nieseln an. Ich überschlage schnell, wie viele Stationen es noch zu meinem Ziel sind, und schaue aus dem Fenster.

London ist eine schöne Stadt, die mir im Gegensatz zu der Kleinstadt in der Nähe von Cleveland, Ohio, aus der ich stamme, viel sauberer vorkommt. Die Menschen scheinen fröhlicher zu sein, weniger egoistisch. Vielleicht ist das aber auch nur eine Einbildung, wie man sie so häufig hat, wenn man etwas Neues kennenlernt.

Die Minuten im Bus verfliegen so schnell, wie die Straßen und Häuser, Busse und Autos draußen an mir vorüberziehen, und schon bald steige ich wieder aus. Vom Bus ausgespuckt muss ich feststellen, dass es noch immer leicht regnet, aber ich bin wettererprobt und die kleine Karte auf meinem Handy sagt mir außerdem, dass es bis zu dem kleinen Laden, der mein Ziel sein soll, nicht mehr weit ist. Glücklich über den Algorithmus, der mir alles vorrechnet, ohne dass ich mein eigenes logisches Denken überhaupt in Gang schalten muss, biege ich in meine Zielstraße ein. Kleine Läden reihen sich aneinander, einige Meter entfernt von mir öffnet eine Mutter mit Kinderwagen gerade eine breite Tür, die ein klischeehaftes Klingeln von sich gibt und aus der warme, nach Brot und Kuchen riechende Luft herausströmt, die mir deutlich bewusst macht, dass ich dringend ein Frühstück gebrauchen könnte. Die Anspannung, die sich langsam gelegt hat, hat viel Platz für einen kleinen Einkauf beim Bäcker gemacht, also betrete ich den Laden. Der Duft ist so intensiv, dass er mir ein breites Lächeln auf mein Gesicht zaubert.

Es ist voll in der Bäckerei, sodass ich einige Momente warten muss, bis ich an der Reihe bin und mir ein paar Scones kaufe, von denen ich einen bereits aus der Tüte gefischt und hineingebissen habe, ehe ich wieder auf der Straße bin. Nun habe ich mein eigentliches Ziel im Auge und als ich den Laden auf der gegenüberliegenden Seite betrete, breitet sich ein Lächeln auf meinem Gesicht aus.

Der Stoffladen, den ich über die einfache Google-Suche gefunden habe, ist viel schöner, als ich es erwartet hätte. Beinahe bis zur Decke reichende Regale drohen mich zu erschlagen. Links von mir fangen die langen, aufgerollten Stoffbahnen in weiß an, ziehen sich über beige und gelb, orangerot und lila, blau, grün und schließen ab mit grauen und schwarzen Mustern. Die Art der Stoffe ist gemischt, bereits auf den ersten Blick erkenne ich, dass es sich meistens um Baumwolle handelt, aber auch Jerseystoffe erblicke ich und besonders bei den hellen Farben gibt es viel Spitze. In den jeweils unteren Fächern ist Filzstoff in allen möglichen Dicken gelagert.

Ich nähe seit vielen Jahren und liebe mein Hobby. Durch mein Studium habe ich ständig mit Inneneinrichtung zu tun gehabt und mir Ideen geholt, die ich oft bereits am selben Tag umgesetzt habe. Schnell haben Gardinen, Decken und Kissen das Haus geschmückt und jeder aus der Familie, der einmal ein Kleidungsstück abändern lassen wollte, kam sofort zu mir.

Es ist vollkommen still in dem Geschäftsraum, beinahe so, als würden die Stoffbahnen jegliche Töne schlucken. Kurz verliere ich mich in dieser Ruhe und sehe mich neugierig um. Umso erstaunter bin ich, als ich plötzlich eine junge Frau, die schätzungsweise etwa mein Alter haben dürfte, auf der anderen Seite des Geschäfts entdecke. Sie ist unglaublich hübsch und bewegt sich zudem beinahe anmutig in meine Richtung.

"Um die Uhrzeit verliert sich sonst niemand in unseren Laden, am liebsten würde ich dich in den Arm nehmen", ruft sie, als sie auf mich zukommt. Ihre langen, schwarzen Haare, die sie locker zu einem Zopf gebunden hat, schwingen hin und her.

Ich weiß nicht, was ich sagen soll und lächele zaghaft.

"Ich bin Neela!", stellt sie sich schließlich vor und hält mir eine Hand hin, die ich daraufhin zögernd ergreife und ebenfalls meinen Namen murmele. Neela scheint indischer Herkunft zu sein und spricht mit ganz leichtem Akzent. Meine Unsicherheit wird schon zum zweiten Mal innerhalb weniger Stunden auf die Probe gestellt.

"Suchst du etwas Bestimmtes?", fragt sie dann. Ihr offenes, sympathisches Lächeln ist ansteckend.

Ich schüttele den Kopf. "Ich wollte mich bloß einmal umsehen."

In dem Moment spüre ich einen frischen Luftzug, der durch die Tür in den gut geheizten Laden strömt und zwei Dackel kommen hintereinander in den Verkaufsraum gestürmt. Die beiden braunen Hunde beachten mich kaum, sondern flitzen zwischen den Stoffbahnen hindurch, als würden sie sich hier bestens auskennen. Ich sehe aus dem Augenwinkel, wie Neela kurz aufseufzt, dann raunt sie mir etwas zu, das ich nicht verstehen kann, das sich aber auch nicht sehr glücklich anhört. Den beiden Dackeln folgt eine Frau mit silberner Dauerwelle und quietschroten Lippen. Bestürzt von so viel Klischee auf einem Haufen kann ich nicht anders und starre die Dame ungeniert an, die mir rasch zunickt und dann mit leicht erhobener Nase wieder von der Bildfläche verschwindet, indem sie hinter eines der Regale tritt. Als die kuriose Szene wieder vorüber ist, blicke ich wieder zu Neela, die sich das Lachen augenscheinlich stark verkneifen muss.

"Dein Gesichtsausdruck ist Gold wert", lacht sie dann und als sie sich wieder beruhigt hat, führt sie hinzu: "Du hast eben meine Chefin kennengelernt. Und ja, sie ist so, wie sie aussieht - ein wahrhaftiges Biest."

Die letzten Worte hat sie geflüstert. Ich bin schockiert, dass Neela so redet, obwohl die Frau noch nicht weit weg sein kann. Aber vermutlich hat Neela gute Gründe, so über ihre Chefin zu lästern. Ich würde mich nie trauen, so zu reden, wenn mich jemand hören könnte.

"Wenn du mich brauchst, dann ruf bitte nach mir. Die Arbeit kam gerade durch die Tür und wartet nur hinter der nächsten Ecke, um mich zu überfallen", sagt sie schließlich und klopft mir freundschaftlich auf die Schulter. Dann verschwindet sie ebenfalls und ich stehe alleine im Verkaufsraum.

Ich fühle mich unwohl, möchte den Laden aber nicht unverrichteter Dinge wieder verlassen. Neela ist eine Person, die man vom ersten Augenblick an mögen muss und von ihrem

Selbstbewusstsein könnte ich mir eine Scheibe abschneiden. Oder gleich zwei. Ihr würde danach noch immer mehr als genug davon übrigbleiben.

Mit langsamen Schritten laufe ich die Regale ab, berühre hier und da einen der Stoffe und in meinem Kopf sammeln sich bereits diverse Ideen, was ich damit anfangen könnte. Neue Kissenbezüge nehmen Gestalt an und Inspiration, wie ich langweilige, alte und abgetragene T-Shirts wieder auf Vordermann bringen könnte, kommt mir.

Bereits nach wenigen Minuten habe ich fünf verschiedene Stoffe auf den großen Tisch in der Mitte gelegt. Weil ich mich nicht traue, nach Neela zu rufen, stöbere ich noch einen Moment länger, komme aber schließlich nicht darum herum, die junge Verkäuferin zu mir zu holen. Sie erscheint mit einem ähnlich starken Grinsen, mit dem sie vor ein paar Wimpernschlägen verschwunden ist, fragt mich bei jedem Stoff, wie viele Meter ich benötige, und schneidet schließlich akkurate Stoffbahnen ab. Als ein kleiner Haufen aufgestapelt auf dem Tisch neben Neela liegt, füge ich noch eine große Stoffschere, die an einem drehbaren Regal hängt, und ein paar einfache schwarze Reißverschlüsse hinzu, außerdem eine Packung mit diversen Knöpfen in verschiedenen Farben und Größen.

Altmodisch rechnet Neela alle Produkte auf einem kleinen weißen Block zusammen und nennt mir am Ende eine Summe, von der ich glaube, dass sie viel zu niedrig ist. Mit meinem wenigen Gehalt und ohne Job in Aussicht bin ich jedoch froh, so günstig geblieben zu sein, gebe der Verkäuferin 50 Pfund und bitte sie, das wenige Wechselgeld, was ich bekommen würde, als Trinkgeld zu nehmen. Neela packt meine Sachen in eine bunt gemusterte Papiertüte und reicht sie mir. Zum Abschied nimmt sie ihre Hand zum Gruß salutierend an die

Stirn und lacht ein weiteres Mal, bevor ich glücklich den Laden verlasse und mich kühle Luft wieder empfängt.

Maggie

"Hallo!", rufe ich in die Wohnung hinein. Mit einem lauten
Poltern fällt die Haustür ins Schloss und der Schlüsselbund auf
einen der beiden kleinen Beistelltische neben der Eingangstür.
Einer davon dient seit meinem Einzug als Jackenhalter, der
andere weist beachtliche Kerben auf, weil ich mir ziemlich
schnell angewöhnt habe, meinen Schlüssel bei meiner Ankunft
darauf zu werfen. Brian hat es bisher entweder nicht bemerkt,
oder aber es war ihm einfach egal. An der Innenseite der
Wohnungstür klebt ein hastig geschriebener Zettel.

*Entschuldigung Süße, muss nochmal ins Büro, esse unterwegs. Es
liegt noch Lasagne im Kühlschrank. Die Nummer vom Lieferservice
kennst du auch. Ich weiß, du kommst klar.*
Kuss, Brian

Leise muss ich lachen. Das Zusammenleben mit meinem
Onkel ist so viel einfacher, als ich es mir vorgestellt habe. Es
fühlt sich beinahe so an, als wäre es schon ewig so, wie es jetzt
ist. Wir hatten keine Probleme, seit ich eingezogen bin. Wir
streiten uns nicht, wer als Erstes ins Bad darf oder wer neues
Toilettenpapier kaufen muss. Wir wechseln uns mit dem
Kochen ab. Oder aber wir werfen eine Münze, wer beim
Lieferdienst anrufen muss. Manchmal ist es mir peinlich, dass
der Italiener am anderen Ende der Leitung meinen Namen sagt,
noch bevor ich gemerkt habe, dass er abgehoben hat. In der
Küche steht ein Vorrat an Weinen, die der quirlige kleine Mann
vom Lieferdienst alle zwei Wochen in der Kiste liegen hat, in
der sich unsere bestellte Pizza befindet. Mit den Worten "eine
Dankeschön von Cheffe" drückt er uns dann die italienischen
Weinflaschen in die Arme und ist wieder verschwunden, bevor

wir uns bedanken können. Da mein Onkel Bierfreund ist und nur selten Wein trinkt und ich selbst weiß, dass es meinerseits bei einem Glas nicht bleibt, wenn die Flasche aus der Küche mir zuflüstert, dass offener Wein so lange nicht mehr haltbar ist, bleiben die Flaschen meist gleich ganz zu.

Meine Schritte tragen mich schnell in mein Zimmer, das eigentlich mal ein anonymes Gästezimmer werden wollte, nun aber mit allerhand weiblichem Schnickschnack ausgestattet ist, und lasse mich auf die rote Polsterung des Sofas sinken. Die Tüte mit meinen Einkäufen, in der sich auch ein letzter Scone befindet, lasse ich auf den Boden gleiten. Seufzend schleudere ich die Schuhe von den Füßen und ärgere mich im selben Moment über meine Socken: Zwei breit grinsende Mopsgesichter schauen mir entgegen und in Knöchelhöhe prangen allerhand bunte Punkte. Wer zieht Kindersocken an, wenn er zu einem Vorstellungsgespräch geht?

Mit aller Wucht drängen sich die Eindrücke des Tages zurück in mein Bewusstsein. Jammernd drücke ich mir die Hände vors Gesicht und lasse mich zurückfallen, sodass ich auf dem Rücken liege. Wäre das eine Yoga-Übung, so hieße sie vermutlich "Die-Verzweifelte-Kindersockenträgerin" ... *Die es nicht hinbekommt, einen Mann auch nur eine halbe Stunde lang zu bespaßen, ohne dass er sofort abhaut,* ergänze ich in Gedanken. Auch das aufkeimende Bild, das eine Gruppe in die Jahre gekommener Frauen in Yogahosen zeigt, die meine soeben erfundene Übung mit Eifer nachahmen, kann mich nicht von meinen Selbstzweifeln ablenken.

Adam fand dich langweilig, sieh es endlich ein.

Dabei hatte ich trotz meiner ausweichenden Antworten nicht das Gefühl, dass wir nicht gut miteinander klarkommen würden – in Zukunft, versteht sich. Eine Freundschaft ist noch nie einfach so aus dem Boden gestampft worden. Oder eine Beziehung.

Moment? Habe ich das gerade wirklich gedacht?!

Heftig schüttele ich den Kopf und stehe langsam auf. Die Aufregung des Tages, die nun langsam abfällt, hat mich schon zu befremdlichen Gedanken getrieben. Vielleicht kann mich das Fernsehprogramm auf andere Gedanken bringen. Ich hole die Fernbedienung, die auf einer Kommode liegt, dessen mittlerer Schubkasten sich nicht mehr schließen lässt, weil eine der Schienen, auf der er liegt, an der hinteren Ecke bei meinem Einzug abgebrochen ist. Es sind diese kleinen Dinge, die mich immer wieder daran erinnern, dass das Leben, das ich mir ausgesucht habe, manchmal ganz schön erbärmlich sein kann. Würde ich noch bei meinen Eltern wohnen - und würde ich das, was sie sich von mir wünschen, tun – dann wäre von Geldsorgen weit und breit nichts zu sehen. Dass das aber nicht das Leben ist, das ich leben möchte, eingezwängt in Vorstellungen anderer Menschen, mit Freunden, die keine sind, und einer Umgebung, die einen mehr duldet als akzeptiert. Dieser Gedanke führt mir jedes Mal schlagartig vor Augen, dass ich mich richtig entschieden habe.

Leises Brummen erfüllt den sonst so stillen Raum, als ich die rot leuchtende Power-Taste der Fernbedienung drücke. Es dauert einen kleinen Moment, bis sich ein Bild aufbaut und ein kleiner, eigenständiger Regionalsender ausgespuckt wird. Obwohl es mehr als untypisch für eine junge Erwachsene ist, liebe ich den Sender vor allem wegen seiner Reportagen über die historischen Ereignisse der umliegenden Städte und der Länder Großbritanniens, die jeden Abend ab neun Uhr laufen. Meistens schalte ich den Bildschirm aber erst wieder ab, wenn die Sendung vorbei ist. Dieses Interesse hat keinen mir bekannten Ursprung, es fing irgendwann damit an, dass ich anstatt Krimis oder Thrillern plötzlich historische Romane las und schließlich fand ich mich abends vor dem Fernseher wieder, um mir meine Dosis historisches Wissen anzueignen, für die so viele Menschen nicht mehr als ein gequältes Lächeln erübrigen könnten.

Da es noch zu früh ist, platze ich mitten in eine Nachrichtensendung. Zum Anschauen von Nachrichten muss ich mich meistens zwingen. So ist es auch heute. Eine Frau in einem hübschen hellblauen Kostüm und knochigen Fingern, die locker auf dem Tisch neben ihren Notizen liegen, erklärt mir, was auf der Welt geschehen ist. Ich höre nicht wirklich zu und betrachte stattdessen meine Fingernägel.

Dann gibt die Frau weiter an ihren Kollegen, der sich links von ihr positioniert hat, um die regionalen Nachrichten vorzutragen. Ich bin mir sicher, der Moderator will mir mit seinem fürchterlichen Haarschnitt Augenschmerzen bereiten. Ich nehme kaum wahr, was er sagt, bis mir plötzlich ein Bild von einem Mann gezeigt wird, der sofort Erinnerungen in mir weckt. Dunkle, kurz geschorene Haare. Ein markantes Kinn, über dem ein frech zu Seite gezogenes Lächeln prangt.

Dieses Lächeln ... Nein! Das kann nicht sein!

Ohne den Blick vom Bildschirm abzuwenden, greife ich zur Fernbedienung und stelle den Ton lauter.

"... wie der Zustand momentan ist, wollte uns weder ein Mitglied der Familie noch der Pressesprecher des Sängers mitteilen. Nachdem der Wagen aus bisher ungeklärten Gründen von der viel befahrenen Fahrbahn abgekommen ist und frontal gegen einen Baum prallte, dürfe jedoch klar sein, dass Nick McGuire in Lebensgefahr schweben muss. Seine Familie ist seit dem frühen Vormittag im Krankenhaus und Fans und Anhänger fanden sich schnell vor der Bar des Sängers ein, um ihre Anteilnahme an dem schweren Unglück zu beteuern. Die beliebte und vielfrequentierte Bar des Sängers dürfte allerdings bis auf Weiteres geschlossen bleiben."

Die Bilder des Beitrags ziehen an mir vorbei.

Verdammt!

Ein Bild von einer Bar erscheint, bevor der Sprecher teilnahmslos das nächste Thema beginnt.

Die Bar, in der ich heute noch gesessen habe. Die Bar, aus der ich schnell verschwinden musste, nachdem Adam den Anruf bekommen hat. Die Bar, die einem Nick gehört.

Nick McGuire, dem berühmten Sänger.

Nick, dem Bruder von Adam.

Kapitel zwei

"Weil deine Augen noch immer stahlen"

Adam

Nur schlecht kann ich meine Gedanken und das, was in der letzten Stunde geschehen ist, verarbeiten. Als ich meine Schwester Abby getroffen habe und sie hysterisch von rechts nach links und wieder zurücklief, ohne mir erzählen zu können, was genau passiert ist, hätte ich sie am liebsten geschüttelt. Hätte sie angeschrien, hätte meine nackten Fäuste gegen ihre Wohnzimmerwand schlagen wollen. Aber ich bin ruhig geblieben, weil ich instinktiv wusste, dass meine Geschwister mich brauchen würden. Als Abby mir eröffnete, dass Nick auf der Intensivstation liegt, um sein Leben ringt und dass er fast den Tod gefunden hätte, während ich nichtsahnend, Espresso trinkend und scherzend in unserer Bar saß, dachte ich in einem ersten, selbstschützenden Moment, dass sie lügen würde. Die unausweichliche Wahrheit wollte sich auch nicht in meinem Kopf manifestieren, als ich an Nicks Bett saß und ihn ansah – angeschlossen an unmenschlichen Schläuchen und mit dem unaufhörlichen Piepen der Geräte in meinen wie in Watte gepackten Ohren. Als Abby anfing zu schluchzen und ihre Tränen nicht mehr versiegen wollten, dachte ich noch immer, ich wäre in einem schlechten Traum gefangen. Noch nie habe ich es erlebt, dass alle Empfindungen schlagartig in den Hintergrund rücken. Kein Hunger, kein Durst, kein Bedürfnis nach Liebe oder Zuneigung, nach frischer Luft oder einer bequemeren Hose, kein Feststellen schlechter oder guter Laune. Einfach nur Angst. Pure Angst. Das ist das Gefühl, dass mich vor einigen Stunden eingeholt und nicht mehr verlassen hat.

Die Polizei kam kurz nach uns an und hat mit Abby und mir reden wollen. Die ersten Ergebnisse der Ermittlung haben wohl ergeben, dass ein zweiter Wagen involviert war. Untersuchungen an Nick haben gezeigt, dass er weder Drogen noch Alkohol im Blut hatte, was ich mir ohnehin niemals hätte vorstellen können. Der Typ dafür ist er nicht. Momentan geht man von Fremdeinwirkung mit Unfallflucht aus. Allein dieser Umstand bringt mein Blut zum Kochen. Wie kann man so etwas bloß tun? Natürlich besteht die geringe Möglichkeit, dass Nick völlig übermüdet gefahren ist und deswegen den Unfall gebaut hat, aber das lässt sich, so lange mein Bruder nicht ansprechbar ist, wohl kaum feststellen. Die Ermittlungen gehen mit Hochdruck weiter, jedenfalls sind das die Worte, die uns die Polizisten kurz vor ihrer Verabschiedung versichert haben.

Mittlerweile ist es kurz vor zehn am Abend. Die meisten Menschen werden gerade gemütlich in ihrer Jogginghose vor dem Fernseher sitzen, vielleicht ein Buch lesen, während bei mir die Welt zusammenbricht.

Ich fingere mein Handy aus meiner ausgeblichenen Hosentasche. Ich trage meine Jeans prinzipiell bis das Portemonnaie ein kleines Loch in den Stoff gescheuert hat und erst dann besorge ich mir eine neue.

Vor den breiten Glastüren des Krankenhauses weht der Wind stark. Der Schweiß auf meiner Stirn fühlt sich plötzlich angenehm kühl an. Obwohl es im Krankenhaus gut klimatisiert ist, kann nichts die Hitze in mir abkühlen. Ein Gemisch aus Angst und Übelkeit drückt mir auf den Magen und sorgt dafür, dass mir das T-Shirt klamm auf der Haut klebt. Abby, die sich erst vor einigen Minuten wieder etwas beruhigt hatte, sitzt noch immer am Bett unseres Bruders, während ich hier unten frische Luft schnappe und versuche, meinen Kopf mit etwas anderem als mit Sorgen zu füttern.

Ein paar Meter neben mir steht eine kleine, zierliche Frau, die eine beinahe völlig abgebrannte Zigarette in der Hand hält und mich unverhohlen anstarrt. Ich kenne diesen Blick, zu viele Frauen haben mich bereits so angesehen, und dabei merken sie niemals, dass das der erste Schritt in Richtung ziemlich sicherer Ignoranz meinerseits ist.

Als würde ich sie nicht zur Kenntnis nehmen, blicke ich auf das Display meines Handys, das in der Dunkelheit viel zu hell strahlt und einen unangenehmen Stich in meinem Hinterkopf hinterlässt. Unzählige Anrufe werden mir angezeigt, zwischendurch Textschnipsel tröstender Nachrichten, die ich allesamt ungelesen lösche. Es interessiert mich nicht, was die Leute zu sagen haben. Durch die Anruferliste scrolle ich dennoch, wer weiß, ob nicht vielleicht doch jemand dabei ist, der mir wichtig ist. Massig sogenannte Freunde, ein paar Anrufe, die mit ziemlicher Wahrscheinlichkeit die Bar betreffen und meine Ex, die gleich mehrmals hintereinander versucht hat, mich zu erreichen. In meiner Situation sind all die eingetragenen Handynummern nur unbedeutende Zahlenkombinationen, ich will weder reden noch über das nachdenken, was ich heute bereits hinter mir habe, ich will nur allein sein, eine Dusche nehmen, nach der meine Haut noch stundenlang rot vom kochend heißen Wasser ist, und dann in mein Bett fallen und hoffen, dass der nächste Tag nicht so beschissen anfängt wie der heutige.

Die Frau hat ihre Zigarette mittlerweile auf dem Boden ausgetreten. Ich habe nicht ein einziges Mal gesehen, wie sie daran gezogen hat, und ich merke, dass sie mich noch immer anstarrt.

"Suchen Sie etwas Bestimmtes?", brumme ich unfreundlich in ihre Richtung. Ihre stark geschminkten Augen werden immer größer und scheinen ihr beinahe aus den Höhlen zu fallen.

"Ich – ich habe gedacht, ich würde Sie vielleicht kennen", stottert sie, bevor sie sich schließlich langsam dem Krankenhauseingang zuwendet und mit kleinen, schnellen Schritten zwischen den Glastüren verschwindet.

"Das denken viele", murmele ich verbittert.

Als das Handy in meiner Hand zu summen anfängt, habe ich meinen Blick noch immer ohne Ziel auf das Gebäude vor mir gerichtet.

"Ja?", melde ich mich und kann den unfreundlichen Ton in meiner Stimme nicht verbergen. In dem Moment, in dem sich mein Finger selbstständig gemacht und ohne Rücksicht auf den grünen Knopf auf dem Display gedrückt hat, fällt mir wieder ein, dass ich eigentlich alle Anrufer abwimmeln wollte, und ärgere mich mindestens genauso sehr über meine eigene Dummheit wie ich mich über die starrende, rauchende Frau geärgert habe.

"Hallo Adam."

Es entsteht eine Pause, in der mir klar wird, dass ich nicht einmal weiß, wer der Anrufer ist. Es hört sich aber definitiv nach einer Frauenstimme an.

"Hier ist Maggie."

Wieder eine Pause. In meinen Ohren rauscht es gefährlich laut vor Wut und Empörung. Lange Zeit geschieht nichts. Ich denke für einen kurzen, völlig irrationalen Moment, dass der Empfang versagt hat, ehe ich erneut Maggies leise Stimme höre.

"Adam?"

"Hallo Maggie", starte ich etwas unbeholfen und kann nur schwer das leichte Knurren in meiner Stimme verbergen. Ich merke an dem tiefen Atemzug, der von ihr ausgehend aus der Leitung dringt, dass sie erleichtert ist, eine Antwort zu hören. Ich weiß nicht, was ich sagen soll. Ob sie Bescheid weiß? Soll ich so tun, als ginge es mir gut?

44

"Es tut mir leid, dass ich einfach so anrufe. Ich bin ein fürchterlicher Mensch, wenn ich denke, dass du jetzt gerade mit mir reden möchtest. Es war mehr so eine Kurzschlussreaktion. Ich habe es im Fernsehen gesehen und ... Adam, es tut mir so leid. Ich - "

"Schon okay", beende ich ihren Redeschwall. Ruppiger als ich es sollte, habe ich sie zum Schweigen gebracht und merke direkt, dass ich sie damit verletzt habe. Aber scheiße auch, mein Leben geht gerade kaputt, nicht ihres! Es ist mir egal, was sie von mir denkt! Ich will sie fragen, wie sie überhaupt an meine Nummer gekommen ist, aber da fällt mir ein, dass ich ihr meine Visitenkarte gegeben habe, bevor ich überstürzt aufgebrochen bin.

"Du kannst mir nicht helfen, Maggie. Und du brauchst mir auch nicht sagen, wie leid dir alles tut. Das habe ich in den letzten Stunden von genügend Menschen gehört, die denken, sie seien mir etwas wert. Also lass es einfach, wir kennen uns doch gar nicht!"

Dann lege ich auf.

Maggie

Ich merke einmal mehr, wie wunderschön London bei Nacht sein kann, während ich in meinem Zimmer sitze und aus dem Fenster starre. Die Erkenntnis, dass da draußen so viele Menschen einfach weiterleben und nicht wissen, dass im nächsten Moment schon etwas passieren kann, was das eigene Leben völlig aus der Bahn wirft, hat mich seit dem Telefonat mit Adam nicht mehr losgelassen.

Den Fernseher habe ich schon vor langer Zeit ausgeschaltet. Ich bin davon ausgegangen, dass die Müdigkeit mich überkommt, sobald ich keine Reize mehr von außen mitbekomme, aber die größten davon spielen sich in meinem Kopf ab. Gedanken, die sich weder in eine angenehme Richtung steuern noch ausblenden lassen.

Wir kennen uns doch gar nicht!

Die Wahrheit schmerzt immer am meisten, das ist keine Weisheit. Aber warum trifft sie einen, wenn sie einen doch eigentlich gar nicht betrifft? Adam hat natürlich recht gehabt mit dem, was er mir an den Kopf geknallt hat. Ich habe mir angemaßt, ihm helfen zu können in der wohl schwierigsten Situation seines Lebens. Und das, obwohl ich selbst davor zurückgeschreckt bin, ihm etwas über mein Leben anzuvertrauen. Ich rede mir ein, dass nichts und niemand mich dazu zwingen kann, etwas über mich zu erzählen, wenn ich es nicht will. Aber dann hätte ich auch nicht erwarten dürfen, dass er auf der anderen Seite bereit ist, mich im Gegenzug an seinem Leben teilhaben zu lassen. Dass das purer Schwachsinn ist, hätte mir klar sein müssen. Ich habe es ja sogar selbst zugegeben, als ich am Telefon mit ihm sprach. Seine Reaktion ist nachvollziehbar und obwohl ich selbst nur selten wirklich wütend bin, glaube ich, dass ich genauso reagiert hätte.

Trotzdem bringt seine Entgegnung mich zum Nachdenken. Und sie ärgert mich entgegen jeder Vernunft. Warum verstößt er Menschen, die ihm Gutes wollen? Auch wenn wir uns kaum kennen, vielleicht hilft genau das einem verletzten Menschen, seinen Schmerz zu lindern?

Vielleicht ist Ablenkung manchmal das Einzige, was Hoffnung spenden kann.

-

Ein lautes Poltern lässt mich aus meinem unruhigen Schlaf hochschrecken. Ein kurzer, schneller Blick auf den Radiowecker zu meiner Rechten unterstreicht meine Befürchtung: Es ist mitten in der Nacht. Wahrscheinlich hat mein Onkel seiner Stammkneipe einen Besuch abgestattet und versucht nun, leise durch die Wohnung hindurch in sein Bett zu gelangen. Was ihm natürlich – wie immer – nicht gelingen mag. Meistens ist ein Schrank, der schon seit Jahren an derselben Stelle steht, in seinem Weg und nicht selten höre ich ihn nach dem Poltern gedämmt fluchen. Heute bleibt es bis auf den verräterischen dumpfen Schlag ruhig in der Wohnung und es dauert nicht lange, bis meine Augen wieder schwer werden und ich in einen traumlosen, aber dennoch unguten Schlaf rutsche.

-

"Guten Morgen Prinzessin.", nuschelt mein Onkel Brian zwischen zwei schlurfenden Schlucken dampfenden Kaffees, dessen Farbe zu hell ist, um auf ein ausgewogenes Kaffee-Milch-Verhältnis zu schließen. Während ich mich morgens am liebsten an Cappuccino oder Latte macchiato labe und bei Filterkaffee kurioserweise immer auf schwarzen Kaffee ohne

Zucker setze, mischt mein Onkel eine halbe Wochenration Milch in seinen morgendlichen Wachmacher.

Sein Oberkörper ragt wie eine massive Felswand hinter dem haselnussbraunen Tisch hervor. Ein weißes Hemd mit schwarzen Knöpfen, dessen Ärmel er unordentlich hochgekrempelt hat, verdeckt nur zur Hälfte die Tattoos, die seinen Oberkörper zieren. Trotz seines Bürojobs, in dem er regelmäßig Überstunden machen muss, versäumt es mein Onkel nie, mindestens viermal pro Woche einige Stunden im Fitnessstudio zu verbringen. Ob er dort tatsächlich immer trainiert, oder ob er die Hälfte der Zeit kaffeetrinkend mit hübschen, durchtrainierten Blondinen im kleinen Eingangsbereich sitzt, ist mir nicht nur ein Rätsel, sondern interessiert mich auch nicht. Ich kenne meinen Onkel nicht mit einer festen Freundin oder gar Frau an seiner Seite. Dass er sich lieber an Affären klammert, die seiner Meinung nach wenig bis gar keine Verpflichtungen nach sich ziehen, ist ein offenes Geheimnis. Ich habe kein Problem mit seiner Art, zu leben, weil ich weiß, dass ich nicht noch einmal einen Menschen finden werde, der trotz seiner Eigenarten so loyal und liebenswürdig ist wie er.

"Wie war dein Abend?", frage ich in den Raum hinein, während ich mir eine blau-weiß gepunktete Tasse bis zum Rand mit Kaffee fülle. Ich weiß, dass ihm bewusst ist, dass ich ihn gehört habe, als er nach Hause kam. Das ist auch der Grund dafür, dass ich mir ein wissendes Lächeln nicht verkneifen kann. Als ich mich umdrehe, um zu ihm an den Tisch zu kommen, sehe ich gerade noch, wie er die Augen theatralisch verdreht.

"Der Schuhschrank war im Weg und das Bier in meinem Blutkreislauf hat nicht unbedingt dazu beigetragen, dass meine Wahrnehmung im Halbdunkel besser war als gewöhnlich."

"Das Bier?", lache ich und auch Brian kann sich ein spitzbübisches Grinsen nun nicht mehr verkneifen.

"Vielleicht waren es eher die Biere", murmelt er nach einer kurzen Pause und stimmt dann in mein lautes Lachen ein.

"Aber kommen wir zu dir, Prinzessin", sagt er nach einigen Momenten, in denen wir unseren Gedanken nachhingen, "wie lief es gestern? Hast du den Job?"

Ich atme tief ein, bevor ich resigniert antworte.

"Nein. Ich hab den Job nicht und das wird sicherlich auch nichts mehr."

Ich nehme einen zögerlichen Schluck von meinem Kaffee und sehe über den Tassenrand hinweg, wie Brian seine Stirn in Falten legt. Die ausgelassene Stimmung ist schlagartig verpufft. Seine zwischenmenschliche Antenne hat bereits gemerkt, dass er einen wunden Punkt getroffen hat.

"Magst du darüber reden?", sagt er schließlich mit deutlich gesenkter Stimme. Ich schüttele nur den Kopf und widme mich wieder auffällig der Kaffeetasse in meinen Händen.

"Du weißt, ich bin da, Prinzessin. Wenn du reden magst -"

"Danke", unterbreche ich ihn. Sein Verständnis treibt mir die Tränen in die Augen und ich möchte nicht, dass er sie sieht. Dass er sich unnötige Sorgen macht über etwas, das mit ihm nicht im Geringsten etwas zu tun hat. Ich ärgere mich noch immer über mich selbst. Und vor allem ärgere ich mich, weil ich von meinem erhofften Neuanfang noch immer nichts merke. Ich bin genauso unselbstständig, unsicher und ängstlich wie vorher und ein Job, bei dem ich endlich mein eigenes Geld verdiene, rückt eher weiter von mir ab, als dass er wahrscheinlicher wird. Mein Neuanfang ist frustrierend, um nicht zu sagen total misslungen.

Heute, am Morgen danach, bin ich noch niedergeschlagener als in dem Moment, in dem ich endlich eingeschlafen bin.

Ich merke, dass meinem Onkel die Situation unangenehm ist. Wir haben trotz der kurzen gemeinsamen Zeit ein so gutes Verhältnis zueinander, dass jeder sofort merkt, wenn bei dem anderen etwas nicht stimmt. Und bei ihm ist der einzige Ort, bei dem ich nicht derart verschlossen bin. Er ist das komplette Gegenteil meines Dads. Als Bruder meiner Mutter hat er vor allem die liebenswürdigen Seiten der Familie geerbt. Meine Mom ist ihm ähnlich, aber die jahrelange Ehe mit einem Mann, der nie da ist, hat sie irgendwann verbittert werden lassen. Sie ist eine tolle Mom und ich liebe sie, aber während ich mit der Zeit immer unsicherer wurde, neigte sie irgendwann dazu, kühler und weniger empfänglich für Stimmungen zu sein. Mir gegenüber hat sie das nur in den seltensten Fällen gezeigt, aber trotzdem habe ich es gemerkt.

"Tut mir leid, dass ich unser Frühstück kaputtgemacht habe", sage ich und meine es ernst. "Ich bin einfach frustriert. Ich brauche einen Job und gestern das ... das lief einfach anders als geplant."

Brian lächelt leicht. "Du brauchst dich nicht für ein Gefühl zu entschuldigen, das in deiner Situation mehr als selbstverständlich ist. Du hast alles aufgegeben, deine gewohnte, sichere Umgebung, deine Freunde, deine Routine. Du bist hergekommen in dem Glauben, dass alles besser werden würde. Und jetzt ist es nicht das, was du erhofft hast. Ich verstehe dich Maggie, wirklich. Aber ich wäre nicht dein bester Onkel, wenn ich nicht noch einen Plan B hätte."

Sein Lächeln hat sich derweil in ein selbstsicheres Grinsen verwandelt.

"Denn während ich meinen Feierabend gebührend mit Bier besiegelt habe, habe ich dir einen Job klar gemacht. Nur unter der Voraussetzung, dass du nichts Besseres findest. Es ist keine Goldgrube, es ist nicht Besonderes, aber es wäre ein Anfang.

Und wir würden uns häufiger sehen, immerhin ist es meine Stammkneipe."

Ich habe nicht gemerkt, wie mein Mund offen stehengeblieben ist. Als mein Onkel nicht aufhört, mich anzugrinsen, bemerke ich, wie bescheuert ich gerade aussehen muss. Ehe ich mich versehe, springe ich auf, renne um den Küchentisch herum und stürze mich auf meinen Onkel, dessen massige Oberarme sich sofort um mich schließen.

Sicherheit. Liebe. Dankbarkeit. Dinge, die man mit den richtigen Menschen an seiner Seite immer wieder zu spüren bekommt. Selbst dann, wenn man nicht mehr daran glaubt.

Maggie

Brian hat mir die Handynummer des Besitzers seiner Stammkneipe gegeben und mir geraten, im Laufe des Tages dort anzurufen. Im Geiste vertage ich dieses Gespräch auf den späten Nachmittag, denn vorher steht ein wahrer Wohnungsbesichtigungsmarathon an.

Nachdem mein Onkel mir in den letzten Wochen mehrfach versichert hat, dass ein Auszug nicht eilt und ich sogar langsam das Gefühl habe, dass er sich wünschen würde, dass ich dableibe, möchte ich diesen Schritt in Richtung Selbstständigkeit nicht missen. Zwar hat Brian angedeutet, dass ich mir keine goldene Nase an dem Aushilfsjob in der Kneipe verdienen werde, aber wenn ich Glück habe, reicht das Geld für ein WG-Zimmer. Außerdem ist noch ein wenig Angespartes auf meinem Konto, auf das ich zwar nur im Notfall zurückgreifen wollte, das ich aber definitiv wieder zu erhöhen versuche, sobald etwas Normalität eingekehrt ist. Ich habe natürlich nicht bloß studiert, um überhaupt etwas zu tun, und auf den ersten Blick könnte man vielleicht meinen, ein Job als Kellnerin sei an mir verschwendet, aber ich brauche dringend etwas zu tun. Einen Sinn, den mir das Studium nicht immer geben konnte, weil es wenig praktisch war, obwohl es mich viel hat lernen lassen. Natürlich wäre es mein Traum, irgendwann in einem kleinen Architekturbüro zu arbeiten, aber ohne Berufserfahrung und noch dazu in einem anderen Land, gestaltet sich die Suche danach schwierig. Und da ich kein Mensch bin, der nicht bloß zu Hause sitzen kann, ist das Jobben in einer Bar meine erste und bisher tatsächlich auch die beste Idee gewesen. Niemals könnte man mich in ein kleines Geschäft oder gar einen Lebensmittelladen stecken, diese oberflächliche Menschlichkeit dort reizt mich genauso wenig wie das

Einräumen von Regalen oder die ständigen unangenehmen Piepsgeräusche.

Die erste Wohnung ist sehr direkt gelegen. Aber schon als ich unten an der Eingangstür warte, bemerke ich, wie furchtbar laut es hier ist. Oliver, ein netter junger Student, öffnet mir die Tür und reicht mir eine Tasse starken schwarzen Tee, aber seine Freundlichkeit kann nicht darüber hinwegtäuschen, dass das Zimmer sehr klein und vor allem auf der Straßenseite gelegen ist. Was noch mehr Lautstärke bedeutet und mich trotz dem Bewusstsein, dass ich mich mitten in einer Großstadt befinde, abschreckt. In Gedanken hake ich diese Wohnung bereits als Misserfolg ab, bevor ich mich überhaupt verabschiedet habe.

Auch die zweite Wohnung untertrifft all meine Erwartungen. Das Zimmer ist zwar geräumig, der Rest der WG sieht aber aus, als hätte die Bombe eingeschlagen. Es stinkt in allen Räumen so penetrant nach Zigarettenrauch, dass mein Kopf sehr schnell zu schmerzen beginnt.

Erst das dritte Zimmer, das ich mir ansehe, kann meine Stimmung wieder ein klein wenig heben. Das Pärchen, das bereits dort wohnt, sucht nach einem netten Mitbewohner und die beiden sind mir auf Anhieb sympathisch. Ein lichtdurchflutetes Zimmer inmitten einer sauberen, gut riechenden Wohnung mit großzügiger Wohn-Ess-Küche im Herzen löst sofort ein glückliches Gefühl in mir aus. Das erste Mal habe ich das Gefühl, auf dem richtigen Weg zu sein. Als die beiden mir eine Klarsichthülle mit allen wichtigen Daten und allem voran den monatlichen Mietpreis-Anteil reichen, muss ich mich jedoch stark beherrschen, nicht entnervt aufzustöhnen. Die Miete, die ich zahlen müsste, liegt gut 200 Pfund über meinem Budget. Wie auf Kommando meldet sich mein Magen knurrend bei der Aussicht auf wochenlang Nudeln mit Ketchup. Schnell steht fest: Auch diese WG kommt nicht infrage.

Zur Mittagszeit gönne ich mir ein Sandwich, das vertrocknet schmeckt und mit viel zu viel Remoulade zum Leben erweckt werden wollte und das ich nach nicht einmal der Hälfte in den nächstbesten Mülleimer werfe.

Der Nachmittag zieht sich ähnlich wie der erste Teil des Tages. Nur wenige Wohnungen, die ich mir ansehe, kommen überhaupt auch nur ansatzweise für mich infrage. Stattdessen sinkt meine Laune unaufhörlich und mein Kopf schmerzt stattdessen immer mehr. Als ich bereits eine halbe Stunde zu früh bei dem letzten Besichtigungstermin des Tages ankomme und ein Blick auf die Uhr mir verrät, dass es schon kurz vor 18 Uhr am Abend ist, fällt mir ein, dass ich noch immer das aufgeweichte Post-it mit der Handynummer des Kneipenbesitzers in meiner Manteltasche habe. Ich ziehe es zeitgleich mit meinem Handy heraus und wähle. Dann warte ich, dass mein neuer Vorgesetzter abhebt. Es klingelt lange, ehe eine gehetzte Stimme sich meldet.

"Conrad hier, was gibt's?"

"Hallo, mein Name ist Maggie Gruber, ich rufe an wegen des Aushilfsjobs."

Kurz erwarte ich, dass der Mann am anderen Ende der Leitung meinen Namen so seltsam wiederholt, wie es die meisten englischsprachigen Menschen tun. Mein Nachname stammt aus dem Deutschen, denn mein Großvater väterlicherseits stammt aus Frankfurt und hat bei einer Reise meine Großmutter kennengelernt. Der Rest ist Geschichte, stößt aber nach wie vor immer mal wieder auf Verwunderung und etlichen Nachfragen, wie genau der Name denn nun ausgesprochen wird.

"Ah, du bist Brians Nichte, habe ich recht?"

"Ganz genau", bestätige ich und schlucke. Was soll ich nun sagen?

"Perfekt. Maggie, hör zu, heute Abend bin ich alleine und es ist etwas stressig. Was hältst du davon, wenn du einfach übermorgen hier aufkreuzt und wir alles Weitere besprechen?"

Im Hintergrund höre ich Gläser klappern und Stimmen, die immer lauter und dann wieder leiser werden. Vermutlich bewegt sich mein Telefonpartner in seiner Kneipe hin und her und bedient seine Kunden während er mit mir spricht.

Ich befinde seinen Vorschlag für gut und sage ihm das, dann verabschieden wir uns relativ einsilbig. Das Telefonat hat gerade einmal drei Minuten gedauert und mich dem Zeitpunkt meiner nächsten Wohnungsbesichtigung nur minimal weitergebracht. Kurz ziehe ich in Erwägung, Neela und dem Stoffgeschäft von gestern einen kurzen Besuch abzustatten, dann fällt mir jedoch ein, dass diese Art von kleinen Läden meist um sechs Uhr abends schließt.

Enttäuscht und gelangweilt öffne ich Pinterest auf meinem Handy und stöbere durch die Vorschläge, die der Bildschirm hergibt. Ich verliere mich schnell in Rezepten für Kuchen, von denen ein Stück den Tagesbedarf an Kalorien bereits abdeckt, und süßen kleinen Nähideen. Sogar eine Anleitung für ein Harry Potter Kissen wird mir vorgeschlagen und ich mache begeistert einen Screenshot, um es gleich am nächsten Tag auszuprobieren.

"Maggie!"

Erschrocken hebe ich den Blick - und sehe Neela, die mit weit geöffneten Armen auf mich zukommt. Ungeschickt packe ich mein Handy in die Hosentasche, um sie zu begrüßen. Wie gut, dass ich meiner Eingebung, bei ihr im Laden vorbeizuschauen, nicht gefolgt bin.

"Warum stehst du denn so alleine hier in der Londoner Oktoberkälte?", fragt Neela mich und ich zucke die Achseln, um die folgenden Worte herunterzuspielen.

"Ich habe gleich eine Wohnungsbesichtigung, bin aber viel zu früh."

Große Augen starren mich an, dann fängt Neela schallend zu lachen an.

"Da hast du aber Glück gehabt", sagt sie schließlich, "dass vor dir die Anbieterin deiner neuen Traumwohnung steht, und dir schon mal die Tür aufschließen kann!"

-

Eine Traumwohnung ist es vielleicht nicht gerade, aber ein solides Mittelmaß dessen, was ich im Laufe dieses sehr anstrengenden Tages zu sehen bekommen habe. Neela bietet mir keinen Tee, sondern Rotwein an, den ich dankend ablehne. Stattdessen trinke ich ein randvolles Glas Mineralwasser, dessen Kühle sich schnell in meinem Magen breit macht.

Neela selbst hat ein großes, eher unordentliches Zimmer, die Küche, das Bad und der Wohnbereich sind aber aufgeräumt und wirken gemütlich. Man merkt, dass in dieser Wohnung gelebt wird, und das finde ich gut so. Als wir zusammen das Zimmer betreten, das in Zukunft meines werden könnte, fängt Neela schnell an zu erzählen.

"Hier hat vorher meine Schwester gewohnt, die jetzt für ein Jahr in Indien ist. Sie hat fast ihren ganzen Krempel mitgenommen oder entsorgt, was sie nicht braucht, deswegen sieht es hier so leer aus."

Im Zimmer befinden sich Bett und Schreibtisch, ein kleiner Sessel und zwei leere, hölzerne Regale, in denen noch ein paar vereinzelte CD's und DVD's liegen.

"Die Möbel kannst du gerne benutzen, es sei denn, du hast dich gerade erst mit frischen Möbeln eingedeckt, dann kannst du die natürlich auch gerne herbringen und das alte Zeug hier schmeißen wir raus. Um die starken Männerarme, die deine Sachen von A nach B tragen, müsstest du dich aber selbst kümmern."

Ich wundere mich, dass mir nicht schon beim Schriftverkehr aufgefallen war, dass es sich bei der Suchenden um Neela handelt. Oder in der Internetanzeige, in der ich die Wohnung entdeckt habe. Langsam schaue ich mir das Zimmer etwas genauer an und mache dabei meinem Erstaunen darüber Luft. „Warum habe ich nicht vorher gemerkt, dass du hinter der Annonce steckst. Das hätte mir doch auffallen müssen", sage ich mehr zu mir selbst.

"Versteh mich nicht falsch, aber ich wollte eigentlich erst einmal einen Moment alleine hier leben, also hat mein Dad hinter meinem Rücken nach Interessenten gesucht und schreibt mir jetzt ständig, wann der Nächste kommt. Super nervig, aber ich glaube, er traut mir nicht zu, alleine zu sein" Neela lacht auf. „Und ich hoffe, dass die Suche bald vorbei ist." Dann zwinkert sie mir vielsagend zu.

Alles in allem strahlt die Wohnung genug Gemütlichkeit aus, damit ich es hier aushalten kann, da bin ich mir sicher. Zwar ist das Zimmer etwas kleiner, als ich erhofft hatte, aber dass ich ohne Abstriche nicht weit kommen werde, habe ich im Laufe meiner Besichtigungen zur Genüge erfahren müssen. Die Frage nach dem Mietpreis traue ich mich fast nicht zu stellen. Wie soll ich Neela, die so freudig durch die Gegend wuselt und mir alles erklärt, eine Absage erteilen, wenn ich mir das Zimmer nicht leisten kann? Als ich dann aber doch die alles entscheidende Frage stelle, reagiert Neela ganz anders als ich erwartet habe. Sie fragt mich, was ich bereit wäre, zu zahlen.

"Ich will nicht wie eine verwöhnte Göre rüberkommen, aber ehrlich gesagt zahlt mein Daddy die Wohnung. Wenn du knapp bei Kasse bist sage ich ihm einfach nichts von deinem Einzug und du kannst erst einmal eine Weile für lau hier leben."

Energisch schüttele ich den Kopf. "Auf keinen Fall, Neela, ich zahle selbstverständlich für die Wohnung." Einen Preis zu nennen traue ich mich dennoch nicht. Ihr Vorschlag ist großzügig, aber etwas umsonst zu bekommen, steht völlig außer Frage. Ein Teil von mir hätte ihr Angebot zwar liebend gerne angenommen, aber aus so einer Situation kann niemals eine Freundschaft wachsen, vermutlich nicht einmal eine gut funktionierende Wohngemeinschaft.

Nachdem wir kurz über den Preis gefeilscht haben und mich Neela sogar noch überreden konnte, weniger zu zahlen, als ich ursprünglich wollte, gehen wir gemeinsam zurück in die Küche.

"Möchtest du immer noch keinen Wein?", fragt Neela mich schließlich und hält die bunt etikettierte Flasche in die Höhe.

"Wo sind die Gläser?", antworte ich grinsend und sie zeigt sich sichtlich erfreut über meine Antwort. Neela stellt die Gläser, die sie aus einem der Hängeschränke geholt hat, vor uns ab und ich öffne die Flasche, bevor ich uns beiden einen guten Schluck Wein einschenke.

"Auf unsere neue Wohngemeinschaft!", ruft Neela. Ich kann mein Glück kaum fassen.

Adam

Ich schrecke auf.

Durch die Lamellen, die vor dem Fenster hängen, sehe ich, dass es wieder zu regnen begonnen hat. Vermutlich bin ich eingenickt, das monotone Piepsen der Geräte hat mich träge gemacht. Ein schlechtes Gewissen überkommt mich ungefähr im selben Moment, in dem ich merke, dass mein rechtes Bein eingeschlafen ist. Etwas benommen und ungelenk schüttele ich es, wodurch das Kribbeln allerdings nur noch unangenehmer wird.

"Verdammt", murmele ich und stehe auf, aber das bessert die Situation überhaupt nicht.

Die Handtasche meiner Schwester liegt auf dem Stuhl direkt neben Nicks Bett und ich frage mich, wo sie geblieben ist. Ohne ihre Tasche würde sie nicht gehen, also kann sie nur Kaffee oder ein Brötchen holen gegangen sein. Es ist erst der zweite Abend in dieser Krankenhaus-Hölle, aber ich werde das Gefühl nicht los, dass sich bereits so etwas wie Routine eingenistet hat. Die Zeit hier drin vergeht anders, als wenn man seinem Alltag nachgeht. Hätte mir das vorher jemand gesagt, dann hätte ich es nicht geglaubt.

Ich werfe einen Blick auf die Uhr. 17:34, in einer knappen halben Stunde ist die offizielle Besuchszeit vorbei. Ich weiß nicht, ob es daran liegt, dass die halbe Intensivstation sich darum reißt, regelmäßig nach dem Wohlbefinden meines Bruders zu schauen, aber die Schwestern kommen immer mit einem derart gespielten Lächeln herein, dass es mir beinahe schlecht wird. Aber wieso sollte uns auch hier mehr Privatsphäre gegönnt sein als irgendwo anders?

"Na du Schlafmütze?", höre ich das Flüstern meiner Schwester Abby im Rücken.

"Redest du mit mir?", frage ich und merke sofort, wie makaber die unüberlegte Antwort in Bezug auf meinen Bruder war.

Ohne mir auf meine rhetorische Frage zu antworten hält Abby mir einen dampfenden Coffee-to-go-Becher hin, von dessen Sorte ich heute schon zu viele gesehen habe, als dass es noch gesund sein könnte. Aber es ist mir egal. Wie mir so vieles im Moment herzlich egal ist.

Fast zeitgleich lassen Abby und ich uns wieder auf die unbequemen Stühle sinken. Es kommt nur noch wenig helles Tageslicht in den Raum hinein, aber wenigstens kommen wir dank der Privatversicherung in den Genuss eines Einzelzimmers. Es hebt die Stimmung, wenigstens ein bisschen was von der Welt dort draußen zu sehen. Von der Welt, die sich unaufhörlich weiterdreht.

"Croissant?", fragt Abby mich und hält mir eine braune Tüte mit Fettflecken hin, nachdem ich eine Weile regungslos die steril weiße Wand gegenüber angestarrt habe. Ich verneine stumm, richte meinen Blick wieder geradeaus.

"Und", beginnt meine Schwester schließlich wieder zu sprechen "wer kümmert sich um die Bar?"

Ihre dunkelbraunen Haare hängen gefährlich nahe über dem Kaffee, dessen Dampf aus ihrem Becher steigt. Vermutlich denkt sie, ich würde nicht merken, dass sie auf Teufel komm raus ein unverfängliches Thema ansprechen möchte. Ich kann unser Schweigen bereits seit gestern nicht mehr ertragen, aber ich bin zu unsensibel, um die richtigen Worte zu finden.

"Fletcher kümmert sich, frag nicht, wie er das schaffen will. Johnson ist noch bei seiner Oma in Oxford und Madison entpuppt sich immer mehr als Nervensäge, mit der keiner von uns zusammenarbeiten will."

"Merkst du, dass du gerade in Klischees sprichst?"

"Ich weiß nicht, was du meinst!"

"Warum kümmerst du dich nicht um eine Aushilfskraft? Wer weiß, wie lange ... wie lange das hier noch so weiter geht."

Bisher habe ich Abby nichts von dem kuriosen Bewerbungsgespräch mit Maggie erzählt, viel zu groß war der Wunsch, die ganze Aktion selbst zu vergessen. Jetzt aber überkommt mich das Bedürfnis, meiner Schwester alles zu berichten. Ich weiß nicht, ob es an der Situation liegt, die wir gemeinsam durchstehen müssen, oder daran, dass ich immer wieder denke, dass meine eigene Familie viel zu wenig über mich weiß, aber bereits wenige Minuten später höre ich mich selbst den ganzen gestrigen Tag wiederholen - samt Anruf am Abend. Nachdem ich fertig bin, schweigt Abby für einen Moment. Dann holt sie Luft.

"Donnerwetter, Adam. Das ist ja ein echter Weltuntergang."

Ihre monotone Stimme und der genervte Gesichtsausdruck, den sie mir zuwirft, könnten fast ein lustiges Bild abgeben, wenn ihr Kommentar mir nicht so unangenehm wäre.

Ich versuche, ihre Reaktion zu überspielen. "Ich habe mich ja bereits an das Gefühl gewöhnt, ein Frauenheld zu sein, aber –"

"Halt den Mund", werde ich unwirsch unterbrochen. Meine Schwester ist die wohl einzige Person auf dieser Welt, die das Recht hat, so mit mir zu reden. Und das Schlimmste ist, dass es stimmt. Erst jetzt, da ich ihr die ganze Geschichte an einem Stück zusammenhängend wiedergegeben habe, merke ich, dass ich viel zu viel hineininterpretiert habe. Bevor ich weiter nachdenken kann, beginnt Abby wieder zu reden.

"Das arme Mädchen wusste nicht, dass unsere Familie ständig in der Öffentlichkeit steht. Sie wohnt erst seit zwei Monaten hier und kommt aus den USA, sagst du? Komm schon, Adam, auch Frauen können keine Gedanken lesen. So berühmt ist er nun auch nicht. Amerika hat genug eigene Berühmtheiten. Wahrscheinlich war das einfach eine

Kurzschlussreaktion, als sie gestern Abend Nachrichten gesehen hat. Du kannst mir nicht weismachen wollen, dass du wirklich davon ausgehst, dass sie dir etwas Böses wollte."

Mein Schweigen ist wahrscheinlich Antwort genug und mit einer Mischung aus Mitleid und Verständnis rutscht Abby ein ganzes Stück näher zu mir. Unangenehm kratzen die Stuhlbeine über den Krankenhausboden, aber es sind ja doch nur wir beide, die dieser Umstand stören könnte.

"Wie viel Prozent des heutigen Tages hast du an sie gedacht?", flüstert sie, den Kopf auf meine Schulter gelegt.

Ich muss nicht einen Moment über die Frage nachdenken und werde mir der Bedeutung meiner Antwort erst bewusst, als ich sie bereits ausgesprochen habe.

"Zu viel."

Maggie

Der dritte Tag in Folge, an dem ich mich mehr oder minder furchtlos in die Welt der öffentlichen Verkehrsmittel stürze, begann mit einem Frühstück aus Naturjoghurt und einem überreifen Pfirsich. Gestern Abend konnte ich Brian von meinem Erfolg bei der Wohnungssuche erzählen, und wurde aber das ungute Gefühl, dass ihm das eigentlich gar nicht zu gefallen scheint, nicht los, bis ich endlich in einen traumlosen, erschöpften Schlaf gefallen bin.

"Ein paar Tage bleibe ich dir noch erhalten", habe ich ihm versichert. "Bis dahin nerve ich dich so sehr, dass du froh bist, wenn ich weg bin."

Meine Worte sollten witzig sein, vielleicht sogar die Situation auflockern, aber ich habe meinem Onkel kein Lächeln entlocken können. Dennoch hatte ich nicht einen Moment das Gefühl, mit meinem bevorstehenden Umzug etwas falsch zu machen. Ich war vor zwei Monaten mit dem Ziel hergekommen, ein eigenes Leben aufzubauen, und davon kann mich so schnell nichts abbringen. Ich werde Brian auf ewig dankbar sein, dass er mir die Möglichkeit gegeben hat, bei ihm unterzukommen, dass er mir im wahrsten Sinne des Wortes Starthilfe gegeben hat, aber bald wird es Zeit, eigene, erwachsene Wege zu gehen. Diese Wege machen mir Angst, aber ich will sie dennoch unbedingt bestreiten.

Ich werde die unendlich langen Rolltreppen des Londoner Undergrounds von Anzugträgern herunter geschoben, die mir mit ihren abgewetzten braunen Ledertaschen in die Kniekehlen schlagen. Akustisch treiben mich zusätzlich die mörderischen Absätze der stilsicheren Frauen an, deren schnelle Schritte immerzu unmittelbar hinter mir erklingen. Ich fühle mich unwohl und völlig fehl am Platz, die zugige und trotzdem muffige Luft, die aus dem Untergrund-System emporsteigt, gibt mir das Gefühl, es sei nicht genug Sauerstoff mehr für alle da. Leuchtreklamen reihen sich zwischen abgerissene, beinahe altmodisch wirkende Papierplakate ein und einmal mehr wird mir bewusst, in was für einer unglaublich lebendigen Stadt ich mich befinde.

Öffentliche Verkehrsmittel habe ich noch nie gemocht und es gibt nicht einmal einen konkreten Anlass für mein Unwohlsein. Ab irgendeinem Zeitpunkt habe ich begonnen, die vielen Menschen, die schlechte Luft und die Hektik in Platzangst zu verwandeln. Allein der Gedanke daran, aus einer Situation nicht so schnell fliehen zu können, wie ich es mir wünsche, löst Panik bei mir aus.

Ich erreiche die schmale Plattform und versichere mich ein letztes Mal, dass die Bahn auch in die richtige Richtung fährt. Mein dünner Taschengurt schneidet schmerzhaft in meine Schulter und ich merke, wie sich mein Nacken anfängt zu verspannen. Neben mir steht eine Frau mit Kinderwagen und ich frage mich, wie sie es geschafft hat, das Kind, den Wagen und sich selbst ohne erkennbare Verletzungen bis hierher zu transportieren. Nebenbei sieht sie auch noch völlig entspannt aus, hat ein Lächeln auf den Lippen und betrachtet ihr friedlich schlummerndes Kind.

Ein lautes, pfeifendes Quietschen ertönt, einen Atemzug später steht die U-Bahn vor mir und obwohl es nicht das erste Mal ist, dass ich eine Londoner Bahn sehe, will ich mich im ersten Moment weigern, einzusteigen. Das hier kann einfach nicht sicher sein. Geschweige denn bequem. Beim Gedanken, von nun an jeden Tag mindestens zwei Mal mit diesem Höllengefährt zu fahren, kann ich einen verzweifelten Laut nicht mehr zurückhalten. Schließlich aber gebe ich mir einen Ruck, versuche beim Einsteigen nicht auf die immens große Lücke zwischen Bahn und Bahnsteigkante zu achten und finde mich schließlich eingequetscht inmitten all den Menschen wieder, die mich eben noch die Rolltreppe entlanghechten ließen.

-

Ich habe der Einfachheit halber die Adresse meines neuen Arbeitsplatzes, eine kleine Karte und ein verschwommenes Bild von der Außenfassade von meinem Onkel geschickt bekommen, weil er weiß, dass ich keinen Orientierungssinn habe, mit dem man prahlen kann. Glücklich darüber, dass man sich mittlerweile jeden erdenklichen Müll per Mail durch die Atmosphäre schicken kann, schiele ich mit dem einen Auge auf das Display, während das andere versucht, Hindernisse auf dem Weg zu erkennen. Dennoch ist es schwieriger als erwartet, die Eingangstür zu finden, hinter der heute mein neues Leben beginnen soll. Hoffentlich.

Ich spüre mein Herz überdeutlich in meiner Brust schlagen, als ich von Weitem die breite Seitenstraße erkenne, in der sich mein Ziel laut Brians Karte befinden soll. In der Nähe ist ein großes Hotel, das ringsherum mit Fenstern gesäumt ist und vor dem gleich mehrere Bushaltestellen in wenigen Metern Entfernung aufgereiht sind. Die typischen roten Busse schwirren über die viel befahrene Kreuzung. Aus einiger Entfernung höre ich Kinder lachen und ein monotones, dumpfes Geräusch, das nur von einem Basketball kommen kann.

Ein seltsames Gefühl überkommt mich, habe ich doch vor weniger als 48 Stunden schon einmal eine Bar betreten und gedacht, dass sich alles ändern würde.

Diesmal machst du es besser.

Ich straffe die Schultern, atme tief ein, gehe einen mutigen Schritt nach vorne und stoße die Tür auf.

-

In das Quietschen der Tür mischt sich ein anderes, eindeutig menschliches Geräusch und es klingt, als hätte es Schmerzen.

"Verdammt, was soll denn das? Wir haben noch geschlossen!"

Wie angewurzelt bleibe ich stehen, als ich einen weißen Sneaker sehe, der direkt hinter der Tür hervorlugt. Ich glaube jedenfalls, dass der Schuh im Grunde genommen weiß sein soll, denn eine dicke Schlammschicht umschließt die Sohle eisern.

"Kannst du nicht hören? Ich habe gesagt, wir haben GE-SCHLOS-SEN! Wenn du also so freundlich wärst und die Tür wieder schließt?"

Der Schuh bewegt sich, verschwindet dann hinter der Tür, die erneut unangenehm quietscht und zum Vorschein kommt ein müde aussehendes Gesicht, aus dem mich zwei Augen anstarren, die eindeutig schon lange nicht mehr von Lachfältchen umgeben waren. Vor mir steht ein junger Mann mit beigefarbener Baseballkappe, einem cremeweißen Kapuzenpullover und den weiß-schlammigen Schuhen. Ich schätze ihn in etwa so alt ein wie mich selbst, uns trennen höchstens zwei Jahre. Die gestern zu Genüge geprobte, aber noch lange nicht perfektionierte Vorstellungsrunde bleibt mir erspart, als der junge Mann vor erneut zu sprechen beginnt.

"Du wirst ja wohl nicht Brians Nichte sein!"

Ich bin mir nicht sicher, ob ich eine Frage oder eine Feststellung aus dem Satz heraushören soll. Ich versuche, ein möglichst unbeteiligtes Gesicht zu machen, als ich bereits in eine etwas unbeholfene und sehr unangenehme Umarmung gezogen werde und der Mann, der mir noch immer nicht seinen Namen genannt hat, nah an meinem Ohr murmelt: "Dich schickt der Himmel, Gott sei Dank." Schnell lässt er mich wieder los und echte Freude ist aus seinen Zügen zu lesen. Immerhin besser als die unfreundlichen Worte, die er an mich gerichtet hat, als ich die Tür geöffnet habe, aber auch diese immense Freundlichkeit ist mir nicht ganz geheuer.

"Ich bin Conrad", sagt er. "Du hast mich gerade zu einem schlechten Zeitpunkt erwischt, sorry. Ich wollte dich nicht anschnauzen. Es kam gerade eine neue Lieferung und hinter der Tür hier ist ein kleiner Raum, in der alles gelagert wird. Was nicht viel ist, aber … ich rede viel zu viel. Komm erst einmal richtig rein, dann zeige ich dir alles."

Ich ziehe meine Jacke aus und lege sie mir über den Arm. Meinen Schal behalte ich an.

Tatsächlich stehen im Raum verteilt einige kleine Kisten. Manche davon sind bereits zur Hälfte geöffnet. Ich sehe Kaffeebohnen, Milch und Zucker, einen ganzen Ladung voller schwarzer Strohhalme und auf einem noch zugeklebten Pappkarton liegt wackelig eine Stiege Zitronen. All das, was hier tagtäglich gebraucht wird.

Ich kann mich nicht daran hindern, diese Kneipe mit der von Nick zu vergleichen. Hier ist es eher gemütlich als schick und der Raum erinnert mehr an ein Café als an eine hippe Bar. Die Möbel sind zusammengewürfelt und verteilt stehen einige gepolsterte Stühle. An der Wand entlang zieht sich ein Sofa, das allerdings sehr hart und eher wenig bequem aussieht. Kleine Teelichthalter sind der einzige Schnickschnack auf den Tischen, ansonsten ist die Einrichtung eher praktisch und funktionell.

"Hinter dem Tresen ist eine kleine Küche. Mittags kommen die Leute hier vor allem, um in der Pause einen Kaffee zu trinken, und ein paar fangen natürlich schon früh mit den harten Sachen an." Bei seinen letzten Worten malt Conrad imaginäre Anführungszeichen in die Luft. "Alles in allem lebe ich hier vor allem aber von den Stammkunden, die abends ein oder zwei Bier trinken."

Ich muss grinsen, weil mein Onkel genau in dieses Schema fällt, denke aber gleichzeitig über Conrads vorherige Worte nach. "Warum hast du dann schon so früh geöffnet?"

"Ich kann es mir nicht leisten, auf die wenigen Kunden in der Mittagszeit zu verzichten. Es ist zwar nur ein minimaler Gewinn, der dadurch entsteht, aber es *ist* immerhin ein Gewinn. Ich bin nicht in der Lage, auch nur auf ein paar Pfund zu verzichten." Dabei schüttelt er den Kopf traurig und lässt seine blond gelockten Haare unter der Baseballkappe wackeln. Conrad ist in etwa so groß wie ich. Ich habe schon mit fünfzehn eine Größe von einem Meter fünfundsiebzig gehabt und wurde dafür oft für viel älter gehalten, als ich tatsächlich war, aber seitdem bin ich nicht mehr gewachsen. Und ich bin froh darum, denn bereits jetzt ist es oft schwierig, passende und dabei immer noch schöne Schuhe zu finden.

"Das verstehe ich", sage ich und lächele dabei aufmunternd. Kurz schweigen wir und ich sehe mich weiter um. Alles ist so fremd und wieder kommt meine Unsicherheit zurück. Was, wenn ich irgendetwas falsch mache? Wenn die Stammkunden mich nicht akzeptieren? Oder wenn ich feststellen muss, dass ich doch nicht für diesen Job geeignet bin?

"Wollen wir uns kurz zusammensetzen und alles Weitere klären?", reißt Conrad mich aus meinen Gedanken. Ich stimme ihm nickend zu und folge ihm zum Tresen, auf den er zusteuert.

"Also Maggie", eröffnet er das Gespräch, kurz nachdem wir uns gegenüber an zwei der am Tresen verteilten Barhocker gesetzt haben. Die Vertrautheit, mit der er mich direkt behandelt, ist mir etwas unangenehm, obwohl er mir auf Anhieb sympathisch ist. "Ich kann dir nicht viel bieten, das ist dir hoffentlich klar. Das hier ist nicht mal eine Teilzeitstelle, aber ich brauche dich wirklich dringend. Ich habe weder das Geld, noch die Geduld und die Zeit, nach einer vollen Kraft zu suchen. Und ich weiß, dass kein Mensch für einen Hungerlohn jeden Tag mehrere Stunden in dieser muffigen, alten Bar stehen will."

Seine Direktheit überrascht mich. Ich sehe Traurigkeit in seinen Augen aufblitzen und weiß, wie sehr ihn seine Worte selbst verletzen. Sicher hat er sich damals, als er triumphierend den Schlüssel für seine eigene Bar, seinen ganz persönlichen Traum, in der Hand hielt, nicht denken können, dass es ein solch schwerer Weg ist, den er da bestreitet.

"Ich würde dich bitten, zwei bis vier Tage die Woche hier zu sein. Meistens wohl am Wochenende. Und wie gesagt: Ich kann dir nicht viel Geld geben."

Ich nicke und versuche dabei einsichtig auszusehen. Natürlich habe ich Verständnis für seine Situation, aber ich kann auch nicht leugnen, dass es nicht das ist, was ich mir gewünscht habe. Anscheinend nimmt Conrad mir jedoch meinen Gesichtsausdruck aber ab, denn er lächelt mich breit strahlend an.

"Ich bin froh, dass du das verstehst, Maggie. Und ich bin sicher, dass wir gut zusammenarbeiten werden."

-

In den folgenden Stunden rede ich nur wenig und trotzdem ist es nie ruhig in der kleinen, altmodischen Kneipe, denn Conrad spricht quasi ununterbrochen.

Ich weiß mittlerweile, dass auch er bei Weitem nicht so viel verdient, wie er gerne würde, es aber dennoch reicht, um die Miete zu zahlen. Ich weiß, dass er eine Freundin hat, die hin und wieder im Laden aushilft. Ich habe von jedem

Stammkunden mindestens eine Anekdote und im Zuge dessen mehrfach sein Lieblingsgetränk erfahren und ich kann den Vermieter, über den Conrad immer wieder schimpft, selbst schon nicht mehr leiden, obwohl ich ihm noch nie gegenüberstand.

Nachdem ich die gelieferten Kisten gemeinsam mit Conrad geleert und die Ware verstaut habe, kamen die ersten Kunden und haben, wie angekündigt, Kaffee bestellt. Conrad hat mir alles gezeigt, mich erst zuschauen und dann selbst bedienen lassen. Ein zufriedenes Lächeln hat sich nach dem ersten Schwung, der den Laden wieder verlassen hat, auf seinem Gesicht festgesetzt.

„Du bist ein Naturtalent, Maggie", sagte er irgendwann und klopfte mir dabei kumpelhaft auf die Schulter, dass das Tablett in meinen Händen gefährlich zu wackeln anfing.

Meine Unsicherheit ist noch da, aber so sehr in den Hintergrund gerückt, dass ich sie nur sehr selten wahrnehme.

Als ich das erste Mal einen Blick auf die Uhr werfe, bemerke ich erstaunt, dass es bereits zwei Uhr nachmittags ist. Der nächste Schwung Gäste ist vor wenigen Minuten aufgetaucht, einer von ihnen spielt gedankenverloren auf seinem Smartphone herum, während sich die anderen beiden mit gedämpften Stimmen unterhalten. Die drei Männer scheinen Arbeitskollegen oder aber gute Freunde zu sein, die sich in ihrer Mittagspause verabredet haben, aber mich beschleicht die Befürchtung, dass sie alle ihren Job nicht sonderlich mögen. So unterschiedlich die drei auch aussehen und sich verhalten, deutlich erkennbare Augenringe und eine völlig in sich zusammengefallene Haltung zeugen von keinem sehr glücklichen Alltag. Während ich Gläser spüle und Conrad in der kleinen Abstellkammer des Ladens Getränkekisten stapelt und eine mir unbekannte Melodie vor sich hin summt, genieße ich das Gefühl, endlich gebraucht zu werden. Seitdem ich in London angekommen bin, habe ich nicht mehr so gedacht. Trotzdem habe ich Angst, dass ich außerhalb der Tage, an denen ich Conrad helfen darf, wieder dem Gefühl von Nichtsnutzigkeit und Selbstzweifeln hinterherrenne, wie ich es aus meinem bisherigen Leben so gut kenne. Zwar habe ich das Nähen wieder für mich entdeckt, aber das ist am Ende doch eher eine Tätigkeit, die man alleine macht, bei der man sich nicht nützlich fühlt, obwohl sie mich sehr glücklich macht. Ich habe Brian und nun auch Neela, aus der sich eine gute Freundin entwickeln könnte. Es ist also keinesfalls so, dass ich ein einsamer Mensch wäre. Aber das Gefühl, mit einer Tätigkeit Geld zu verdienen, ist dennoch ein anderes, eines, das mit mehr Verantwortung daherkommt. Und eines, auf das man am Ende des Tages ein klein wenig stolz sein kann. Nichts ist schlimmer, als sich fehl am Platz zu fühlen, und keiner weiß das so gut wie ich.

"Ich hätte gerne einen Whisky. Pur."

Vor mir sitzt eine Frau in einem dunkelblauen Kostüm. Es sieht sehr teuer aus und ich habe schlagartig das Gefühl, dass sie damit nicht in die Umgebung hier passt.

"Gerne, einen Moment", antworte ich möglichst professionell. Ich trockne meine nassen Hände an einem Geschirrtuch ab und drehe mich um, damit ich ein passendes Glas füllen kann. Kurz streifen meine Gedanken zurück zum Vorstellungsgespräch bei Adam, bei dem ich noch so skeptisch darüber war, ob ich jemals verstehen würde, was ich mit den vielen Gläsern eigentlich machen soll.

Noch während ich das Getränk vor der hübschen Frau abstelle, greift sie sich danach und trinkt einen großzügigen Schluck.

Ihre dunklen Augen sehen müde und traurig aus und ihr Mascara ist an einigen Stellen leicht verschmiert. Wäre ich nicht selbst eine Frau, dann wären mir die kleinen Unregelmäßigkeiten wahrscheinlich nicht aufgefallen, aber ich weiß nun einmal, wie es aussieht, wenn man mit Mühe und Not versucht, das durch Tränen zerstörte Make-up wieder provisorisch zu richten. Sie wirkt verzweifelt. Kurz überlege ich, ob ich mir in ihrer Situation von einer Frau, die mir meinen erlösenden Drink einschenkt, einen gut gemeinten, aber wahrscheinlich völlig fehlplatzierten Ratschlag anhören wollen würde. Aber ich denke nicht. Wahrscheinlich will sie einfach ihre Ruhe haben.

Außerdem habe ich in dieser Woche schon einmal einen gut gemeinten Anruf völlig falsch platziert. Und mir damit selbst eine Menge Kummer bereitet.

Obwohl es wider meiner Natur ist, wende ich mich etwas von der Frau ab, deren Schönheit trotz ihrer augenscheinlichen Verzweiflung nicht zu übersehen ist. Ihre langen zu einem Zopf geflochtenen Haare reichen ihr beinahe bis zur Hüfte. Die Haarfarbe liegt irgendwo zwischen dunkelbraun und schwarz. An ihrem schlanken Armgelenk baumelt ein filigranes, goldfarbenes Armband mit einem rundlichen Anhänger, der sich in ähnlicher Form an ihrer Kette wiederfinden lässt. Obwohl sie höchstens ein Jahr jünger ist als ich, strahlt irgendetwas an ihrem Gesicht Kindlichkeit aus. Es ist aber eine Art von Kindlichkeit, die nie ganz verschwinden wird und die sie immer etwas jünger aussehen lassen wird, als sie tatsächlich ist. Von ihrem Auftreten und ihrem Stil her erscheint sie schon sehr reif, aber ihre Augen verraten ihr junges Alter. Ich merke, dass sie die Männer in der anderen Ecke mustern, sogar der mit dem Smartphone hat seinen Blick vom Display abgewendet und starrt die Frau mehr als offensichtlich an. Ich richte meine Aufmerksamkeit wieder auf die Gläser, die ich zum Abtrocknen bereits an die Seite gestellt habe, schnappe mir das

Handtuch und gehe weiter meiner eintönigen Arbeit nach. Conrad summt noch immer und auch die Männer können ihre Aufmerksamkeit allmählich wieder anderen Dingen zuwenden, allerdings nicht ohne hin und wieder einen verstohlenen Blick Richtung Bar zu werfen. Erst das leise Klingeln eines Handys reißt uns alle gleichermaßen aus dem tranceähnlichen Zustand.

Leise fluchend nimmt die Frau das Gespräch an, das auf ihrem Handy eingeht.

"Hey", meldet sie sich eintönig und aus dem Augenwinkel sehe ich, wie sie die Augen schließt, als würde sie sich auf etwas Unangenehmes vorbereiten. Schließlich seufzt sie und sagt leise: "Hör zu, es tut mir leid. Ich habe die Zeit vergessen."

Es entsteht wieder eine kurze Pause, in der sich zwar ihr Gesichtsausdruck nicht verändert, ich aber merke, wie sie sich anspannt.

"Es ist egal, wo ich bin. Ich mache mich gleich auf den Weg zurück zu dir." Wieder eine Pause. "Zu euch. Natürlich habe ich ihn nicht vergessen, fang doch nicht schon wieder an, mir Vorwürfe zu machen! Mir geht es nicht besser als dir."

Selbst wenn ich es wollen würde, könnte ich die einseitige Unterhaltung, die ich da unfreiwillig belausche, nicht ausblenden. Ob sie sich mit ihrem Mann gestritten hat? Ihrem Freund? Oder ihren Eltern? Ich bewundere sie dafür, dass sie trotz ihrer deutlichen Worte nicht lauter geworden ist.

Ehe ich den Gedanken weiterführen kann, steht sie auf und zieht sich ihre Jacke über. Sie legt einen 10-Pfund-Schein auf den Tresen, steckt ihr Handy in die Jackentasche und verschwindet aus der Bar, ehe ich ihr sagen kann, dass sie mir viel zu viel Geld gegeben hat.

Adam

Ich sitze alleine am Bett meines Bruders. Nachdem ich Abby angerufen habe und ihr unmissverständlich zu verstehen gegeben habe, dass ich es nicht gut finde, wenn sie einfach für über zwei Stunden verschwindet, ohne mir Bescheid zu geben, wo sie ist. Dann habe ich mir einen bitteren Kaffee vom Automaten im Flur geholt und mich wieder auf den Stuhl gesetzt, den ich hüte, als wäre er mein Erstgeborenes. Nur um zu trinken, auf die Toilette zu gehen oder um für ein paar wenige Stunden nach Hause zu fahren und dem nicht kommenden Schlaf hinterherzutrauern, habe ich den unbequemen, aber mittlerweile eingesessenen Stuhl verlassen. Wie viele verzweifelte Seelen hier wohl schon gesessen haben und sich – genau wie ich – nicht an die ungewohnten Geräusche, das laute Piepen und die gedämpften Stimmen der Schwestern und Ärzte gewöhnen konnten? Ich glaube, meiner Schwester macht die Situation noch viel mehr zu schaffen als mir. Ich befürchte, dass sie nicht mehr lange durchhalten wird.

Der Kaffee ist mittlerweile schon fast zu kalt, um ihn zu trinken. Die kleine Anzeige des Akkustands auf meinem Handy ist im einstelligen Bereich gelandet und die Zeitungen, die draußen bereitgelegen haben, habe ich alle durchgeblättert, ohne mir nur ein darin geschriebenes Wort merken zu können. Bald kann ich die Klatschblätter vergessen, denn dann werde ich nur mit meiner eigenen Geschichte konfrontiert werden. Die tragische Geschichte des verunglückten Nick McGuire. Ich sehe die Schlagzeilen vor mir, als wären sie bereits gedruckt.

Die Fotografen lauern draußen vor dem Eingang des Krankenhauses und auch, als ich zwischendurch nach Hause gefahren bin, um zu duschen, standen sie vor meiner Wohnung. Lauernd. Abwartend. Und vor allem nervend.

Nachdem Nick vor gut drei Jahren ein gemeinsames Lied mit einem britischen Rapper aufgenommen hat und der Song durch die Decke ging, war er ständig von Paparazzi belagert. Als die Öffentlichkeit schließlich Wind davon bekam, dass er zwei Geschwister hat, bei denen er sich oft aufhält, hatten auch Abby und ich nur noch selten unsere Ruhe. Nick bekam schließlich eine winzige Rolle in einem Film, die in seinen und meinen Augen völlig überbewertet wurde, und wurde zu diversen Veranstaltungen eingeladen, zu denen er immer mal wieder einen von uns mitnahm. Filmpremieren, Preisverleihungen, wir haben alles schon gesehen. Nur, dass es nicht so toll ist, wie man denken würde. Ein roter Teppich ist bloß eine Hetzjagd, vom Essen wird man nur selten wirklich satt. Sich mit anderen Menschen zu unterhalten und dabei Kontakte zu knüpfen, stellt sich schnell als sehr schwierig heraus. Ständig laute Musik, überall Blitzlichter. Tatsächlich enden Bekanntschaften oft damit, dass man Handynummern austauscht und dann doch nie wieder voneinander hört.

Eines Tages haben mich plötzlich Frauen angesprochen, die sich vorher nie für mich interessiert hätten. Einfach nur, weil ich der Bruder des Sängers war, den sie so vergötterten. Das brachte mir zwar einige sehr kurzweilige Bekanntschaften ein, auf die ich heute nicht besonders stolz bin, aber vor allem hat es mich vorsichtig werden lassen. Sehr vorsichtig.

Meine Ex-Freundin war auf den ersten Blick anders als all die anderen Bekanntschaften – auf den zweiten jedoch nicht. Sie wollte uns als Sprungbrett für sich selbst nutzen, aber ich habe ihr falsches Spiel schließlich bemerkt und die Sache beendet, bevor sie einen Nutzen daraus ziehen konnte. Abby hatte weniger Glück. Bei dem Gedanken daran überkommt es mich eiskalt.

Als ich gerade meinen Becher leere, öffnet sich die Tür. Im ersten Moment denke ich, es sei ein Arzt, aber dann merke ich, dass meine Schwester den Raum betritt. Mit gesenktem Blick und noch viel ausgeprägteren Augenringen als noch vor ein paar Stunden stellt sie sich neben mich.

"Zeit für einen Wechsel", murmelt sie.

"Ich bin noch nicht müde", antworte ich und versuche dabei nicht einmal, meinen Ärger zu verbergen.

"Aber du bist seit über einem ganzen Tag wach, Adam. Du brauchst auch mal ein bisschen Ruhe."

"Ich will hier sein, jede Sekunde könnte Nick –"

"Sag es nicht! Wag es nicht, das Wort auszusprechen, Adam. Es sieht schlecht – ach, was sage ich? Es sieht beschissen aus, aber noch dürfen wir die Hoffnung nicht aufgeben."

Ich gebe einen Laut von mir, der irgendwo zwischen Resignation und Fassungslosigkeit liegt.

"Ich hasse diese ganze Scheiße hier, Abby!"

"Oh, damit bist du nicht alleine, großer Bruder!" Zum ersten Mal, seitdem wir gestern hier ankamen, hebt auch Abby ihre Stimme deutlich. Ich höre den spöttischen Unterton darin nur zu deutlich. "Aber es nützt nichts, wenn du hier jedem mit Wut begegnest. Die Ärzte sind keine Magier und werden es auch nicht, wenn du sie anschreist. Die Schwestern können nichts für den ekligen Kaffee und sie werden sicher nicht zu Starbucks rennen und dir einen extra milden Pumkin Spice Latte XXL holen, nur weil du sie mit wutverzerrtem Gesicht fragst, ob es diese braune Brühe auch in lecker gibt. Und Nick wird bestimmt nicht aufwachen wollen, solange ihn ein Adam erwartet, der am liebsten alles kurz und klein schlagen würde."

Abbys Worte treffen mich unerwartet hart. Ihre Augenbrauen sind wütend zusammengezogen und sie starrt mich beinahe feindselig an. Als ich die Tränen in ihren Augen sehe, wird mir schlagartig bewusst, wie erbärmlich ich mich in den letzten Stunden verhalten habe.

"Komm her", murmele ich und ziehe sie in meine Arme. Fast augenblicklich schluchzt sie laut auf und klammert sich an mir fest.

"Es tut mir leid, Abby. Ich bin manchmal ein Arschloch."

Es dauert einen Moment, bis sie antwortet, aber sie zaubert mir damit dennoch ein ernst gemeintes, wenn auch kleines Lächeln ins Gesicht. "Ich habe dich trotzdem lieb."

Maggie

Gerade komme ich die Treppe hoch, die mich aus dem Untergrund-System wieder an die frische Luft bringt, als ich das Gefühl habe, beobachtet zu werden. Ich muss noch einmal umsteigen und es liegen noch zwanzig Minuten Busfahrt vor mir, ehe ich bei Brian bin. Ich sehe mich unauffällig um, aber nichts an meiner Umgebung kommt mir verdächtig vor. Ein paar andere Leute sind wohl ebenfalls auf dem Weg nach Hause, einige hören Musik, andere schauen auf ihr Handy. Keiner von ihnen sieht so aus, als wolle er mir etwas Böses, aber trotzdem verschwindet das Gefühl nicht. Als ich den Underground verlassen habe und an einer Ampel warte, um die dunkle Straße zu überqueren, wird das Gefühl zu einer bösen Vorahnung. Mein Herz klopft schnell und tut in meiner Brust weh. Man mag mich für paranoid halten, aber ich hasse es, wenn fremde Menschen mir zu nah kommen und ich habe unfassbare Angst davor, auf offener Straße ausgeraubt zu werden. Deswegen meide ich es so oft es geht, mit öffentlichen Verkehrsmitteln zu fahren, obwohl es in einer Stadt wie London nichts Praktischeres und Schnelleres gibt. Ein Auto ist hier mitten in der Stadt ein Luxus, den man im Grunde genommen nicht allzu dringend braucht. Die Fahrkarten sind nicht teuer und man umgeht den ständigen Stau auf den Straßen dieser Großstadt, wenn man auf Bus und Bahn umsteigt.

Schnellen Schrittes überquere ich die Straße, als das Ampellicht auf Grün umspringt. Ein großes schwarzes Auto kommt viel zu schnell angerast und neben der Angst, die sich ohnehin in mir festgesetzt hat, fürchte ich mich nun auch noch davor, der Fahrer des Wagens könnte mich übersehen. Die letzten Meter renne ich beinahe über den Asphalt, dann hat mich der Bürgersteig wieder. Zitternd atme ich tief ein und aus. Immer noch sehe ich niemanden, der mich verfolgt. Langsam merke ich, wie lächerlich ich mich verhalte. Keines der wenigen Gesichter um mich herum kommt mir so bekannt vor, als dass es mich schon die ganze Zeit verfolgen würde. Als Mensch, der seine Umgebung immer sehr genau beobachtet, wäre es mir aufgefallen, wenn ein Mensch wiederkehrend auftauchen würde. Und das ist nicht der Fall.

Ich merke, dass ich stehen geblieben bin, als mir plötzlich jemand einen Stoß versetzt. Mein Puls beschleunigt sich noch mehr. Sofort greife ich nach meiner Handtasche. Alles ist noch da. Niemand hat mich ausgeraubt. Der Mann, der mich angerempelt hat, entfernt sich halb rennend von mir – allerdings nur aus dem Grund, weil er seinen Bus noch erwischen will, der gerade angefahren kommt. Kein Grund, in Panik zu geraten, rede ich mir selbst gut zu.

Es ist überhaupt nichts passiert. Du hast einfach im Weg gestanden.

Dennoch kann ich mich nicht bewegen, bin gefangen in meinem Angstzustand.

"Maggie?"

Da ist ein fragender Ton in der Stimme, deren Ursprung ich nicht sofort zuordnen kann. Wer auch immer eben etwas zu mir gesagt hat, wiederholt meinen Namen noch einmal, aber ich rühre mich nicht vom Fleck. Schließlich höre ich ein lautes Hupen, dann einen Fluch und das Schlagen einer Autotür. Die Kombination all dieser Geräusche lässt mich aus meinem paranoiden Zustand erwachen. Ich blicke mich um – und sehe Adam auf mich zukommen. Er läuft gerade um den schwarzen Wagen herum, von dem ich eben noch befürchtet habe, er könnte mich überfahren. Die Autos dahinter hupen mittlerweile wie wild, die ersten fangen an, Adams Range Rover, den er einfach vor der Ampel hat stehen lassen, zu überholen.

"Ist alles okay?", fragt er und schaut mich besorgt an. Das Gefühl, verfolgt zu werden, ist verschwunden. Aber okay ist deswegen trotzdem noch lange nichts.

"Denke schon", entscheide ich mich für eine Lüge. Statt meiner Angst kehren nun mein schlechtes Gewissen und die Erinnerung an meinen Anruf wieder.

"Was machst du hier?", fragt Adam.

"Ich bin auf dem Weg nach Hause", sage ich kurz angebunden. Dass ich direkt von Conrad komme, verschweige ich. Wieso ist er überhaupt ausgestiegen? War er nicht vor drei mickrigen Tagen noch wütend auf mich? Abgesehen davon, dass es wirklich ein unerklärlicher Zufall ist, dass gerade *er* mich während meiner Panikattacke aufgabeln musste, kann ich nicht verstehen, was ihn überhaupt dazu bewegt hat, auszusteigen. Ich habe ihn jedenfalls nicht bemerkt. Wäre er einfach weitergefahren und hätte mich nicht angesprochen, wäre diese komische Situation gar nicht erst entstanden.

"Soll ich dich ein Stück mitnehmen?"

Er zeigt auf sein Auto, dessen Warnblinkanlage die Straße in monotonem Rhythmus erhellt.

Oh ja, bitte!

"Nein, ich komme klar", antworte ich auf sein Angebot. Es ist verlockend, aber ich möchte mich nicht in der Situation wiederfinden, ihm etwas schuldig zu sein. Außerdem kommt mir genau der Gedanke, den er mir vor nicht allzu langer Zeit noch selbst genannt hat: Wir kennen uns doch gar nicht. Mein Gefühl sagt mir zwar, dass Adam sein Angebot einfach nur nett meint, aber er könnte mir rein theoretisch auch etwas Böses wollen. Gerade nach meiner Angstattacke eben ist das Letzte, was ich will, in ein fremdes Auto zu einem noch fremderen Mann zu steigen. Auch, wenn es zweifelsohne praktisch wäre.

Die Kälte um uns herum lässt langsam meine Füße taub werden und der Umstand, dass ich nun schon einige Minuten hier stehe, verbessert die Situation nicht. Im Oktober sollte man vermutlich etwas wärmeres Schuhwerk tragen, aber meine Turnschuhe sind einfach zu bequem.

"Sicher?", fragt Adam und ich sehe zu ihm auf. Dann nicke ich. Er sieht müde aus. Ausgelaugt. Kein Wunder, bei dem, was er im Moment durchmachen muss. Bevor ich es mir doch anders überlegen kann und doch noch in sein Auto steige, entferne ich mich einige Schritte von ihm.

"Es tut mir leid", sage ich und meine damit das Telefonat und die ganze Situation, in der er sich befindet. Ich müsste wenigstens ein wenig wütend sein, weil er mich so unhöflich behandelt hat, aber mein Verständnis für ihn hält mich davon ab. Erst, als ich ihn hinter mir gelassen habe und zu Bushaltestelle eile, bemerke ich, dass man meine Entschuldigung auch völlig verkehrt hätte aufnehmen können.

Es könnte meinen, ich entschuldige mich dafür, nicht mit ihm gefahren zu sein, was wohl ziemlich eingebildet klingen würde. Hoffentlich hat das mich nicht noch unbeliebter bei ihm gemacht. Zum Glück kommt mein Bus in dem Moment, in dem ich die Haltestelle erreiche. Ich hüpfe schnell hinein, steuere zielgerichtet die hinteren Sitze an und freue mich sehr über die Wärme, die mich und meine kalten Gliedmaßen empfängt.

Ich glaube, die gelblichen Warnblinker des Range Rovers noch immer sehen zu können, als der Bus sich in Bewegung setzt.

-

Meine Füße schmerzen, als ich Brians Wohnung betrete. Die abgestandene Underground-Luft und meine Panikattacke haben mir Kopfschmerzen beschert und ich spüre, wie mein Nacken sich mehr und mehr verspannt angesichts der verkrampften Haltung, die ich zum Selbstschutz eingenommen habe.

Mir versetzt allein der Gedanke an die nächste Bahnfahrt einen ordentlichen Dämpfer. Auch die Begegnung mit Adam gehört nicht gerade zu den Situationen, auf die ich stolz bin.

Nichtsdestotrotz bin ich auch ein Stück weit zufrieden mit mir. Ich habe den ersten Arbeitstag erfolgreich hinter mich gebracht, habe mich weder blamiert noch habe ich aufgegeben. Auch, wenn die Panikattacke mich fast dazu gebracht hätte.

Ich ziehe die Schuhe aus und werfe sie unachtsam auf den kleinen Stapel an Sneakern, der sich bereits im Flur angehäuft hat. Da weder der Fernseher läuft und ich meinen Onkel genauso wenig schnarchen höre, gehe ich davon aus, dass er noch im Büro ist. Ob er jemals einen Ausgleich für seine vielen Überstunden bekommen wird, wage ich zu bezweifeln. Dass er sich noch nie beschwert hat, grenzt in meinen Augen an ein Wunder. Er muss seinen Job wirklich lieben.

Während ich eine gemütliche Hose anziehe, werfe ich den Fernseher an, stelle den Ton aber so leise wie möglich, weil meine Gedanken schon laut genug sind. Dann hole ich mein Handy aus der Umhängetasche, die ich achtlos neben das Sofa gelegt habe, und mache es mir bequem. Der Entschluss, dass keine zehn Pferde mich mehr von meinem Sofa wegbewegen könnten, lässt nicht lange auf sich warten.

Ein kleines Lämpchen am oberen linken Rand meines Handydisplays blinkt aufgeregt und zeigt mir an, dass irgendwer etwas von mir will. Kurz ziehe ich in Erwägung, das Smartphone doch an die Seite zu legen und mir stattdessen ein Buch zu schnappen, entscheide mich aber dagegen. Vielleicht ist es Brian, der mir schreibt. Oder mich angerufen hat.

Oder es ist Adam.

Nein, vergiss es Maggie.

Dennoch kann ich nichts dagegen tun, dass mein Herz auf einmal etwas unruhiger schlägt als noch ein paar Momente zuvor. Es muss schon ein masochistischer Trieb sein, der uns dazu bewegt, am meisten an die Menschen zu denken, an die man eigentlich nicht so viele Gedanken verschwenden sollte. Aber Adams Angebot vorhin war so selbstlos, dass ich seine wütenden Worte beinahe vergesse. Ich kann nicht nachtragend sein, wenn er es nicht ist, aber dass er das Telefonat und seine Aussage einfach so vergessen zu haben scheint und mir helfen will, kann ich dennoch nicht ganz nachvollziehen. Entweder habe ich einen wirklich erbärmlichen Eindruck gemacht und er hat derart Mitleid mit mir empfunden, dass er über seinen Ärger hinweggesprungen ist, oder aber er hat das alles nicht so gemeint. Da meine Gedanken sich im Kreis drehen und zu nichts führen, wende ich mich meinem Handy zu.

Als ich sehe, wer mir geschrieben hat, überkommt mich eine ganze Welle Schuldgefühle. Courtneys Name ist gleich ein dutzend Mal aufgelistet und mit Schrecken fällt mir wieder ein, dass ich ihr noch immer nicht geantwortet habe.

Tolle beste Freundin! Rügt mich mein inneres Ich und ich kann es ihm nicht verdenken.

Ich lösche schnell die Werbung und die App-Benachrichtigungen über Angry-Birds-Sonderangebote, öffne Whats-App und wähle sofort Courtneys Namen aus der Liste aus. Beinahe augenblicklich strahlt mich ihr Profilbild an, auf dem sie mit einer riesigen Sonnenbrille und vor einem atemberaubenden Hintergrund in die Kamera lächelt. Bevor ich meine Finger überhaupt über die Tasten habe gleiten lassen, ploppt schon die erste neue Nachricht vor meinen Augen auf.

Courtney: Du lebst!!!!

Einige Sekunden verstreichen, ehe bereits die nächste Mitteilung aufleuchtet.

Courtney: Oder bist du gar nicht meine Maggie und hast dir ihr Handy geschnappt, nachdem du sie entführt und im Wald vergraben hast?

Obwohl mein Kopf davon noch mehr pocht und ihre Nachricht mich unangenehm an die letzten Stunden erinnert, in denen ich wirklich Panik hatte, entführt zu werden, muss ich kurz auflachen. Andererseits bin ich froh, dass meine beste Freundin nicht sauer auf mich ist. Sie hätte jedenfalls allen Grund dazu.

Maggie: Hey C, es tut mir leid! War alles ein bisschen viel auf einmal! Wie geht's dir?

Courtney: Wie es mir geht, ist egal. Wer hat dich davon abgehalten, deine beste Freundin auf dem Laufenden zu halten? Sag bloß, es ist ein Mann?!

Maggie: Du hast mit deiner Vermutung nicht ganz unrecht. Es ist aber nicht so, wie du denkst.

Dahinter füge ich einen lachenden Smiley an, um ihr direkt den Wind aus den Segeln zu nehmen. Auf der anderen Seite kann ich mir ihren Gesichtsausdruck überdeutlich vorstellen und muss anfangen, dämlich zu grinsen.

Über einen Mann zu reden, den man kaum kennt – das kann man nur mit der besten Freundin. Wieder leuchtet eine neue Nachricht auf.

Courtney: UN-FASS-BAR! Ich will alle Details. ALLE. Wie sieht er aus? Was macht er beruflich? Ist er sexy? Natürlich ist er sexy, sonst würdest du dich wohl kaum mit ihm abgeben.

Maggie: Behauptest du etwa, ich sei oberflächlich?!

Courtney: Vielleicht ein bisschen? Aber immerhin geht es um einen sexy Typen. Da ist das erlaubt.

Maggie: Du bist selbst unfassbar.

Courtney: Rede dich nicht raus!!!

Maggie: Natürlich ist er sexy, du blöde Nuss! Aber er könnte mein Chef werden. Hätte mein Chef werden können, wenn ich es nicht verbockt hätte.

Courtney: Oh Süße ... das ist nicht nur oberflächlich. Das ist sogar ziemlich naiv. Und dumm.

Maggie: Danke für die aufmunternden Worte.

Courtney: Nichts als die Wahrheit. Im Ernst Mags? Dein CHEF?!

Maggie: Ich kann mich nur wiederholen ...

Courtney: Hör zu, das letzte Wort ist noch nicht gesprochen. Ich muss jetzt zur Arbeit, sorry Süße. Hab eine kleine Aushilfsstelle im Kino ergattern können. Hab zwar keinen sexy Chef, aber ich kann kostenlos Popcorn naschen.

Schreib mir bitte noch, was genau passiert ist. Ich lese es in meiner Pause. Antworte dir dann. Sei nicht böse! xx

Ich kann einen Seufzer nicht unterdrücken. Erstaunt darüber, dass Courtney mir selbst über so viele Meilen hinweg mit ihrer direkten, aber immer ehrlichen Art meinen miserablen Abend ein klein wenig verschönern kann, schließe ich den Chat und gelange zurück zur Übersicht all meiner Verläufe. Ich muss erst überlegen, was genau ich ihr über die letzten Tage verrate und ob ich mich dabei wirklich für die pure Wahrheit entscheide. Auch wenn sie meine beste Freundin ist, werde ich das Gefühl nicht los, dass sich das Problem schneller löst, wenn ich meine Sorgen einfach für mich behalte.

Als ich gedankenverloren durch meine Nachrichten scrolle, sehe ich mir die Profilbilder meiner Freunde an. Die meisten haben Selfies eingestellt oder posieren mit ihrem Partner, einige haben sich vor Sehenswürdigkeiten verschiedener Städte ablichten lassen. Unter den unerreichbaren Top 3 sind der Eiffelturm, die Innenkabine des London Eye und – man mag es kaum glauben – das Weiße Haus, wenn auch aus unglaublicher Entfernung. Mit Schrecken stelle ich fest, dass ich seit meiner Ankunft nicht wenigstens einen touristentypischen Nachmittag verbracht habe und setze das in Gedanken auf meine To-Do Liste. Ich kann nicht in London leben ohne wenigstens einmal mit Kamera in der Hand den Big Ben bestaunt zu haben. Oder den Buckingham Palace. Meine Freunde zu Hause würden mich auslachen bei meiner langweiligen Art zu leben.

Ich ertappe mich dabei, wie ich meine gesamte Kontaktliste durchgehe und mir jedes Profilbild ansehe. Plötzlich trifft es mich eiskalt, als Adams Lächeln auf meinem Display erscheint. Ich vergrößere das Bild, kurz darauf füllt es den gesamten Bildschirm aus. Das Bild ist definitiv in der Bar aufgenommen worden. Er scheint in dem Moment herzhaft über etwas gelacht zu haben. Mit leicht in den Nacken gelegtem Kopf und unfassbar hübschen Grübchen, die sich auf seinen Wangen abzeichnen, fällt es mir schwer, den Blick wieder abzuwenden. Seine breite Statur und die lässige Art, wie er dort steht, völlig ungezwungen und einfach nur echt, erinnert mich daran, dass er ganz anders ist als ich selbst. Wäre ich mutig und hätte ich es nicht schon längst verbockt, dann würde ich ihm jetzt schreiben. Oder ich hätte die Chance ergriffen und wäre vorhin mit ihm mitgefahren, hätte sein Angebot angenommen. Sicherlich steht er auf selbstbewusste Frauen. Solche, die genau wissen, was sie wollen. Die genau so selbstbewusst sind wie er, mit denen er Spaß haben kann und die nicht erst minutenlang nachdenken, was sie sagen, um sich bloß nicht zu blamieren.

Mich mit meinen Gedanken selbst zu bestrafen, führt jedoch auch zu nichts und ich schüttele den Kopf. Lange genug wurde mir eingetrichtert, dass ich alles falsch mache, dass ich es niemals schaffen würde, auf eigenen Beinen zu stehen. Dass ich es nun doch mache, zeigt nur, dass ich es allen beweisen kann, wenn ich möchte.

Mein Handy schalte ich auf Standby und stehe auf, um mir eine Flasche Wasser aus dem Kühlschrank zu holen, falls ich nachts Durst bekomme. Während ich beinahe geräuschlos auf meinen Socken durch die dunkle Wohnung laufe, merke ich, wie müde und ausgelaugt ich eigentlich bin. Mein Kopf brummt, es ist, als laufe die ganze Zeit ein unangenehmer Ton im Hintergrund. Zurück in meinem Zimmer stelle ich die Wasserflasche auf den Boden neben meinem Bett, ziehe die Decke zurück, schlüpfe aus der Hose und lege mich hin. Müdigkeit überkommt mich und ich suche auf meinem Nachttisch nach dem Ladekabel für mein Handy, um es über Nacht aufzuladen. Kurz bevor ich mich endgültig hinlege, tippe ich noch schnell eine Nachricht an Courtney, weil ich es ihr schuldig bin.

Maggie: Ich kann nicht aufhören, an ihn zu denken, obwohl ich weiß, dass es ihm nicht so geht. Ich habe es gut gemeint und hab ihn damit verletzt, ich habe mir eingebildet, ich könnte ihm helfen, aber so ist es nicht. Es ist eine lange Geschichte, aber ich befürchte, sie ist vorbei, bevor sie richtig begonnen hat.

Adam

Ihre hellbraunen Haare fallen ihr auf die Schulter, während sie auf meinem Schoß sitzt.

Nach ein paar Minuten, in denen Abby und ich in mittlerweile schon viel zu gewohnter Manier gemeinsam am Bett unseres Bruders saßen, konnte meine Schwester mich endlich dazu überreden, nach Hause zu fahren, um mich ein paar Stunden ins Bett zu legen. Als ich dann jedoch Maggie so verzweifelt am Straßenrand hab stehen sehen und einfach angehalten habe, um ihr zu helfen, habe ich damit meinen Abend besiegelt. Statt einer Dusche und meinem bequemen Bett habe ich nun so viele Dinge in meinem Kopf, dass an Ruhe nicht mehr zu denken ist.

Es hat nur ein paar wenige Anrufe gebraucht, um ein paar enge Freunde zusammenzutrommeln, die mich in den nächstgelegenen Club begleitet haben. Für einen kurzen Moment hatte ich Gewissensbisse und wäre anstatt in die Diskothek lieber zurück ins Krankenhaus gefahren, habe mich dann aber doch überwinden können. Ich weiß nicht, ob meine Freunde nur auf einen Anruf gewartet haben, weil sie wussten, dass ich früher oder später Ablenkung brauchen würde, oder ob sie es dann einfach hingenommen haben, als es so weit war. Keiner von ihnen hat auch nur ein Wort über das verloren, was passiert ist. Als Außenstehender könnte man meinen, dass das herzlos und keinesfalls ein Benehmen eines Freundes ist, aber es ist genau das, was ich mir erhofft habe.

Abbys Stimme tönt noch immer in meinen Ohren nach. Sie hat recht, wenn sie sagt, dass keinem geholfen ist, wenn ich ständig aggressiv bin und alles schlecht rede. Was ich brauche, ist Ablenkung. Ich bin mir ziemlich sicher, dass mir die Frau, die nun auf meinem Schoß sitzt und sich unauffällig zum Takt der Musik bewegt, dabei helfen kann, meinen Plan in die Tat umzusetzen. Nachdem sie große Augen bekommen hat, als sie mich gesehen hat, und dann direkt selbstsicher auf mich zukam, war mein erster Impuls, sie abzuweisen. Wie ich es immer mache.

Meine Gedanken wandern zu Maggie. Ich hätte mich zwar tatsächlich sehr gefreut, sie nach Hause zu bringen, aber nicht, weil ich darauf aus war, eine Frau aufzureißen. Ich hätte es gern gemacht, weil sie mir leidgetan hat. Und weil ich sie wahrlich nicht nett behandelt habe, obwohl sie mir nur helfen wollte. Bei unserem unglücklichen Telefonat habe ich mich zu schnell von meinen negativen Erfahrungen leiten lassen. Sofort habe ich an die vielen Menschen gedacht, die sich schon an mich schmeißen wollten, um selbst Nutzen daraus zu ziehen. Und deswegen habe ich sie abgewiesen. Leider.

Dass sie den Spieß nun herumgedreht hat, passt mir gar nicht und ich hasse mich dafür, dass ich meine Bekanntheit nun meinerseits ausnutze. Ich widerspreche mir selbst, aber es ist mir egal. Wie mir in den letzten Tagen so vieles egal geworden ist.

In meiner rechten Hand halte ich eine Cola fest, fein perlt Kondenswasser am Außenrand des Glases entlang. Meine Knöchel treten weiß hervor, weil sich meine verkrampften Finger so fest um das Getränk schließen.

"Ich habe dich was gefragt!"

Sie zieht am Ärmel meines dunklen Hemdes. Ich murmele eine Entschuldigung und hoffe, dass sie einfach wiederholt, was sie eben gesagt hat.

"Du bist gar nicht bei der Sache!", beschwert sie sich stattdessen auf ein Neues. *Bei welcher Sache*, denke ich, verkneife mir aber, es laut auszusprechen. Immerhin macht sie gar nichts, außer auf meinem Schoß zu sitzen und die meiste Zeit über zu schweigen, von ihrem Longdrink zu nippen und ihre Hüften zum Takt der Musik kreisen zu lassen.

Diesmal spare ich mir die Entschuldigung. Ich schaue ihr in die Augen und merke, dass ihre Augenbrauen wütend zusammengezogen sind. Sie hebt ihre Hand und führt sie an meine Wange, streift mit ihren Fingernägeln durch meinen Bart. Dann senkt sie die Stimme und kommt mit ihrem Gesicht näher.

"Ich muss dich wohl erst von mir überzeugen."

Dann dreht sie sich weiter in meine Richtung und umfasst meinen Oberkörper mit ihren langen Armen. Ihr rotes Kleid mit weitem, v-förmigem Ausschnitt ist so klischeebehaftet, dass ich kurz lächeln muss. Nur dass die Frau auf meinem Schoß das völlig falsch versteht und ein verräterisches Funkeln in ihre Augen tritt und ihr Griff beinahe augenblicklich noch fester wird.

"Vielleicht sollten wir uns einen Ort suchen, an dem nicht so viel los ist, was meinst du?"

Ob sie merkt, dass das eine sehr einseitige Konversation ist? Oder hatte sie genug Alkohol, dass es ihr nicht auffällt? Wieder spüre ich ein Ziehen an meinem Hemdkragen.

"Wir sind doch gerade eben erst gekommen", versuche ich mich herauszureden. Ihr Griff wird noch fester. Wie ich dieses besitzergreifende Gehabe hasse.

"Ich hole uns was zu trinken." Etwas unsanft schiebe ich sie von mir, bevor ich aufstehe, mein Hemd richte und in Richtung Bar laufe. Dass meine Cola noch fast halbvoll war, kümmert mich weniger, als es sollte und ich kippe sie in einem Zug herunter, damit mich der Barmann nicht dumm anschauen kann. Ein paar wenige Leute stehen vor mir und warten auf ihre Bestellung. Ich stelle mich unauffällig dahinter. Dann nehme ich mein Smartphone aus der Hosentasche, um mir die Zeit zu vertreiben, ehe ich an der Reihe bin.

Ich habe eine einzige neue Nachricht. Kurz bin ich verwundert. Tatsächlich habe ich mit mehr gerechnet.

Was ich dann allerdings sehe, trifft mich wie ein Schlag direkt ins Gesicht.

Ich kann nicht aufhören, an ihn zu denken, obwohl ich weiß, dass es ihm nicht so geht. Ich habe es gut gemeint und hab ihn damit verletzt, ich habe mir eingebildet, ich könnte ihm helfen, aber so ist es nicht. Es ist eine lange Geschichte, aber ich befürchte, sie ist vorbei, bevor sie richtig begonnen hat.

-

Wie konnte ich nur einen einzigen Moment traurig darüber sein, dass Maggie mein Angebot, sie ein Stück mitzunehmen, ausgeschlagen hat? Wie kann sie mir ihre Gefühle für einen anderen Mann so offensiv an den Kopf knallen, nachdem sie mich ihrerseits abgewiesen hat?

Ich verlasse den Club, ohne vorher auch nur ein weiteres Wort mit meiner Begleitung zu wechseln, und lasse sowohl meine Freunde, mit denen ich hier aufgekreuzt bin, als auch den Barkeeper, der mich nur mit verwirrtem Blick ansieht, links liegen.

Ich kann nicht aufhören, an ihn zu denken?

Die Wut hat sich mittlerweile luftballongroß in meinem Magen breitgemacht und der kleinste Stich, die kleinste falsche Bewegung würde diesen Ballon platzen lassen. Dann garantiere ich für nichts mehr! Habe ich mich vorhin noch um sie kümmern wollen, ist sie mir nun nur noch ein Dorn im Auge. Verdammt, und ich wollte ihr helfen. Wie blind kann man eigentlich sein? Sie redet von einem Typen, als wäre es das normalste der Welt, mir davon zu berichten. So hätte ich das unsichere Mädchen nicht eingeschätzt. Mir ist es völlig egal, wie ihr verdammtes Liebesleben aussieht! Jetzt verstehe ich Ihre Abfuhr von vorhin auch. Und dass sie sich entschuldigt hat. Sie hat einen anderen und dachte, ich würde mich an sie ranschmeißen wollen.

Nur mit Mühe finden meine zitternden Finger den Autoschlüssel in meiner Hosentasche. Mittlerweile bin ich mir nicht mal mehr sicher, ob es sich bei dem Gefühl in mir wirklich um Wut handelt. Ein Stück weit schon, ja, aber ich habe die Befürchtung, dass auch ein Teil Eifersucht hinein spielt. Verdammt, was ist bloß los?

Es ist merklich kühler geworden und mir wird einmal mehr bewusst, dass der Sommer endgültig vorüber ist und dem Herbst weicht.

Ich erreiche meinen dunklen Range Rover, den ich auf dem hinteren Parkplatz der Diskothek abgestellt habe, und öffne die Fahrertür. Im Grunde bleiben mir nur zwei Möglichkeiten, den Rest des Tages zu verbringen, und keine davon klingt in meinen Augen sehr verlockend. Entweder fahre ich zurück ins Krankenhaus, oder aber ich statte meinem Bett einen Besuch ab und hoffe, dass sich der Schlaf irgendwann einstellt. Ob es überhaupt irgendeine Tätigkeit gibt, die in mir mehr als bloße Gleichgültigkeit weckt?

Ich starte den Motor und fahre vom Parkplatz, ohne eine Entscheidung getroffen zu haben. Das Handy liegt auf dem Beifahrersitz und verhöhnt mich noch immer. Kurz überlege ich, es in den Fußraum zu schubsen, entscheide mich im letzten Moment aber dagegen. Obwohl ich mich selbst dafür ohrfeigen könnte, muss ich wissen, ob noch eine weitere Nachricht eintrudelt. Ob da noch mehr ist als eine ominöse Nachricht, die genauso gut an jeden anderen Menschen adressiert sein könnte.

Ich merke, wie mein Gehirn bei diesem Gedankengang zu stolpern beginnt. Was, wenn Maggie mir die Nachricht aus Versehen geschickt hat?

Vor mir leuchtet eine rote Ampel auf und ich muss heftig bremsen, damit ich das angetrunkene Pärchen, das über die Straße torkelt, nicht erwische. Der Typ lässt schlagartig seine Freundin los und dreht sich mit wutentbranntem Gesichtsausdruck zu mir, unterbricht seine alkoholgeschwängerte, sinnlose Geste aber, als er mich ansieht. Ob er mich erkannt hat oder ob er schlichtweg bemerkt hat, dass er bei einer Konfrontation mit mir keine Chance hätte, ist mir bereits egal, als ich schließlich weiterfahre.

Ich fühle mich erschöpft. Die Gedanken, die ich mir über Maggies Nachricht mache und die sich in meinem Kopf mit dem ganzen Müll verquirlen, der in den letzten Tagen und Stunden auf mich eingeprasselt ist, der Wut, der Hoffnungslosigkeit, der Angst, all das macht mich plötzlich unendlich müde. Ohne es so recht zu merken, steuere ich schließlich doch den Weg nach Hause an. Als ich in die Straße einbiege, in der meine Wohnung liegt, muss ich bereits ein Gähnen unterdrücken. Als ich einen Parkplatz direkt vor der Eingangstür gefunden habe, seufze ich erleichtert auf und klaube meine wenigen Habseligkeiten auf, die im Auto verteilt liegen. Ich steige aus und steuere mit dem Schlüssel in der Hand die Tür an, hinter der ich mich endlich vor meinem Leben verstecken kann.

Kapitel drei

"Weil mit dir noch immer jede Sekunde etwas Besonderes ist"

Maggie

Es vergehen ein paar ereignislose Tage, die ich deswegen aber nicht minder genieße. Brian nimmt sich einen halben Tag frei und wir gehen zusammen ein paar Möbel aussuchen, von denen ich sicher bin, dass sie in das Zimmer bei Neela passen. Mit meiner neuen Mitbewohnerin bin ich beinahe unaufhörlich in Kontakt, die Textnachrichten, die wir uns hin und her schicken, sind alle voller Vorfreude auf unsere gemeinsame Zeit.

Wir haben uns darauf geeinigt, dass ich in einer Woche bei ihr einziehe. So habe ich noch genügend Gelegenheit dazu, mich um meinen Umzug zu kümmern, und sie kann noch einmal die letzten Tage allein genießen. Außerdem muss Neela sowieso viele Doppelschichten im kleinen Nähgeschäft leisten, in dem wir uns das erste Mal begegnet sind. Mehrmals habe ich bereits überlegt, ob ich sie besuchen soll, aber die Gefahr, zu viel Geld auszugeben und das Wissen, dass ich mir das nicht leisten kann, wenn ich bald umziehe, überstimmt das kleine Teufelchen auf meiner Schulter immer wieder auf ein Neues.

Das Arbeiten bei Conrad macht Spaß, ist aber auch so anstrengend, dass ich an den Tagen, an denen ich arbeiten war, erschöpft ins Bett falle, sobald ich die Wohnung betrete. An den verbliebenen Tagen sitze ich die meiste Zeit vor meiner Nähmaschine. Es stapeln sich bereits Kissen, die ich mir einem neuen Bezug ausgestattet habe und die mit mir in die neue Wohnung umziehen wollen.

Die geregelten Bahnen, die mein Leben einschlägt, werden nur ab und zu gestört. Auch wenn die Berichterstattung über Nick und seinen Zustand schon nach dieser kurzen Zeit beinahe völlig abgeebbt ist, lese ich immer wieder kleine Artikel im Internet. Ich frage mich, wie es Adam geht. Ich habe das irrationale Bedürfnis, ihn ein weiteres Mal anzurufen, obwohl seine Reaktion das letzte Mal unmissverständlich war. Und es macht mir Angst, dass ich mich zu diesem Mann hingezogen fühle, obwohl ich ihn überhaupt nicht kenne.

Du bist doch sonst nicht so leicht zu beeindrucken!

Aber wäre es nicht nur verständlich, wenn ich mich selbst auch ändere, wo sich auch alles um mich herum ändert? Ich bin noch immer unsicher, ängstlich und denke zu viel über Belanglosigkeiten nach. Zu oft erwische ich mich dabei, wie ich andere Menschen beobachte und mir wünsche, ich wäre wie sie. Obwohl ich weiß, dass das mein eigenes Wohlbefinden nur noch schmälert, komme ich nicht umhin, ständig an meinen Freundeskreis in meiner Heimatstadt zu denken. Wer von denen, die mir in der Schulzeit noch ihre Freundschaft geschworen haben, ist mit mir noch in Kontakt? Zu einer Freundschaft gehören natürlich immer zwei Personen, aber ich glaube nicht, dass ich in das Leben dieser Menschen aus meiner Vergangenheit passe. Und genauso sehr glaube ich, dass ich das auch gar nicht mehr möchte. Ich habe Brian, Conrad und Neela, und auch wenn die Freundschaften noch dünn und rissig sind, habe ich das Gefühl, dass ich mich mit den Menschen um mich herum bereits glücklich schätzen kann. Selbst Adam hat einen Anteil an diesem neuen Kapitel meiner Selbst. Bisher ist es ein holpriges, unvollständiges Kapitel, aber auch diese Szenen ändern die eigene Persönlichkeit.

Am Sonntagabend nehme ich mir Zeit, mich bei Courtney zu melden. Ich weiß, dass ich eine Freundschaft über so viele Meilen hinweg nicht in der Art pflegen kann, wie ich es tun könnte, wenn wir nur wenige Häuser voneinander entfernt leben würden, aber mir ist selbst bewusst, dass ich meine beste Freundin aus der Heimat ein wenig zu selten an meinem Leben teilhaben lasse. Schon unser Austausch auf WhatsApp scheint mir Ewigkeiten her, dabei waren es bloß vier Tage. Mich wundert dennoch ein wenig, dass sie bisher nicht auf meine letzte Nachricht geantwortet hat.

Es dauert zwei Anläufe, bis ich Courtneys Stimme am anderen Ende höre.

„Mags!", begrüßt sie mich überschwänglich und ein Lächeln breitet sich auf meinem Gesicht aus. Es tut wirklich gut, ihre Stimme zu hören.

„Na beste Freundin?", necke ich sie liebevoll und höre ihr Lachen. „Geht es dir gut?"

„Mein Leben wechselt momentan ziemlich häufig von ultralangweilig zu superstressig.", sagt Courtney und seufzt. „Ich denke, sowas nennt man unausgelastet. Vielleicht sollte ich mehr Sport machen."

„Noch mehr Sport?", frage ich ungläubig. „Was meinst du, was mit deinem Körper passieren soll? Anstelle von Augenbrauen wachsen dir dann Muskelstränge über den Augen, oder wie?"

„Wäre doch ziemlich attraktiv, fändest du nicht?", lacht sie. „Und bei dir? Wie läuft's bei dir? Was läuft an der Sexy-Chef-Front?"

„Es war klar, dass du das Gespräch in Windeseile genau darauf lenkst", ich mache eine kurze Pause, „aber ja, es ist deprimierend und aufmunternd zugleich. Ich weiß nicht so recht, was ich denken soll. Ich glaube, dass ich ihn irgendwie vergrault habe. Und ich fühle mich wie ein kleines Mädchen, wenn ich daran denke, wie ich mich ihm gegenüber verhalten habe." Ich erzähle ihr die ganze Geschichte von vorne bis hinten und sie schweigt, wie es nur eine beste Freundin kann, ohne dass es seltsam wirkt.

„Ach Süße, so geht es einem nun mal, wenn man verknallt ist."

Dass Courtney diese Worte so selbstverständlich über die Lippen bringt und mir damit ein ähnliches Gefühl gibt, wie man es haben muss, wenn man den Kopf gegen eine massive Betonwand schlagen will, bringt mich aus dem Konzept. Am liebsten würde ich sie fragen, ob sie meine letzte Nachricht überhaupt bekommen hat. Will sie fragen, ob sie irgendwas an meiner Verzweiflung nicht verstanden hat, aber da redet sie schon weiter. „Es ist doch normal, dass du dich komisch fühlst. Wie lange ist deine letzte Beziehung her?"

Sie bringt mich in die unangenehme Situation, dass ich tatsächlich darüber nachdenken muss. „Zwei Jahre."

„Dieser komische, der dachte, er könne Fußball spielen, stimmt's?"

„Das beschreibt ungefähr alles an ihm, ja. Sein Name war übrigens Robin, aber was tut das schon zur Sache?", erwidere ich ironisch. Ich will das Thema am liebsten sofort wieder fallen lassen. Wir müssen nicht darauf herumreiten, dass ich wenige und meist eher wenig erfolgreiche Beziehungen hatte. Zwar gehöre ich glücklicherweise nicht zu den Menschen, die schlechte Erfahrungen haben machen müssen, aber manchmal denke ich, dass ich auch noch nie das richtige Verliebtsein gespürt habe.

Und Courtney spricht meine Gedanken schon im nächsten Satz aus, als hätte ich sie meinerseits laut gesagt: „Da hast du die Antwort. Woher willst du wissen, wie sich wahre Liebe anfühlt? Was das richtige Verhalten ist? Und überhaupt, ich glaube nicht, dass es das überhaupt gibt."

„Das richtige Verhalten oder wahre Liebe?"

„Das richtige Verhalten natürlich, du Dummerchen."

„Hey, verletze bitte meine Gefühle nicht."

„Sorry Süße.", Courtney lacht. „Konnte ich dir mit meinen Beste-Freundinnen-Ratschlägen helfen?"

„Ja, ich denke schon. Danke."

Innerlich bin ich mir nicht wirklich sicher, ob ich nun tatsächlich schlauer bin als zuvor. Ja, meine beste Freundin hat mir einen Teil meiner gedankenschweren Sorgen genommen, aber dafür hat sie ein anderes Thema in den Raum geworfen. Eines, das mich sogar noch nervöser macht.

Wir reden noch eine Weile über Belanglosigkeiten. Sie erzählt mir, dass sie eine ganze Arbeitswoche lang Salz in die Maschine für das Zuckerpopcorn getan hat und dass ihr Chef ihr dennoch nicht sauer war und dass sie schon drei neue Filme auf die Liste der Dinge, die man nie in seinem Leben anschauen sollte, gesetzt hat. Wir lachen so unbeschwert wie schon lange nicht mehr. Und doch werden die Gedanken in meinem Kopf wieder unerträglich laut, sobald ich das Gespräch beendet habe.

Bin ich wirklich in Adam verknallt?

-

"Das ist der letzte Karton", sagt Brian und ich werde in eine feste Umarmung gezogen.

"Wow", sagt er dicht an meinem Ohr. "Mein Mädchen wird erwachsen."

Würde ich ihn nicht so gut kennen, wäre ich sicher, er würde ein Tränchen verdrücken. Aber so lächelt er mich nur an, während er mich weiterhin in einer ungeschickten Umarmung hält.

Wir stehen in meinem neuen Zimmer. Neela ist kurzfristig zur Arbeit beordert worden und Brian hat einige seiner

Überstunden geopfert, um mir beim Tragen der Kisten zu helfen. Ich habe wahrhaftig nicht viel Besitz, den man aufwendig hätte transportieren müssen. Während ich damals viel Geld in die Hand genommen hatte, um die großen Dinge wie meine Nähmaschine oder Winterklamotten, die ich nicht missen wollte, von meinen Eltern aus nach London zu Brian zu schicken, haben wir es heute ganz unkompliziert mit einer Fahrt im Auto geschafft.

"Ich bin aufgeregt", murmele ich und mein Onkel drückt voller Vertrauen meine Schulter. Die väterliche Geste treibt mir die Tränen in die Augen.

"Das ist dein neues Leben", sagt er, ich sehe aber, wie er selbst mit sich hadert. Ich weiß, dass ihn die Situation mehr verwirrt, als er zugeben würde.

"Aber ich bleibe ein Teil davon", fügt er schließlich hinzu.

Ich umarme ihn noch einmal fest, weil ich nicht genau weiß, was ich erwidern soll. Dann seufzt er und erklärt mir, dass er sich langsam wieder auf den Weg ins Büro machen muss. Wir verabschieden uns, als würden wir uns jahrelang nicht mehr sehen, obwohl wir bereits ausgemacht haben, dass ich ihn am Wochenende besuchen komme und von meinen ersten Tagen in der WG berichte.

Als mein Onkel die Wohnung verlassen hat, fühle ich mich das erste Mal so, wie ich bin: alleine. Ich wäre froh, wenn Neela hier wäre, weiß aber, dass ich mich mit der Situation abfinden muss.

Meine Beine tragen mich wie von selbst durch die Wohnung. In der Küche sieht es frisch geputzt aus, über dem runden Holztisch mit orange-roter Tischdecke hängt ein großer Fotodruck von einem indischen Markt. Neela, deren Eltern aus Indien stammen, hat viele Familienmitglieder in dem mir so fremden Land. Während ihr Vater damals ausgewandert ist, studiert hat und heute mehr als die Hälfte des Jahres in seinem

Heimatland verbringt und dort mit seinem eigenen Unternehmen unverschämt viel Geld verdient, lebt der Rest von Neelas engster Familie in der Nähe von London. Ihre Schwester, deren Zimmer ich ab heute einnehme, ist in Indien und macht dort ein Auslandsjahr. Neela hat noch zwei kleine Brüder, die bei der Mutter wohnen. Die vier Kinder sind mit Englisch als Muttersprache aufgewachsen, können aber alle auch fließend Indisch sprechen. Aber natürlich sieht man es der Familie an, dass sie nicht aus dem regnerischen, blassen England stammt.

Meine Schritte führen mich letztendlich wieder in mein Zimmer und ich mache mich an die Arbeit, die Kisten auszupacken. Die wenigen Möbel, die Brian und ich noch bestellt und die erst in den kommenden Tagen geliefert und aufgebaut werden, fehlen zwar als Stauraum, aber ich nehme mir extra viel Zeit, bereits vorhandene Schränke so einzuräumen, dass ich sicherlich auch immer wieder alles finden kann. Ich bin bis in den späten Nachmittag beschäftigt, ehe mein Handy, das auf dem Schreibtisch liegt, zu vibrieren beginnt. Der ankommende Anruf lässt mich schlagartig wieder in der Gegenwart landen und mit einem Satz bin ich bei dem klingelnden Gerät.

Neelas Name steht auf dem Display und ich hebe ab. Noch bevor ich sie begrüßen kann, fängt sie an zu reden.

"Na Mitbewohnerin, schon alles eingerichtet?"

Ich muss lachen. Komisch, wie gut sie mich kennt, obwohl wir uns erst vor so kurzer Zeit begegnet sind.

"Ja, ich bin fast fertig. Und du? Feierabend?"

"Ja, endlich! Die Frau macht nicht fertig."

Die Frau – Neelas Chefin – mit der ich bei meinem ersten Besuch im Stoffladen bereits Bekanntschaft machen durfte, muss sich momentan aufopferungsvoll um ihren kranken

Dackel kümmern, und alle Arbeit bleibt an meiner Freundin hängen.

"Aber ich rufe nicht an, um dir mein Leid zu klagen. Ich wollte dir eigentlich sagen, dass du dich jetzt in Schale wirfst, deine schönsten Schuhe anziehst und wir beide deinen Einzug feiern gehen!"

Die Bestimmtheit in Neelas Stimme lässt mich kurz stutzen. Eigentlich habe ich nicht damit gerechnet, heute Abend noch feiern zu gehen. Abgesehen davon, dass ich das ohnehin überhaupt nicht gerne mache, habe ich mich auf einen gemütlichen Abend gefreut ... aber ich kann meiner euphorischen Mitbewohnerin wohl kaum diesen eindringlichen Wunsch abschlagen. Dennoch versuche ich wenigstens halbherzig, sie von ihrem Plan abzubringen.

"Aber Neela, ich muss morgen arbeiten!"

"Und ich habe Conrad bereits eine Nachricht geschickt - er kommt mit. Ich will deinen Chef kennenlernen, warum also nicht gemeinsam feiern?"

Jetzt bin ich baff.

"Aber ... woher –"

"Facebook, Schätzchen", ist Neelas simple Antwort, der sie noch hinzufügt: "Außerdem sagte er, dass heute kein einziger Kunde kam und er den Laden genauso gut schließen könnte. Sieht bei euch nicht so rosig aus, hm?"

"Nein, nicht wirklich, aber Trübsal blasen können wir später", sage ich, von dem plötzlichen Entschluss erfasst, meine Unsicherheit wenigstens für einen Abend nicht mein Leben bestimmen zu lassen. "Jetzt muss ich mich als Erstes umziehen."

-

Die Luft im Club ist muffig und unangenehm. Ich besitze nur ein einziges Paar hohe Schuhe, das ich heute Abend nach langer

Zeit wieder angezogen habe. Ich merke schnell, dass das ein Fehler war, denn meine Füße schmerzen bereits nach einer knappen Viertelstunde.

Wir haben uns in der Wohnung getroffen, sie hat sich schnell umgezogen und frisch gemacht, während ich einige Minuten auf sie gewartet habe.

Es ist zu laut, um sich zu unterhalten, und noch sind wir alleine. Conrad hat mir eine Nachricht geschickt, dass er ein paar Minuten später kommt, aber ich habe ihm bisher nicht geantwortet. Ich hoffe, dass Conrad uns nachher nach Hause bringen kann, denn die kurze Busfahrt hierher war schon wieder unangenehm genug.

Im Gegensatz zu mir, die nur eine Cola trinkt, hat sich Neela einen bunten Cocktail bestellt. Mich beschleicht das unangenehme Gefühl, dass ich, um den Abend durchzustehen, ebenfalls so schnell wie möglich auf harten Alkohol umsteigen sollte, obwohl er mir nicht schmeckt. Mit viel Saft, wer weiß ... vielleicht geht es dann ja?

Ich bemerke erst, dass mein Blick noch immer starr auf mein Getränk gerichtet ist, als Neela mich mit dem Zeigefinger antippt. Ihre spitzen künstlichen Fingernägel bohren sich in meinen Unterarm und ich zucke zusammen. Dann blicke ich auf und sehe, wie sie grinst und mit dem Kopf leicht und unauffällig in Richtung einer Gruppe Jungs zeigt, die ihrerseits eindeutig in unsere Richtung schauen. Dieses öffentlich bekundete Interesse ist mir derart unangenehm, dass ich meinen Blick sofort wieder senke, um meine roten Wangen zu verbergen.

"Und?", fragt mich Neela und bohrt weiter mit ihrem Fingernagel.

Ich schüttele den Kopf und mache eine ausladende Geste mit meinen Händen, die so viel bedeuten soll wie "Bediene dich ruhig".

"Nur kurz", sagt sie dann direkt in mein Ohr und im nächsten Moment ist sie verschwunden. Ich möchte überhaupt nicht wissen, was die forschen Jungs nun von mir denken, ich möchte meine Freundin aber auch nicht mit meiner Unsicherheit die Gelegenheit auf einen kleinen Flirt verderben. Es ist besser, wenn ich mich im Hintergrund halte.

Mein Hals ist plötzlich fürchterlich trocken und ich trinke ein paar kräftige Schlucke meiner Cola. Am liebsten würde ich mich verstecken. Hinter meinem Glas, unter dem klebrigen Tisch, egal wo.

Adam

Ich sollte mich schlecht fühlen, weil ich einen weiteren Abend nicht am Bett meines Bruders sitze, sondern wieder den Weg in Richtung des Clubs einschlage, der vor wenigen Tagen schon einmal mein Ziel gewesen ist.

Aber ich fühle mich nicht schlecht.

Ich hasse mich dafür.

Auch wenn heute das Letzte, was ich will, eine aufdringliche, aufgetakelte Frau auf meinem Schoß ist, führen mich meine Beine wie von selbst in den Club.

Ablenkung, Ablenkung, Ablenkung, schreit mein Gehirn.

Als ich die Tür aufstoße, ist es neblig, die Luft schwer von Alkohol und Schweiß. Eine ekelerregende Kombination, die mich aber genauso wenig aufhalten kann wie meine nicht minder ekelerregenden Gedanken über mich selbst.

Schon nach den wenigen Metern klebt mein weißes Hemd an meinem Oberkörper. Es ist viel zu heiß hier. Stickig. Trotzdem halte ich Ausschau nach einem leeren Tisch, den ich schließlich in einer der Ecke erspähe. Ich will schon dorthin gehen, um mich etwas abseits von der vollen Tanzfläche hinzusetzen und kurz den Stress der letzten Stunden zu verdrängen. Dann aber sehe ich ein Gesicht, das mir zu bekannt vorkommt, um es einfach zu ignorieren. Denn am Tisch, den ich in Gedanken bereits beschlagnahmt habe, sitzt Maggie und starrt in ihr leeres Glas, als könne sie dort einen Schatz finden.

Ich stoppe kurz in meiner Bewegung, nur um dann wieder weiter den Weg zu dem Tisch anzusteuern.

Ihrem Tisch.

Als ich direkt danebenstehe und sie noch immer nicht aufblickt, setze ich mich gegenüber. Sie erschreckt sich so sehr, dass sie einen kleinen Hüpfer auf ihrem Stuhl macht. Dann werden ihre Augen groß, als sie mich sieht.

Ich sehe Verwirrung in ihrem Blick, vielleicht sogar ein bisschen Angst. Genau diese Angst spüre ich auch in mir selbst. Was mache ich denn hier? Ich bin gemeingefährlich zu mir selbst!

"Hey", sage ich dann, beinahe lautlos, weil ich weiß, dass sie meine Worte bei der Lautstärke hier drin ohnehin nicht verstehen könnte.

Sie formt ihre Lippen zu einem "Selber hey". Dann lächelt sie. Es ist ein entwaffnendes Lächeln, dem ich nichts hinzufügen kann. Wir schweigen uns an, jeder scheint seinen eigenen Gedanken hinterher zu hängen. Ein eigentlich unangenehmes Gefühl, aber genau das, was ich jetzt brauche.

Das Handy, das neben ihr auf dem Tisch liegt, vibriert und fängt wild zu blinken an. Auf dem Kopf kann ich nicht lesen, was für ein Name auf dem Display steht, wer der Anrufer ist. Sie nimmt das Gerät in die Hand, steht auf und entfernt sich zum Telefonieren von mir. Nicht allerdings, ohne mir vorher einen entschuldigenden Blick zuzuwerfen.

Ich bleibe noch kurz sitzen. Was hat Maggie bloß an sich, das mich ständig von meinen eigenen Vorhaben abbringt? Sie hat mich abgewiesen und mir zu verstehen gegeben, dass es einen Mann in ihrem Leben gibt, zu dem sie sich hingezogen fühlt. Obwohl ich nach ihrer Reaktion eben mehr denn je glaube, dass die Nachricht an mich ein Versehen gewesen sein muss. Wäre sie nicht anders aufgetreten, wenn sie gewollt hätte, dass ich von dem anderen Mann weiß, wenn sie den Text absichtlich abgeschickt hätte? Von meiner Wut, die mich bei ihrer Nachricht noch im Griff hatte, ist nichts übrig.

Wie soll man das verstehen können?

Ich überlege nicht lange und verlasse ebenfalls den Club in Richtung Ausgang und vor allem in die Richtung, in die Maggie zum Telefonieren gegangen ist. Zwischen tanzenden Leibern schlängele ich mich zum Ausgang und begrüße die Luft, die mich schlagartig empfängt. Ein paar Schritte weiter rechts steht Maggie, das Handy ans Ohr gedrückt. Ihre Haltung verrät eindeutig, dass sie fürchterlich friert. Die Knie zittern, was ich sogar auf diese Entfernung sehen kann, und ihre Arme sind eng an den Körper gepresst. In ihrem knielangen Rock mit dem hohen Bund, in den sie eine hellblaue Bluse gesteckt hat, würde es mir an ihrer Stelle vermutlich auch etwas zu kalt sein. Sie sieht mich, als ich auf die zukomme und ich höre nur noch, wie sie sich verabschiedet.

"Versetzt worden?", frage ich, als sie aufgelegt hat.

Maggie lacht leise und nickt.

"Kann man so sagen. Meine Freundin hat es keine halbe Stunde mit mir ausgehalten, ehe sie sich lieber einer Gruppe Halbwüchsiger angeschlossen hat und nun sagt Conrad mir, dass er es doch nicht hierher schafft." Sie zuckt mit den Schultern. "Und bei dir?"

Ich stutze kurz, als der Name eines anderen Mannes fällt. Ich weiß nicht, ob ich mich mehr darüber wundern sollte, dass sie scheinbar eine Verabredung mit einem Kerl hatte, oder ob ich den unverständlichen Umstand, dass dieser sie einfach versetzt hat, mehr Beachtung schenken soll. Ist das vielleicht der Mann, über den die Nachricht handelte? So muss es einfach sein. Plötzlich will ich ihr vor allem beweisen, dass ich besser bin als er.

"Dann kannst du ja froh sein, dass ich zufällig gerade aufgetaucht bin und deinen Abend rette." Dann fällt mir der zweite Teil ihrer Antwort ein und ich ergänze: "Ich brauche ein wenig ... Abstand zum Krankenhaus."

Sie sieht mitgenommen aus, fast so, als hätte sie nicht an meine Situation gedacht und als würde es ihr nun leidtun, dass sie das Offensichtliche zur Sprache gebracht hat.

Hinter uns geht die Tür des Clubs wieder auf und ein betrunkenes Pärchen stolpert heraus.

"Und das hier ist der richtige Ort zum Abschalten?", fragt Maggie dann mit hochgezogenen Augenbrauen.

Ich überlege nur kurz, ehe ich den Kopf schüttele.

"Nein. Ehrlich gesagt nicht. Aber mir ist kein besserer Ort eingefallen."

"Wirklich nicht? Mir fallen auf Anhieb eine Menge Orte ein, die besser sind als dieser hier. Und ich wohne erst seit zweieinhalb Monaten in London."

Ihre Arme sind vor der Brust verschränkt und sie läuft ganz unauffällig auf der Stelle, um sich wenigstens ein bisschen warm zu halten. Ich denke nicht nach, bevor ich die nächsten Worte ausspreche.

"Dann schlage ich vor, dass wir jetzt deine Jacke holen, und du mir diese Orte zeigst."

Maggie

Das Einzige, was noch davon zeugt, dass ich überhaupt einen Fuß in diesen Club gesetzt habe, ist mein leeres Cola-Glas, dessen überteure fünf Pfund Adam beglichen hat. Währenddessen habe ich mich angezogen und Neela eine kurze Nachricht geschickt, dass ich schon früher gehe, weil es mir hier nicht gefällt. Was nicht einmal ganz gelogen war. Da ich sie auf die Schnelle nicht habe finden können und vermute, dass sie irgendwo zwischen den Tanzenden steckt und sich anhimmeln lässt, habe ich den einfachen, wenn auch feigen Weg der modernen Kommunikation gewählt. Ich hoffe, dass sie nicht sauer ist. Ich beschließe, ihr später zu erklären, dass ich mit Adam gegangen bin.

Adams Auftauchen hat mich schon wieder völlig verunsichert. Dennoch hat sich vorrangig Freude in meine widersprüchlichen Empfindungen gemischt. Mein dummes, dummes Herz. Auf der einen Seite bin ich noch immer nicht sicher, wie ich mich ihm gegenüber verhalten soll, auf der anderen Seite gibt er mir mit seiner Lockerheit, die er seit dem ersten Moment an ausgestrahlt hat, die Gelegenheit, selbst ein bisschen aufzutauen. Entweder er ist wirklich die Ruhe selbst – was ich mir bei allem guten Willen nicht vorstellen kann – oder aber er ist ein sehr guter Schauspieler.

Er ist charmant, vielleicht sogar etwas zu charmant, aber ich muss versuchen, ihn nicht als potenziellen Chef zu sehen, sondern als ... Bekannten, mit dem ich einen halben Abend verbringen werde. Ein Bekannter, nichts als ein Bekannter.

"Bist du soweit?"

Adam ist hinter mich getreten, wir stehen wieder auf der Straße vor dem Club. Ich nicke und greife zeitgleich in meine kleine Handtasche, um mein Portemonnaie herauszuholen und ihm die fünf Pfund für meine Cola zu geben, doch er hebt sofort entwaffnend beide Hände in die Höhe.

"Wenn du denkst, dass du diese abgestandene Cola zahlen sollst, dann vergiss es lieber ganz schnell. So viel Gentleman bin ich dann doch noch."

"Das hat mit Gentleman sein nichts zu tun, ich –"

"Ende der Diskussion", unterbricht er mich, "wo geht es hin?"

Ziemlich unverschämt, wie er mir einfach so über den Mund fährt, aber ich sehe ein, dass ich wenige Chancen habe, also packe ich meinen Geldbeutel wieder weg. Allerdings nicht, ohne ihm noch einmal einen gespielt genervten Blick zuzuwerfen. Ich überlege, ob ich ihn überraschen soll, entscheide mich aber, ihm von meinem Plan zu erzählen, denn ich habe Angst, dass es ihm am Ende nicht gefällt.

"Wir fahren an die Themse. Es gibt eine Stelle, an der immer im Herbst und Winter Stühle und Tische aufgestellt werden, mit Lichterketten geschmückt und kitschigen Teelichtern, die durch den Wind ständig ausgehen. Mein Onkel hat mir letztens davon erzählt, aber ich war selbst noch nicht da."

"Das hört sich ziemlich kitschig an", bemerkt Adam stirnrunzelnd. Ich muss ihm recht geben. Vermutlich ist das kein Ort, an dem er gerne seinen Abend verbringt. Ich will schon zurückrudern und einen anderen Vorschlag machen, als er fragt: "Kennst du den Weg?"

Ich nicke eifrig. "Es ist nicht weit."

"Dann lass uns gehen, bevor wir hier festwachsen."

-

Wir kommen nicht an unserem Ziel an.

Gerade, als wir in den Bus steigen wollen, blitzt ein helles Licht auf. Ihm folgen noch einige weitere. Neben mir höre ich

Adam fluchen, dann zieht er mich an meinem Jackenärmel in den Bus, kurz bevor dieser die Türen wieder schließt.

Er lässt meinen Ärmel nicht los, bis wir ganz hinten einen Zweiersitz gefunden haben. Dann schiebt er mich etwas unsanft an den Fensterplatz und lässt sich neben mich fallen.

"Verdammt", knurrt Adam.

Es dauert einige Momente, bis mir klar wird, dass wir gerade von Paparazzi eingefangen wurden.

Ein mulmiges Gefühl überkommt mich. In welcher Zeitschrift werde ich morgen wohl zu sehen sein? Was werden die Leute denken, was werden sie sagen?

All diese Fragen kreisen so penetrant in meinem Kopf, dass ich erst gar nicht merke, dass Adam mich ansieht. Ich drehe den Kopf leicht zur Seite. Die Lichter von draußen spiegeln sich in seinen dunkelbraunen Augen. Sein Bart ist perfekt gestutzt und geht an den Schläfen in eine Frisur über, die zwar so aussieht, als wäre sie lässig, ihn mit Sicherheit aber einige Minuten vor dem Spiegel gekostet hat.

"Alles in Ordnung bei dir?", fragt er dann und ich sehe ehrliche Besorgnis in seinem Blick.

"Ja", flüstere ich. Meine Stimme ist viel brüchiger, als ich es beabsichtigt habe und sofort habe ich ein schlechtes Gewissen. Für ihn ist die Situation wahrscheinlich viel unangenehmer.

"Tut mir leid, Maggie. Ich wollte nicht, dass so etwas passiert", sagt er dann und senkt den Blick.

"Du kannst doch nichts dafür."

"Nein. Doch. Ich weiß nicht. Irgendwie schon."

Er schaut auf seine Finger, die sich ineinander verkeilt haben. Zwar krame ich in meinem Gedächtnis nach ein paar schlauen Worten, aber sie haben sich zu gut versteckt und ich schweige lieber. Dieser verunsicherte Adam gefällt mir nicht, weil ich einfach nicht weiß, wie ich mit ihm umgehen soll. Sonst bin doch ich immer diejenige, die Unsicherheit ausstrahlt.

Mein Blick schweift über unsere Umgebung. Wir sind fast die einzigen Fahrgäste in diesem Teil des Busses. Würde uns ein Fremder sehen, würde er sich wohl kaum etwas Besonderes denken. Sicherlich geben wir ein ganz normales Pärchen ab, wie wir hier so sitzen, nebeneinander, die sich leicht berührenden Knie. Die Kälte, die wir mit in den Bus genommen haben, verflüchtigt sich langsam und macht einer angenehmen Wärme Platz, von der ich sicher bin, dass sie etwas mit dem Mann neben mir zu tun hat.

"Müsstest du nicht eigentlich an diese Leute gewöhnt sein?", frage ich.

"Die Paparazzi?", stellt er die Gegenfrage und ich nicke. Er scheint kurz nachzudenken. "Ich glaube nicht, dass man sich jemals daran gewöhnen kann, dass man urplötzlich irgendwo fotografiert wird. Theoretisch müsste ich immer lächeln, damit mich am nächsten oder übernächsten Tag nicht irgendwer mit hässlichem Gesichtsausdruck in der Zeitung entdeckt."

Ich kann mir ehrlich gesagt nicht vorstellen, dass das seine einzige Sorge ist und weiß, dass er die Situation herunterspielt. Das sanfte Lächeln um seine Mundwinkel bekräftigt mich in dieser Annahme noch.

"Aber tatsächlich stört es", sagt er, wieder ernster. „Wir haben kein Privatleben. So viele Menschen wollen unbedingt eines Tages berühmt werden, dabei ist das nicht einmal erstrebenswert. Das Schlimmste ist, dass alle sich anmaßen, dass sie Dinge besser oder immerhin anders machen würden. Im Moment ist es besonders schlimm", bemerkt er und schaut an mir vorbei aus dem Fenster.

"Das kann ich mir vorstellen." Die Pause, die ich dann einlege, weil ich über meine nächsten Worte und darüber, ob ich sie wirklich sagen soll, nachdenken muss, wird viel länger als beabsichtigt. "Gibt es etwas Neues wegen deinem Bruder?"

Mein Interesse ist echt und ich glaube, dass er das bemerkt. Auch wenn ich ein wenig Furcht vor seiner Reaktion habe, kann ich nicht hier sitzen und so tun, als wäre alles normal. Schließlich schaut Adam mich wieder an. "Nein, nichts Neues. Sein Zustand ist nach wie vor kritisch, vermutlich wird es ... sehr schwer für ihn, wenn er wieder aufwachen sollte." Adam schluckt deutlich sichtbar.

"Es tut mir so leid", erwidere ich betroffen.

"Ich weiß, Maggie. Hör auf, dich ständig zu entschuldigen. Ich müsste derjenige sein, der das tut. Du hast nichts falsch gemacht. Ich bin nur zu aufbrausend und deswegen manchmal unfair. Meine Reaktion am Telefon war ziemlich scheiße."

"Und ziemlich verständlich", ergänze ich. Ich will wirklich nicht, dass er sich deswegen rechtfertigt. Mein Verständnis für seine Situation ist so groß, dass eine Entschuldigung seinerseits überhaupt nicht nötig ist. Ganz und gar nicht.

"Aber wenn ich dich das nächste Mal nach Hause fahren will, dann sag gefälligst nicht noch einmal nein."

Seine Worte sind deutlich, aber sein Ausdruck verrät, dass er es bei Weitem nicht so meint, wie man es im ersten Moment auffassen könnte. Er grinst mich an. Ich will mich bereits ein weiteres Mal entschuldigen, stoppe mich selbst aber noch rechtzeitig. Stattdessen lächele ich ihn schüchtern an und wir schweigen einvernehmlich.

Adam bringt mein Herz dazu, unregelmäßig zu schlagen. Es gibt Momente im Leben, die sind einfach so schön, dass man wie blöd grinsen muss. Dieser hier ist so einer. Hätte mir vor ein paar Wochen jemand erzählt, dass ich mit einem Mann, den ich eigentlich gar nicht richtig kenne, durch Londons Nacht fahre, hätte ich vermutlich laut gelacht. Als ob Adam meine

Gedanken gelesen hätte, sieht er mich plötzlich an und sagt: "Ich würde dich gerne etwas besser kennenlernen, Maggie. Mir stehen noch ein paar Minuten Bewerbungsgespräch zu."

Auffordernd schaue ich ihn an, als wolle ich ihm sagen, dass er bloß zu fragen braucht. Vielleicht ist das die Möglichkeit, im Gegenzug auch etwas über ihn zu erfahren. Wäre ich etwas selbstbewusster, dann würde ich nun eine Antwort erwidern, die ihn dazu zwingt, im Laufe unseres Gesprächs auch etwas über sich zu verraten. Aber ich traue mich nicht. Stattdessen nicke ich schon wieder bloß.

"Hast du Geschwister?", fragt Adam mich.

"Nein", sage ich knapp, schiebe aber eine Erklärung hinterher, "meine Mom hat sich glaube ich immer ein zweites Kind gewünscht, aber mein Vater hatte zu viel zu tun, um noch mehr Familie zu ertragen." Ich kann nichts dagegen tun, dass meine Stimme wütend und vorwurfsvoll klingt.

"Das hört sich nach einem Vater an, der viel arbeitet."

"So ist es. Er ist Politiker. Kein hohes Tier, aber beschäftigt genug, um ständig auf Sitzungen zu sein und allen möglichen Einladungen zu folgen, bloß, um sich zu zeigen. Gesehen zu werden." Dass mir die Wahrheit über die Lippen kam, erschreckt mich ein bisschen, fühlt sich dann aber gut an.

"Dann müsstest du Paparazzi doch auch kennen", bemerkt Adam skeptisch.

"Nein, nicht wirklich. Wie gesagt, so ein großer Politiker war er dann auch wieder nicht. Aber ich denke, ich bin froh, dass mir das erspart blieb. Dir scheint es ja auch nicht sonderlich zu gefallen."

Er schmunzelt. "Am Anfang war es schon cool. Es gab tatsächlich schon einige Leute, die ein Autogramm von mir wollten. Dabei mache ich eigentlich gar nichts, was mich zum Autogramme schreiben berechtigt. Ich bin einfach nur Teil von Nicks Familie. Verrückt, oder?"

"Was machst du eigentlich, wenn du nicht in der Bar arbeitest?", frage ich. Tatsächlich kann ich mir nichts anderes vorstellen. Adam in einem Büro? In Anzug und Krawatte? Bestimmt sexy, aber sicherlich nicht das, was er tagtäglich machen wollen würde.

"Willst du mir sagen, dass du mich noch nicht gegoogelt hast?", fragt er mit gespielter Empörung, fährt dann aber fort: "Ich mache nichts anderes. Vor einigen Jahren bin ich mit meinem Jura-Studium fertig geworden. Dann habe ich ein paar Jahre mit meinem Dad zusammen in seiner Kanzlei gearbeitet und viel Geld verdient, weil er eine ganze Menge einflussreicher Menschen betreut hat. Als er gestorben ist, wurde Nick relativ schnell bekannt und wir haben mit dem Geld, was wir geerbt haben, die Bar aufgemacht. Das war vor einem Jahr. Ich finde das ziemlich cool und es macht bei weitem mehr Spaß als in der Kanzlei."

Erstaunt darüber, wie locker er mit dem Tod seines Vaters umgeht, kann ich meine nächsten Worte nicht stoppen. "Was ist mit deiner Mom?"

Nun tritt ein ärgerlicher Gesichtsausdruck auf sein männliches Gesicht. "Die ist abgehauen, als ich zehn war."

"Tut mir –"

"Brauch es nicht", unterbricht er mich. "Es war besser so. Wir kamen auch sehr gut mit Dad klar. Er war immer alles für uns drei. Ich bin der Älteste, dann wurde Nick geboren und schließlich Abby."

Mit Schrecken stelle ich fest, dass ich nicht einmal genau weiß, wie alt er ist. Glücklicherweise nimmt er mir die Frage ab.

"Abby ist jetzt dreiundzwanzig, Nick siebenundzwanzig und ich neunundzwanzig. Die Zeit vergeht so schnell."

Seine Worte sind so persönlich, dass alles, was ich nun sagen könnte, falsch erscheint. Es fühlt sich gut an, dass er mir das alles anvertraut hat. Irgendwie verbindet es uns, dass unsere Familien beide nicht perfekt sind.

"Weißt du, was mein Dad immer mit mir gemacht hat, wenn ich nicht schlafen konnte?"

Ich schaue ihm wieder ins Gesicht. Er selbst hat seine Position nicht verändert, schaut noch immer aus dem Fenster.

"Hm?", mache ich.

Dann lächelt er.

"Er ist immer mit mir Bus gefahren, bis ich nicht mehr gerade stehen konnte. Dann sind wir zurückgefahren, ich bin in seinen Armen eingeschlafen und erst am nächsten Morgen wieder in meinem Bett aufgewacht.

Über die süße Anekdote muss ich lächeln.

"Verrückt, diese Busse. Ich glaube, jeder hat eine ganz eigene Geschichte, die mit diesen Monstren zu tun hat", entgegne ich.

"Was ist deine?"

Ich zögere nicht lange und erzähle ihm von der Twilight-Busfahrt mit meiner Mom. Ich bin gerade fertig, da bricht er in schallendes Gelächter aus.

"Das ist eine schöne Geschichte", sagt Adam schließlich. Die Tränen, die sich wegen seines Lachanfalls in den Winkeln seiner Augen gebildet haben, wischt er mit den Fingerkuppen weg.

"Und nun", bemerke ich trocken, "kann ich außerdem erzählen, dass ich von einem berühmten Kerl ausgelacht wurde, während wir vor Paparazzi flüchteten."

"Siehst du, so entsteht unsere ganz eigene Bus-Geschichte. Du, der Bus und ich, der berühmte Kerl."

Unsere erst so ernste und persönliche Konversation ist aufgeladen mit Ironie und kleinen Sticheleien und ich glaube zu merken, wie von uns beiden ein weiterer kleiner Teil Anspannung abfällt. Wie wir hier so sitzen, Seite an Seite, habe

117

ich das Gefühl, dass alles gut ist und wir uns beide diesem Gefühl hingeben können.

Draußen ziehen die Lichter vorbei, rote und grüne Ampeln, Straßenlaternen, Scheinwerfer von vorbeifahrenden Autos. Obwohl wir mitten im Verkehr stecken, fühlt sich hier drin alles ganz anders an, langsamer, bedächtig. Es vergehen einige Minuten, in denen ich das verarbeite, was ich eben über ihn erfahren habe. Adam ist ein wirklich interessanter Mann.

"Und du?", fragt er in unser Schweigen hinein. Ich habe überhaupt keine Idee, was genau er wissen will.

"Und ich?", stelle ich die Gegenfrage und werde leicht rot. Es ist mir unangenehm, wenn ich nicht verstehe, was mein Gegenüber von mir möchte, weil mein Vater mich schon als Kind immer dafür gerügt hat, wenn ich ihn einmal nicht richtig verstanden und nachgefragt habe.

"Was du so machst, wenn du nicht gerade mit berühmten Männern Bus fährst", konkretisiert Adam.

"Oh, das meinst du", sage ich leise, "ich nähe gern. Und ich lese viel." Mir fällt selbst auf, wie kurz angebunden meine Antworten klingen und dass es den Eindruck hat, als würde ich im Grunde nicht wirklich viel mit meiner Zeit anzufangen. Ich denke schon, dass Adam mich als langweilig abstempelt, aber er kommentiert meine Antwort mit einem "hört sich cool an" und sieht mich wieder direkt an.

"Was liest du so?"

Damit hätte ich als Letztes gerechnet und gerate kurz ins Stottern. "Viele historische Sachen und Krimis. Und Fantasy. Eigentlich fast alles außer Science-Fiction", beende ich meine Aufzählung.

"Ich lese nur Thriller. Je blutrünstiger, desto besser."

Beinahe wäre mir ein ungläubiges "du liest?" herausgerutscht, aber ich komme nicht dazu, weil er sofort eine nächste Frage anknüpft. "Lieber Bücher oder E-Books?"

Sein Grinsen verdeutlicht, dass er eine eindeutige Antwort erwartet. Und die kann ich ihm geben.

"Definitiv Bücher. Ich kann mit so einem dünnen Tablet-Ding nichts anfangen. Bücher müssen auch nach Büchern riechen. Und sich so anfühlen. Man muss umblättern können. Meine Mom hat mir einen E-Reader geschenkt, bäh. Das kann ich einfach nicht."

"Du verletzt mich sehr!", sagt Adam und greift sich mit einer spielerischen Geste an die Brust, als würde ihm das Herz schmerzen. "Ich lese nur noch auf meinem E-Reader. Ist außerdem viel günstiger." Dabei zuckt er mit den Schultern, um zu unterstreichen, wie gleichgültig ihm gedruckte Bücher zu sein scheinen. Ich lache kurz auf, dann schauen wir uns bloß einen Moment lang an.

"Ich glaube, bald schmeißt uns der Busfahrer raus", raunt Adam mir nach einer Weile zu. Ich habe plötzlich das Gefühl, dass er noch viel näher ist als zuvor und bin mir dessen nur allzu stark bewusst.

"Warum?", frage ich.

Adam lacht leise in sich hinein. Dann blickt er demonstrativ auf seine Uhr. "Wir sitzen schon ziemlich lange hier. Am Ende denkt er noch, wir wären Obdachlose."

Erschrocken schaue ich etwas genauer auf die Straße, die am Fenster vorbeizieht. Adam hat recht, wir bewegen uns wieder der Haltestelle entgegen, an der wir in den Bus gesprungen sind. Wir haben eine ganze Runde durch das nächtliche London gedreht, ohne uns dessen bewusst zu sein.

"Lass uns an der nächsten Station aussteigen", sagt er dann und rutscht ein wenig nach rechts, schon bereit zum Aufstehen.

Dort, wo er mich eben noch berührt hat, wird es plötzlich kühl und leer. Ich schließe meine Jacke, deren Reißverschluss ich im Laufe der Fahrt aufgemacht habe. Als ich Adam folgen will, greift er nach meiner Hand, zieht mich auf die Beine und ehe ich mich versehe, stehen wir wieder in der ungeschützten Kälte dieser Londoner Nacht.

Adam

Von der Bushaltestelle ist es nicht weit bis zu ihrer Wohnung. Auf dem Weg erzählt sie mir, dass sie erst heute dort eingezogen ist und sie eigentlich mit ihrer neuen Mitbewohnerin den Einzug feiern wollte. Dass daraus nichts wurde und unsere Wege sich stattdessen gekreuzt haben, war allerdings auch nicht schlecht. Finde ich. Und ich glaube, ihr geht es dabei ähnlich.

Auch, wenn ich egoistisch erscheinen mag, hat Maggie meinen Abend um einige hundert Prozent verbessert, ihre pure Anwesenheit hat mich so lange mein beschissenes Leben vergessen lassen, dass ich mich erfrischt fühle. Es ist ungewöhnlich, was sie für eine Wirkung auf mich hat.

Wir schweigen den kompletten Weg bis zu ihrer Haustür und als wir davor stehen, wird sie plötzlich unsicher. Die Frage, was jetzt passiert, steht ihr ins Gesicht geschrieben. Ehrlich gesagt weiß ich selbst nicht, wie ich mich verhalten soll. Wir hatten kein Date, sondern einen schönen, lustigen Abend unter Freunden. Nichts weiter.

"Also gut", beginnt Maggie und verschränkt ihre Hände miteinander. "Danke?"

Beinahe will ich fragen, für was sie sich bedankt, dann wird mir aber bewusst, dass sie dann sicherlich auch nicht weiß, was sie antworten soll. Stattdessen grinse ich sie an.

"Gern." Ich hole Luft. "Immer wieder gern."

Sie lächelt und die Zufriedenheit, die sie ausstrahlt, ist ansteckend.

"Schlaf gut, Adam", sagt sie schließlich. Dann öffnet sie die Tür und wird vom Treppenhaus verschluckt, ehe ich noch etwas antworten kann.

-

Ich sehe selbst auf einige Entfernung seine Hände und wie sie sich viel zu fest an den Handgelenken meiner Schwester festklammern. Obwohl ich im Auto sitze und noch einige hundert Meter von dem Haus entfernt bin, in dem Abby mit ihrem Verlobten Steven wohnt, sehe ich seine geröteten Wangen, seinen hasserfüllten Blick, die weit aufgerissenen Augen. Die beiden stehen im Vorgarten, die Idylle um sie herum passt nicht zu der Aggressivität, die die Situation ausstrahlt.

Ich höre die Reifen genau in dem Moment laut aufquietschen, in dem er Abby schließlich zu Boden zerrt. Sie schreit vor Schmerzen auf, als er ihr völlig absichtlich in die Rippen tritt. Abbys Augen sind geschlossen, sie verschließt sich selbst vor dem, was passiert. Ein weiterer Tritt trifft sie im Bauch, sie krümmt sich. Ihr Wimmern ist das Erste, was ich wahrnehme, als ich aus dem Auto springe, ohne die Schlüssel abzuziehen, ohne die Tür hinter mir zuzuwerfen, und bereits im nächsten Augenblick habe ich Steven von ihr weggezerrt und so fest am Kragen gepackt, dass seine Augen vor Schreck weit aufgerissen auf mir liegen.

"Du Bastard!", knurrt er und versucht sich aus meinem Griff zu winden, versucht, mit seinen flinken Händen auch mich zu verletzen, doch es gelingt ihm nicht.

"Deine Schwester bekommt nur das, was sie verdient!", zischt er aus zusammengebissenen Zähnen. Der Schlag, der folgt, ist so fest, dass meine Hand schmerzt, als hätte ich nicht Stevens Gesicht, sondern Beton getroffen.

-

Als ich die Augen aufschlage, scheinen ein paar wenige orangerote Lichtstrahlen durch den Vorhang. Obwohl man Männern gerne nachsagt, sie seien weder ordentlich noch interessiert an Inneneinrichtung, bin ich sehr zufrieden mit meiner Wohnung, in der viel Planung und Geld steckt. Meine Freunde haben mich bereits mehr als einmal damit aufgezogen, dass ich, obwohl ich mit der Bar so gut verdienen würde, noch immer in der Zweizimmerwohnung festsäße, die ich mir als Student gemietet und später selbst gekauft hatte. Aber ich bin zufrieden.

Ich bräuchte nicht viel mehr als eine Matratze und eine Kaffeemaschine, eine Toilette, eine Mikrowelle und eine Tasse inklusive Löffel, aber es macht mir Spaß, meinen privaten Rückzugsort zu etwas zu machen, das mir ein Gefühl von Ästhetik vermittelt. Und so finde ich in meinem Briefkasten regelmäßig Zeitschriften über Inneneinrichtung, Möbeltrends und Dekoration. Man würde es nicht vermuten und ich weiß, dass es kein Interesse ist, das geradezu vor Männlichkeit überläuft, aber es ist ein Teil meines Lebens, und deswegen sollte es gut so sein, wie es ist. Maggie mit ihrem Studium in dieser Richtung würde das sicherlich auch gefallen, denke ich. Bereits im nächsten Moment bin ich erschrocken, weil der Gedanke an sie mich derart überfallen hat.

Ich quäle mich aus meinem Bett, richte meine Boxershorts, die in der unruhigen Nacht ein gewisses Eigenleben geführt haben, und schnappe mir auf dem Weg ins Bad ein Handtuch. Kurz darauf rauscht heißes Wasser aus dem Duschkopf und spült meine Erinnerung an den unschönen Traum beiseite. Ich habe weder Lust noch Zeit, mich mit der Vergangenheit auseinanderzusetzen, wo die Realität mir mit Peitsche und tickender Uhr allgegenwärtig im Nacken sitzt.

Anstelle des Traums rücken mein Bruder und sein Zustand wieder in den Vordergrund. Und direkt danach folgt der gestrige Abend. Mein Gewissen meldet sich mit heftiger Verwirrung und mit einer ordentlichen Portion Ärger über mich selbst. Während ich gestern in Maggies Anwesenheit noch zufrieden war und wenig bis keine Gedanken an den miserablen Zustand meines Lebens gemacht habe, trifft mich die Erkenntnis, was für ein unglaublich schlechter Bruder ich bin, mit voller Wucht. Mein Traum katapultiert mich direkt zurück in die Phase meines Lebens, in der ich als Bruder bereits einmal versagt habe, in der ich meine Schwester nicht vor dem Verrückten beschützen konnte, der sich leise in unser Leben geschlichen hat, um sie dann am Ende zu verletzen und meine fröhliche Schwester von innen heraus zerstört hat.

Ich liebe meine Geschwister, habe ihnen so viel zu verdanken. Und als großer Bruder habe ich mehr als jemand anderes die Pflicht, für die beiden wichtigsten Menschen in meinem Leben da zu sein.

So sehr ich es auch wollen würde, neben dieser Pflicht ist kein Platz für eine Frau an meiner Seite.

Meine trüben Gedanken, die wahrlich kein guter Einstieg in den Tag sind, wollen dringend von irgendeiner Tätigkeit abgelöst werden. Ich tausche das nasse Handtuch, das ich zum Trocknen auf die Schiebetür der Duschkabine werfe, gegen einen dicken grauen Hoodie und verwaschene Jeans. Da ich gestern mehr als einmal feststellen musste, dass es immer kühler wird, erscheint mir dieses winterliche Outfit sehr passend.

Bevor ich die Kaffeemaschine einschalte, öffne ich alle Fenster, um frische Luft in die Wohnung zu lassen. In der Küche angelangt, sehe ich mein Handy auf dem schmalen Küchentisch liegen, wo es über Nacht am Ladekabel hing, und setze mich hin, während im Hintergrund das Wasser durch den gefüllten Kaffeefilter plätschert.

Ein Teil in mir sträubt sich dagegen, mein Handy anzuschalten, weil ich befürchte, dass mich wieder eine scheinbar harmlose Textnachricht aus dem Gleichgewicht bringen könnte, ein anderer Teil weiß aber, dass das die einzige Möglichkeit ist, mich zu erreichen, die einzige Chance, mir wichtige Neuigkeiten zu überbringen. Ob gute oder schlechte Nachrichten, das lässt sich kaum erahnen. Also schlucke ich den Wunsch, alleine und unerreichbar zu sein herunter und lasse das Display aufleuchten. Einige Nachrichten sind in der Nacht und am frühen Morgen eingegangen, darunter auch eine Nachricht von Abby. Beim Gedanken an den fürchterlichen Traum durchzuckt es mich eiskalt. Als ich ihren Text lese, muss ich allerdings schmunzeln. Ich war anscheinend nicht der Einzige, der sich gestern Abend abgelenkt hat.

Abby: Ich hab dich lieb, mein zweitliebster Bruder. Ich bin nicht betrunken, keine Angst. Wollte es nur mal loswerden. Ich bin NICHT betrunken, glaube es mir.

Unwillkürlich muss ich anfangen zu lachen. Ich weiß ganz genau, dass Abby sehr wohl mehr getrunken hat, als sie tatsächlich verträgt, aber wer wäre ich, wenn ich es ihr verbieten würde? Ich bin kein gutes Beispiel und wenn es eine Situation gibt, in der es erlaubt ist, einen über den Durst zu trinken, dann die, in der der eigene Bruder im Koma liegt und man die Ungewissheit nicht mehr erträgt. Nichtsdestotrotz versetzt es mir einen Stich, dass Abby ohne mich unterwegs war, um ihren Kummer zu unterdrücken. Nicht, weil ich sie dabei gerne begleitet hätte, sondern weil ich nicht weiß, ob es ihr gut geht oder ob sie jemand schlecht behandelt hat.

Meine Schwester flirtet nicht gerne und kann es auch nicht. Sie gibt einem Mann zu schnell das Gefühl, dass sie jedes ihrer Worte ernst meint und das kann vor allem in Verbindung mit Alkohol böse enden. Außer mit Steven hat sie noch keine längere Beziehung gehabt. Dass gleich der erste Partner der Verlobte wird – und das mit gerade einmal 21 Jahren - ist selten, aber für sie war es nicht ungewöhnlich. Sie hat sich eben immer sehr schnell und sehr intensiv an ihre Mitmenschen gebunden. So, wie sie generell alle Gefühle sehr intensiv wahrnimmt und vor allem sehr schnell nach außen transportiert.

Dass genau dieser Verlobte dafür sorgte, dass sich ihr Leben nach und nach in die pure Hölle verwandelte, bringt mein Blut noch immer zum Kochen. Die Träume, in denen sich die verschiedenen Szenen zwischen den beiden immer und immer wieder abspielen, machen meine Nächte zu den schlimmsten, die ich mir vorstellen kann. Sie geben mir das Gefühl, versagt zu haben. Und "Versager" gehört nicht zu den Worten, die ich gerne über mich höre.

Eine Nachricht von Maggie habe ich auf meinem Handy nicht gefunden. Mittlerweile bin ich mir sicher, dass ihre erste und einzige Textnachricht nicht für mich bestimmt war. Genauso sicher würde sie im Boden versinken, wenn ich sie darauf ansprächе, deswegen habe ich das gestern Abend nicht getan, wollte ich ihr doch vor allem zeigen, dass ich eine bessere Begleitung bin als der Typ, der sie versetzt hat.

Ich kann nicht leugnen, dass ich enttäuscht bin, dass sie sich nicht mehr gemeldet hat. Und gleichzeitig bin ich froh, denn vermutlich ist es so um einiges einfacher, meinen halbherzigen Beschluss, den ich unter der Dusche gefasst habe, umzusetzen. Die gestrige Szene mit dem Paparazzo hätte mir bereits die Augen öffnen müssen. Ich will, nein, ich kann sie nicht in mein Leben hereinziehen. So wenig Kontakt wie möglich ist die einzige Chance, aus der Sache wieder unbeschadet herauszukommen.

Der Kaffee schmeckt an diesem Morgen widerlich, aber ich hoffe, dass er meine Lebensgeister zumindest anlocken kann. Mal sehen, wie lange sie bleiben. Ich weiß nur, dass sie sich vom Kaffee aus dem Krankenhaus eher verkriechen und gar nicht mehr hervorkommen, also muss ich genug Energie tanken, bevor ich den Besuch bei meinem Bruder antrete.

Ein paar Minuten später will ich gerade meine Kaffeetasse in die Spülmaschine stellen, als es an der Tür klingelt. Ich erschrecke mich wegen des ungewohnten Tons, ich empfange hier so gut wie nie irgendwelche Leute. Im zweiten Atemzug bekomme ich es mit der Angst zu tun. Ein Besucher um acht Uhr morgens kann niemand sein, den man gerne sieht. Weiß man das nicht aus Filmen? Ich sehe bereits zwei Polizisten durch meine Wohnungstür treten, als ich jedoch öffne, steht dort meine Schwester. Ihre Haare hängen ihr nichtssagend über die schmalen Schultern, obwohl sie sonst immer perfekt sitzen. Sie hat Augenringe unter den Augen. Dennoch lächelt sie mich an.

"Ich möchte nicht, dass du mich fragst, ob ich gestern zu viel getrunken habe, also sage ich es dir direkt: Ja, das habe ich. Ich würde gerne duschen, ich würde gerne einen Kaffee haben, aber ich möchte mich um nichts kümmern, weil ich glaube, dass mein Kopf sonst von meinem Nacken stürzt und hinter mir her rollt. Ich lasse mich jetzt von dir bedienen, egal, wie sehr du meckerst."

"Dafür, dass ich nur dein zweitliebster Bruder bin, stellst du ganz schön hohe Ansprüche."

Dann trete ich zur Seite und lasse meine Schwester in die Wohnung.

Adam

Vermutlich bin ich ein Masochist.

Oder einfach ein egoistischer Vollidiot.

"Warum schaust du denn so wütend?", reißt meine Schwester mich aus meinem plötzlich aufgetauchten Selbsthass und schnappt sich kurzerhand mein Handy, auf das ich bis eben noch gestarrt habe. Ich selbst habe nicht gemerkt, dass ich wütend war, jetzt, wo sie es anspricht, macht es aber mehr als Sinn. Bei dem, was ich gesehen habe und was ich selbst herbeigeführt habe, indem ich nach Maggies Facebook Profil gesucht habe.

So viel zum Thema Kontaktsperre.

Meine Schwester und ich sitzen nebeneinander. Sie hat den letzten Biergeruch abgeduscht und ihre noch nassen Haare tropfen in unregelmäßigen Abständen auf meine Couch. Der Fernseher läuft, irgendein langweiliges Frühstücksfernsehen, das wir beide nicht wirklich wahrnehmen.

"Conrad ist ein ziemlich altmodischer Name, findest du nicht?"

Ich antworte nicht. Conrad. Wer ist dieser Typ? Warum markiert er Maggie ständig auf absolut unlustigen Fotos und irgendwelchen Sprüchen?

"Woher kennst du ihn? Sieht irgendwie ganz schnuckelig aus!"

Mein Mund ist noch immer verschlossen. Schnuckelig? Conrad? Der Typ, der auf jedem seiner Fotos Baseballcaps trägt?

"Moment mal!"

Abby tippt plötzlich wild auf meinem Display herum. Ich will schon mit ihr meckern, dass sie mit ihren künstlichen

Fingernägeln bloß mein Handy nicht zerkratzen soll, da ruft sie plötzlich erstaunt: "Ich kenne den Kerl doch!"

Ich reiße ihr mein Handy aus der Hand.

"Woher?", grummele ich. Toll, was hat der Kerl denn bitte an sich?

Ich habe das Gefühl, dass meine Schwester sich ziert, mir eine Antwort zu geben, und ich befürchte schon das Schlimmste.

"Ich glaube", fängt sie dann aber doch an, "ihm gehört die Bar, in der ich gestern war. Ich war die einzige Kundin, hat er gesagt. Anscheinend hat er nur wegen mir noch geöffnet gelassen, eigentlich wollte er sich mit einer Freundin treffen, die gleichzeitig auch seine Mitarbeiterin ist."

Erstaunt schaue ich meine Schwester an. Meine Augen sind aufgerissen, ich kann kaum glauben, was ich da höre. In meinem Gehirn scheinen die Puzzleteile ineinanderzugreifen. Wie Schuppen von den Augen, ein Sprichwort, das ich immer fürchterlich fand, das aber gerade perfekt passt.

"Okay, okay, Bar ist vielleicht ein etwas hochtrabender Begriff ... eher eine Kneipe. Aber das Bier ist günstig und es liegt ganz in der Nähe vom Krankenhaus. Du weißt schon, wenn etwas ist, dann ..."

"Also war er alleine?"

Überrascht von meiner plötzlichen Frage, mit der ich sie unterbrochen habe, ist Abby einen Moment still, bevor sie meine Frage bejaht. "Hab ich doch eben gesagt. Seiner einzigen Mitarbeiterin hat er frei gegeben und wollte mit ihr was unternehmen. Wo hast du denn dein Hirn versteckt, großer Bruder?"

Ich antworte ihr nicht mehr. Meine Gedanken schlagen Rad und verursachen eine Kurzschlussreaktion. Innerhalb weniger Atemzüge habe ich den Fernseher ausgeschaltet, meine Turnschuhe angezogen und meine Autoschlüssel geschnappt.

"Was ist denn jetzt passiert?", ruft Abby mir noch immer verwundert hinterher, aber ich ignoriere sie. Schließlich steht sie auf und fängt mich ab, während ich wütend durch den Flur stapfe. Sie streckt ihren Arm aus, damit ich an ihr hängen bleibe und dazu gezwungen bin, stehen zu bleiben.

"Adam, verdammt, was ist denn in den letzten drei Minuten passiert, dass du plötzlich so durchdrehst? Wer ist denn dieser Conrad?"

Es gibt so viele Worte, die ich sagen könnte, um sie zu beschwichtigen, aber obwohl ich es nicht will, rutscht mir die Wahrheit über die Lippen.

"Der Scheißkerl will wohl meinen Platz einnehmen."

Maggie

"Ich glaube, ich hatte noch nie eine Mitarbeiterin, die so pünktlich ist", witzelt Conrad, bevor er mich in eine feste Umarmung zieht.

"Traust du dir zu, das Ding hier alleine zu stemmen? Ich muss dringend ein paar Sachen erledigen, dauert auch nur eine Stunde, höchstens eineinhalb. Wobei, jetzt bist du ja schon hier. Ich gehe jetzt einfach und wenn mein Baby nachher in Flammen steht, weiß ich, dass ich einen Fehler gemacht habe."

Noch während ich lache und hoffe, dass das eine beruhigende Wirkung auf uns beide hat, verschwindet Conrad aus der Tür und ich stehe alleine in der leeren Bar. Ich habe die Befürchtung, dass der Laden noch schlechter läuft, als ich es angenommen habe.

Unsicherheit nagt schon wieder an mir. Ich will es mir nicht eingestehen, aber ich habe das Gefühl, nicht auszureichen, um mich alleine um etwas so Großes zu kümmern. Ich fülle ein Glas mit kaltem Wasser aus dem Kühlschrank unter dem Tresen und stürze es in wenigen Zügen runter. Für wenige Augenblicke schließe ich die Augen und versuche mir selbst zu versichern, dass ich nur genug Vertrauen in mich selbst haben muss, um es allen Leuten zu zeigen, die an mir zweifeln. *Conrad vertraut dir,* versuche ich mir immer und immer wieder einzureden. Dass ich mir selbst nicht vertraue, dass mir immer versichert wurde, dass man mir nicht vertrauen könnte, sitzt aber tiefer, als ich dachte. Tränen der Enttäuschung brennen hinter meinen geschlossenen Augenlidern, als mich das Aufschlagen der Eingangstür plötzlich aufschrecken lässt.

Mir stockt der Atem.

Das kann nicht wahr sein!

Ich glaube, mir bleibt der Mund offen stehen, aber vor allem merke ich, wie jeder Gedanke, der vorher noch in meinem Kopf war, plötzlich verschwunden ist. Gestern dachte ich, sein weißes Hemd wäre das Heißeste, was ich je an einem Typen sehen durfte. Sein locker sitzender grauer Hoodie, der an den Armen aber eng sitzt, weil sich darunter seine Muskeln abzeichnen, wirft allerdings alles über Bord, was ich jemals geglaubt habe. Sein Blick ruht auf mir so wie meiner auf ihm. Ich bin mir nicht sicher wie viele Sekunden verstreichen, ehe die Frau, die hinter ihm erschienen ist und die ich erst jetzt bemerke, das Wort ergreift.

"Das ist gerade etwas schräg, Leute. Könntet ihr mir verraten, warum ihr euch so anstarrt?"

Ebenfalls erst jetzt und damit deutlich zu spät bemerke ich, dass von der Sanftheit, die ich gestern noch an Adam bewundert habe, nichts mehr übrig geblieben ist. Stattdessen spricht Wut aus seinen Zügen, die ich mir nicht erklären kann. Er schaut mir direkt ins Gesicht. Ich spüre, wie mein Hals warm wird, dann mein Gesicht. Ich verfluche mich dafür, dass ich schon wieder rot werde. Unverhohlen blitzt etwas in seinen Augen auf.

"Geh bitte zurück ins Auto, Abby. Ich möchte kurz mit der Dame hier reden."

Das ist der Moment, in dem ich glaube, dass mein Herz stehen bleibt.

Adam

In dem Moment, in dem Abby ihren verwunderten Gesichtsausdruck nach draußen auf den Gehsteig vor der Bar trägt, fängt mein Herz an, laut zu schlagen. Die Befürchtung, Maggie könnte es hören und damit feststellen, dass ich nicht so cool bin, wie ich nach außen hin tue, ist erdrückend.

Ich weiß, dass ich mit dem Reden beginnen müsste, aber ich ertappe mich dabei, wie ich der Frau vor mir einfach ins Gesicht starre. Sie hat nicht diese typische Art von Schönheit an sich, die die Männer dazu veranlassen, ihr hinterherzuschauen. Aber sie ist zweifelsohne eine der hübschesten Frauen, die ich kenne.

Ich sehe, wie sich Unsicherheit auf ihren Gesichtszügen ausbreitet und sehe mich schlagartig in den Moment unserer ersten Begegnung zurückkatapultiert. Auch da ist mir bereits aufgefallen, dass sie irgendetwas an sich hat, das sie verletzlich wirken lässt. Schüchtern, beinahe ängstlich. Ich weiß, dass ich etwas tun muss, aber wie ich befürchtet hatte, ist von meinem Plan, in dem ich sie wegen Conrad zur Rede stellen wollte, nicht mehr viel übrig. Jetzt aber, wo ich hier stehe, weiß ich nicht, was ich sagen soll. Es gibt so vieles, das ich ihr sagen will.

Dass sie mich in Ruhe lassen muss.

Dass ich nicht richtig bin, nicht das geben kann, was ich sollte, weil ich es einfach nicht kann.

Dass ich dazu neige, zu versagen.

Aber ich sage nichts von alledem. Stattdessen sage ich Worte, die ich schon im selben Moment, in dem sie aus meinem Mund gepurzelt sind, bereue.

"Du hast ja ziemlich schnell Ersatz gefunden."

In die Verwirrung in ihrem Gesicht mischt sich etwas, das eindeutig verletzt aussieht.

"Wie meinst du das – Ersatz?"

"Ich meine es, wie ich es sage. Ich frage mich, was das Ganze soll, Maggie." Dabei schaue ich ihr noch immer fest ins Gesicht. Ich warte nur darauf, dass sie den Blick abwendet, aber sie bleibt genauso standhaft wie ich, auch wenn ihr Ausdruck und ihre Körpersprache nun dem eines verschreckten Rehs ähneln. Wahrscheinlich ist sie sich keiner Schuld bewusst. Wie denn auch? Sie trifft ja auch keine Schuld. Ich bin derjenige, der sich gerade nicht im Griff hat. Aber ich kann mich nicht stoppen, so sehr ich es auch will. Ich habe das Gefühl, dass mein jetziges Verhalten die einzige Chance ist, Maggie von mir wegzutreiben. Weg von mir, weil ich weiß, dass ich ihr einfach nicht das geben kann, was ich sollte.

Der Knoten in meinem Bauch, der mich ständig daran erinnert, wie viel Wut und Sorge ich mit mir herumtrage, meldet sich überdeutlich. Es brodelt in meinem Inneren. Gerade als ich mit meinen leeren Fragen weitermachen will, meldet Maggie sich zu Wort.

"Ich weiß nicht, was ich falsch gemacht habe. Ich wollte dich weder verletzen noch dafür sorgen, dass du sauer auf mich bist. Ich hatte gestern Abend eine sehr schöne Zeit mit dir und ich dachte, das hätte dir vielleicht etwas bedeutet. Aber dass du jetzt einfach herkommst und mir eine Szene machst, finde ich unfair. Ich bin froh, dass mein Chef nicht hier ist."

Plötzlich wendet sie sich ab und läuft zurück hinter ihren schützenden Tresen.

Verdammt, was ist eben passiert? Woher hat sie diese Sicherheit genommen?

Ich will etwas sagen, aber meine Verwunderung verstopft mein Gehirn und lässt mich keinen sinnvollen Satz formen. Ich laufe ein paar Schritte in ihre Richtung. Meine Schuhsohlen machen leise Geräusche auf dem Boden, der an einigen Stellen klebt. Wäre ich ein vollkommenes Arschloch, dann würde ich ihr sagen, wie dringend sie mal putzen müsste. Aber da ich nur ein halbes Arschloch bin, kann ich die Worte herunterschlucken.

Mit ihren letzten Worten hat sie mich genau da getroffen, wo es mir wehtut. *Ihr Chef.*

Auf den ich auf völlig irrationale Weise eifersüchtig bin. Ich hatte schon viele Beziehungen, aber ich war noch nie eifersüchtig wegen eines so nichtigen Grundes.

Adam, was machst du denn hier?

Stattdessen sage ich leise, aber bestimmt, Worte, die so tief aus meinem Inneren kommen, dass ich sie selbst noch nicht realisiert habe, als sie ausgesprochen sind.

"Ich stelle dich ein. Ich will, dass du morgen früh um 9 auf der Arbeit erscheinst."

Maggie will etwas sagen, öffnet bereits den Mund. Ob Protest oder Dankbarkeit, wütende oder glückliche Worte den Weg nach draußen gesucht haben, kann ich nicht sagen, ich lasse sie nämlich nicht selbst zu Wort kommen.

"Ich mache dir auch einen Kaffee." Dann drehe ich mich um, das Erstaunen, das ich in ihren Augen erkennen konnte, verfolgt mich bis zur Tür.

"Du kennst den Weg", sage ich, bevor ich die Tür aufstoße und in die frische Luft trete.

Maggie

Erst als ich merke, dass meine Lunge zu brennen beginnt, stelle ich fest, dass ich vergessen habe, Luft zu holen. Übelkeit steigt in mir auf und meine Hände zittern. Ich bin froh, alleine in der Kneipe zu sein, obwohl ich auf der anderen Seite ziemlich sicher bin, dass die Situation von eben sich niemals so abgespielt hätte, wenn Kunden hier gewesen wären. Adam hätte mich nicht so behandelt, wenn uns jemand gesehen hätte.

Er kommt her und macht mir Vorwürfe. Und das, obwohl ich dachte, alles wäre gut zwischen uns. Dennoch kann ich nicht ändern, dass sich zwischen meine Übelkeit auch ein wenig freudige Erregung mischt. Wenn ich das Offensichtliche, nämlich die Tatsache, dass ich nun endlich gefestigt im Berufsleben zu stehen scheine – wenn man das Jobben in gleich zwei Bars als Berufsbezeichnung gelten lassen will –, verdränge, bleibt immer noch das seltsame Gefühl darüber, wie bald ich den Mann, der mich eben so angefahren hat, wiedersehen werde. Und dass ich mich darüber entgegen aller Vernunft freue.

Es ist eigenartig still im Raum, die Geräusche von draußen drängen kaum an mich heran, sie bilden eher eine Art Hintergrundrauschen. Der Sound zu meinem Leben, wenn man es so will. Leer, leise, unauffällig. Immer da, aber nie richtig präsent. Meine Lunge – nun wieder mit genug Sauerstoff gefüllt – hört auf zu brennen. Ich bin verwirrt, aufgeregt und unsicher. Ich sehne mich nach jemandem, der mich in den Arm nimmt und mir sagt, dass alles gut wird, aber ich weiß nicht, wo ich diesen Jemand finden soll. Brian ist arbeiten, meine beste Freundin Courtney weit weg und meine Mitbewohnerin steckt in so viel Arbeit fest, dass sie kaum Luft holen kann. Nicht einmal Conrad ist hier, wobei ich mir unsicher bin, ob eine seiner unbeholfenen Umarmungen mir wirklich helfen würde.

Ich setze mich auf einen der Barhocker am Tresen. So lange kein Kunde da ist, brauche ich auch nicht so zu tun, als hätte ich etwas zu tun. Meine Hände sind unnatürlich kalt, mein Gesicht hingegen brennt und mein Kopf fängt dumpf zu pochen an. Courtneys Nummer ist unter meinen Favoriten gespeichert Ich tippe bloß schnell und schicke meine Nachricht ab, ohne noch einen zweiten Blick darauf zu werfen, denn in dem Moment kommt ein Kunde durch die Tür.

Maggie: Er ist mein Chef geworden.

Adam

Wir sitzen schon lange wieder in meinem Auto und befinden uns kurz vor der Einfahrt zum Parkplatz des Krankenhauses.

"Was war das denn bitte?"

Abbys Gesicht bildet eine Mischung aus schelmischem Lächeln und Verwirrtheit. Sie hat nun so lange geschwiegen, dass ich gehofft habe, dass sie mein Verhalten von eben nicht zur Sprache bringt. Zumal ich selbst noch nicht genau weiß, was das eigentlich war.

"Ich möchte nicht darüber reden", antworte ich leise, aber bestimmt. Ich ahne bereits, dass meine Schwester nicht so leicht von ihrem Drang, die Wahrheit herauszufinden, abzubringen ist, aber ich muss es wenigstens versuchen.

"Was ist passiert?", reißt meine Schwester mich aus meinen Gedanken.

"Das geht dich nichts an", entgegne ich. Kurz erkenne ich so etwas wie einen verletzten Ausdruck in ihren Augen, dann fängt sie plötzlich an zu lachen.

"Adam, mein Lieber, du kannst mir nichts vormachen. Du kennst das Mädchen, das in dieser Bar arbeitet, immerhin hast du mir schon von ihr erzählt." Sie zeigt mit dem Finger hinter uns, obwohl wir schon viele Kilometer weit entfernt sind. "Und ich als deine liebste Schwester habe ein Recht darauf, zu erfahren, was sie gemacht hat, um dich um den Finger zu wickeln. Sie könnte mir immerhin verraten, wie sie das geschafft hat. Ich bin sicher, ich könnte viel von ihr lernen."

Ich kann nicht anders und muss lachen.

"Sie hat mich nicht um den Finger gewickelt, wie du so schön sagst. Wir sind uns gestern Abend zufällig begegnet. Wir haben miteinander geredet, uns amüsiert. Irgendwann habe ich sie nach Hause gebracht. Aber das ist alles nichts wert. Ich weiß, dass es einen Anderen in ihrem Leben gibt. Und ich sollte ihr vermutlich nicht zu nahe kommen.

"Aber sie hat etwas an sich, was du nicht vergessen kannst?"

Ich schweige. Ich schweige sehr lange, so lange, bis ich das Auto parke und den Anschnallgurt löse.

"Du brauchst nichts sagen, Bruderherz."

"Ich kann dazu auch nichts sagen", murmele ich. "Ich weiß es einfach nicht."

Maggie

Der Tag zieht sich wie Kaugummi.

Wie Kaugummi, den man schon seit einigen Stunden kaut.

Conrad braucht sogar noch länger, als er angekündigt hat, und ich bin heilfroh, als er endlich da ist. Er bringt mich auf andere Gedanken, jedenfalls ein wenig. Adam war tatsächlich eifersüchtig auf meinen Chef, anders kann ich mir seine Reaktion nicht erklären. Und dieser Umstand schwirrt wie ein Bienenschwarm in meinem Kopf herum, selbst jetzt, als ich endlich nach Hause laufe. Die abendliche Kühle fühlt sich gut an auf meiner Haut und ich bin dankbar für die Schritte, die ich tun muss.

Ohne dass ich etwas sagen musste, hat Conrad sofort gemerkt, dass etwas nicht richtig war, als er wieder aufgetaucht ist. Wie ich es geahnt hatte, hat er mich unbeholfen in den Arm genommen und seine Kappe hat sich unangenehm, aber irgendwie tröstend in meinen Nacken gedrückt. Danach hat er zwei Gläser mit dunklem Rotwein gefüllt und mich von da an nur noch überraschen können, weil er seinen Wein schneller getrunken hatte als ich. Conrad hat nicht gefragt, was passiert ist. Obwohl es erst später Mittag war, habe ich den Wein dankend angenommen.

"Wenn du mir etwas erzählen willst, höre ich dir zu", hatte er gesagt. "Aber wenn nicht, man kann auch gut neben mir sitzen und schweigen."

Das taten wir. Als um kurz vor zehn noch immer kein einziger Kunde den Weg zu uns gefunden hatte, hat sich Conrad plötzlich erhoben, unsere Gläser in die Spüle gestellt und gesagt, ich solle nach Hause gehen.

"Wenn du etwas brauchst", hat er gesagt, "dann melde dich bei mir."

Was ich bei jedem anderen wahrscheinlich als Flirtversuch aufgefasst hätte, war bei Conrad einfach nur lieb gemeint. Zwar würde ich ihn wohl kaum anrufen, aber es ist ein schöner Gedanke, zu wissen, dass jemand da ist, wenn man ihn braucht. Dass ich bereits ab Morgen einen zweiten Job haben würde, hatte ich ihm bei unserem gemeinsamen, wenn auch etwas unfreiwilligen Wein-Trinkens ebenfalls gesagt. Ich hatte Angst vor seiner Reaktion, stattdessen war er regelrecht glücklich, dass ich nicht allein nur auf ihn angewiesen bin.

Meine Gedanken kehren zurück in die Gegenwart. Noch immer kann ich nicht so recht begreifen, was in den letzten Stunden geschehen ist.

Für Adams Reaktion gibt es wirklich keinerlei Gründe. Immerhin ist er ein Mann, den nur die wenigsten Frauen von der Bettkante stoßen würden ...

Und er zeigt Interesse an mir.

Der Gedanke ist so unrealistisch, dass ich mich fast selbst dafür ausgelacht hätte. Sicher ist das kein echtes Interesse, sondern nur eine unerklärliche Kurzschlussreaktion.

Und doch hat er mir angeboten, bei ihm zu arbeiten. Nein, er hat es nicht angeboten, er hat es befohlen. Ein Umstand, der mich eigentlich aufregen sollte. Aber ich bin so glücklich, dass ich mehr Zeit mit ihm verbringen kann, dass ich das nicht mache. Ich bin naiv und verhalte mich wie ein kleines Mädchen, das zum ersten Mal verliebt ist, aber ich kann es nicht ändern.

Ich möchte nur noch nach Hause, duschen, und den Tag beenden.

So kommt es, dass ich vom etwa dreiviertelstündigen Weg nach Hause genauso wenig wahrnehme wie von der Hälfte meines Arbeitstages. Ich habe so viele Gedanken im Kopf, dass das Bahnfahren mir nichts ausmacht. Keine Panikattacke, die sich anschleicht, kein Gefühl, ich könnte ausgeraubt werden, so versunken bin ich in meine eigenen Gedanken. Ich bin froh, als ich endlich den Schlüssel ins Schloss stecke und die Treppe hoch zur Wohnung steige.

Maggie

Obwohl mein Wecker erst in einer Stunde klingelt und ich selbst dann noch mehr Zeit als nötig einberechnet habe, um überpünktlich an Adams Bar zu sein, kann ich nicht mehr schlafen. Die Müdigkeit ist nicht wie sonst irgendwo tief in meinen Knochen und lähmt mein Gehirn. Und so stehe ich nun aus meinem Bett auf und trotte ins Badezimmer. Mein Herz hat Phasen, in denen ich fast umkomme, weil das Gefühl, eine Achterbahn von ihrem höchsten Punkt herunterzurasen, minutenlang anhält. Dann wiederum ist es ganz ruhig. Ich weiß nicht, was ich denken, geschweige denn fühlen soll. Die Zahnpasta lässt leichte Übelkeit in mir aufsteigen, das Wasser, mit dem ich mein Gesicht wasche, bringt mir anstatt Erfrischung eine unangenehme Gänsehaut ein.

Wenn der Rest des Tages ähnlich verwirrend weitergeht, weiß ich nicht, wie ich ihn überstehen soll. Meine dicken Haare sehen gekämmt noch verworrener aus und plustern sich unschön auf, also beschließe ich kurzerhand, mir einen Zopf zu flechten. Wenige Minuten später stehe ich in der Küche, schnappe mir eine Packung Milch aus dem Kühlschrank, schütte eine Handvoll Müsli hinein und streue etwas Kakaopulver darüber. Nur Gott weiß, wie es sein kann, dass ich ständig ungesund frühstücke und trotzdem nicht zunehme. Vermutlich haben mich meine Eltern mit einem guten Stoffwechsel beschenkt.

Von Neela ist noch nichts zu hören, vermutlich liegt sie zu dieser nächtlichen Zeit noch in ihrem Bett und genießt die wenigen Stunden, in denen sie einmal nicht arbeiten muss.

Aber auch ich genieße die wenigen Minuten alleine und vor allem ohne Handy, in denen es bloß mein Frühstück und mich gibt. Bei meinen Eltern hatte ich nie die Gelegenheit, einmal einen Moment für mich allein zu sein. Ständig wuselte meine Mom durch die Gegend oder wir hatten Besuch.

Wenn sie nicht gerade putzte oder kochte, sah sie sich 24-Stunden-Nachrichtensender an, um sich von ihrem eigenen Leben abzulenken. Sie hat es sich oft schwerer gemacht, als sie hätte tun müssen, hat sich viel zu viele Gedanken um meinen Dad gemacht. Als Politiker hatte er es nicht leicht, wir aber auch nicht. War er anfangs noch immer der liebende Vater, der seine beiden Frauen zu Hause unterstütze, seiner Tochter Geschichten vorlas und sie mit Geschenken überhäufte, die ich streng genommen eigentlich nicht gebraucht hatte, so wurde er später zu einer Person, die nur noch an sich selbst und das dachte, was ihn in irgendeiner Form weiterbringen könnte.

Ich merke, dass ich immer unruhiger werde. Neela ist noch immer nicht aufgetaucht und ich kann es ihr nicht verübeln. Da sie aber noch immer nichts von meinem zweiten Job weiß, schreibe ich ihr eine schnelle Notiz und beschließe, sie in meiner Pause anzurufen. Spätestens heute Abend werden wir hoffentlich mal wieder gemeinsam zusammensitzen. Irgendwie fehlt mir meine Freundin, und das, obwohl sie erst seit Kurzem ein Teil meines Lebens ist.

-

Ein seltsames Déjà-vu überkommt mich, als ich vor der Eingangstür stehe.

Ich weiß ganz genau, welch dumpfes Licht und welche Art von Hintergrundmusik mich erwartet, auch die Nervosität ist mir bereits bestens bekannt. Obwohl ich weiß, dass es nicht nötig ist und man meinen zaghaften Versuch, mich bemerkbar zu machen von innen kaum hören wird, klopfe ich an, bevor ich eintrete. Die Tür ist nicht verschlossen.

Natürlich nicht, immerhin erwartet er dich.

"Adam?", rufe ich leise, als ich den Raum betrete. Ich bin plötzlich fürchterlich nervös, schon wieder schlägt mein Herz achterbahnmäßig wild. Ich bete inständig, dass Adam irgendwo auftaucht. Es wäre eines der schlimmsten Szenarien, wenn ich hier verloren herumstünde und er auf sich warten lässt.

Auf dem Weg hierher sind mir tausende Gründe eingefallen, aus denen ich mich blamieren könnte. Die Vertrautheit, die sich zwischen uns aufgebaut hat, als wir nebeneinander im Bus saßen, hat sich verdünnt. Ich weiß nicht, ob es gestern passiert ist, als er in Conrads Bar aufgetaucht ist, oder ob ich jetzt das Gefühl habe, weil ich mich in die Situation zurückkatapultiert fühle, in der ich schon einmal das kleine Mädchen war, das hier aufgetaucht ist.

Bevor ich nun aber auch nur einen weiteren Gedanken an peinliche Momente vergeuden kann, sehe ich aus dem Augenwinkel eine Bewegung. Kurz darauf steht Adam neben mir und drückt mir einen dunklen Pullover in die Hand. Die Hand, die nicht damit beschäftigt ist, das Stück schweren Stoff zu halten, nimmt er kurzerhand an sich und zieht mich in Richtung Tresen. Ohne ein Wort folge ich ihm. Viel zu verwirrt bin ich von seiner sonderbaren Begrüßung.

Sein Gesichtsausdruck lässt sich nur sehr schwer deuten. Ich glaube, da ist noch immer diese fürchterliche Art von Angst, die seine Gedanken bestimmt, aber da ist auch etwas ganz anderes. Ein Ausdruck, den ich nicht an ihm kenne. Vielleicht ist es Nervosität? Ein nervöser Adam? Ich schiebe die Idee rasch beiseite und erkläre sie für unsinnig. Schließlich sind wir an den bunten Hockern und geschmückten Tischen vorbeigelaufen, die mich schon das erste Mal so fasziniert haben. Es kommt mir vor, als wäre es diesmal etwas heller im Raum, wahrscheinlich lassen sich die installierten Lampenschirme und kleinen

Kronleuchter, die sich abwechseln, beliebig dimmen und einstellen. Ich bemerke eine plötzliche unangenehme Kälte und es dauert einen Moment, bis ich merke, dass Adam meine Hand nicht mehr festhält.

"Hast du gut geschlafen?"

Okay, diese Frage bringt mich völlig aus dem Konzept. Ich habe mir Ignoranz, mit Wut und mit Unfreundlichkeit gerechnet, aber nicht damit, dass er mich fragt, wie ich *geschlafen* habe.

"Ob ich ... Ähm. Ja."

Adam lächelt verschmitzt. Oh Gott, wie kann jemand auf diese Art lächeln? Auf diese unverschämte Art, bei der man einfach nicht wegsehen kann. Es sollte verboten werden.

Als hätte er meine Gedanken gelesen verstärkt sich sein Lächeln noch.

"Das freut mich. Ich habe auch gut geschlafen." Dann zwinkert er mir zu. *Er zwinkert!*

Ich drehe den Pullover in meiner linken Hand und erkenne den Schriftzug, der auch außen an der Bar angebracht ist. Wieder kommt Adam mir zuvor, ehe ich auch nur den Mund öffnen kann.

"Der Pulli ist quasi deine Arbeitskleidung. Ich habe leider bisher nur diesen einen in deiner Größe, aber wir werden noch ein paar bestellen."

"Danke", murmele ich und drehe das Kleidungsstück weiter in meiner Hand. Ich merke, dass Adam selbst auch einen dieser Arbeitspullis mit der geschwungenen Schrift trägt. Ich bezweifle aber stark, dass ich genauso gut darin aussehen werde. Der dunkle Stoff spannt an seinen Oberarmen und lässt seinen Oberkörper so nur noch breiter wirken.

Ich ziehe meine Jacke aus, lege sie auf einen nahe gelegenen Stuhl und ziehe den Pullover über das T-Shirt, das ich darunter trage.

"Sieht gut aus", kommentiert Adam und ich grinse scheu. Für einen Moment treffen sich unsere Blicke. Wahrscheinlich ist es falsch, aber ich merke, wie sehr mich seine wenigen Worte glücklich machen. Irgendwie gibt er mir das Gefühl, dass ich am richtigen Ort bin. Die richtige Entscheidung getroffen habe.

"Na gut", ruft er dann aus und klatscht einmal in die Hände. "Dann können wir ja jetzt anfangen."

-

Ich weiß nicht, ob es Einbildung ist, aber ich glaube, dass Adam mir oft näher ist, als es eigentlich nötig wäre.

Nicht, dass mich das stören würde.

Es hat mich während unserer gemeinsamen Busfahrt nicht gestört, und obwohl es mir innerlich eigentlich widerstrebt, mit jemandem auf diese Art und Weise zu arbeiten, stört es mich auch nicht, während wir nebeneinanderstehen und Adam mir alles zu erklären versucht. Durch meine wenigen Stunden bei Conrad weiß ich bereits mehr als bei meinem Vorstellungsgespräch, aber ich scheine ihn damit nicht beeindrucken zu können. Von zu vielen Dingen habe ich einfach noch keine leise Ahnung, also bin ich froh, dass Adam mir hilft.

Die diffuse Beleuchtung gibt mir schon ab der Mittagszeit, zu der wir uns Pizza liefern lassen und die dann in einer ruhigen Minute schnell verputzen, das Gefühl, dass es später Nachmittag ist. Die Zeit vergeht zudem unglaublich schnell. Viele kleine Gruppen betreten mit leuchtenden Augen die Bar, vor allem Mädchengruppen scheinen beinahe ehrfürchtig zu reagieren, wenn sie den Raum betreten. Unwillkürlich frage ich mich, ob sie wissen, wo Nick gerade ist, oder ob sie vermuten, ihn hier zu treffen. Der Gedanke stimmt mich traurig. Oder sind sie vielleicht wegen Adam hier?

Um kurz vor sechs muss Adam die ersten Gäste abweisen, weil kein Platz mehr für sie verfügbar ist. Ich versuche währenddessen, alle meine Fähigkeiten zu bündeln, und bin doch hoffnungslos überfordert. Adam hilft mir zwar ununterbrochen, wird aber ständig von Gästen abgelenkt, die ihn in ein Gespräch verwickeln wollen und so bleibt doch ein großer Teil der Arbeit an mir hängen. Natürlich bin ich deswegen nicht böse. Zwischen Bestellungen aufnehmen, Gläser befüllen und an die Plätze tragen, und dabei auch noch versuchen, freundlich zu lächeln, habe ich kaum Zeit, nachzudenken. Diese ständige Beschäftigung tut mir gut.

Was mir aber noch viel mehr guttut, ist das Lächeln, das Adam mir immer wieder unauffällig zuwirft. Als wäre er froh, dass ich hier bin.

Als er sich endlich von einer Gruppe junger Frauen und knappen Röcken losreißen kann und zu mir hinter den Tresen kommt, um ihre Bestellungen zu bearbeiten, sagt er leise "Ich hätte nicht gedacht, dass der Laden derart aus allen Nähten platzt. Draußen hat sich schon eine Schlange gebildet, und das bei der Kälte."

Und plötzlich wird mir klar, dass ich bereits seit über zehn Stunden auf den Beinen bin – und ein Ende ist noch nicht in Sicht. Während Adam gekonnt drei Gläser wegträgt, deren Inhalt zwar nach Cola aussieht, in denen sich aber sicher nicht nur Cola befindet, frage ich mich, wie lange die Bar geöffnet hat. Bei Conrad ist das Prozedere ziemlich einfach und genauso einleuchtend: Ist der augenscheinlich letzte Gast gegangen, schließt Conrad die Tür zu und es geht nach Hause. Hier aber scheint der letzte Gast noch vor der Tür zu stehen und auf

Einlass zu warten – um sieben Uhr abends. Das ist keine Uhrzeit, bei der man eine Bar wie diese schließen kann. Adam hat vorhin angemerkt, dass seine Mitarbeiter die letzten Tage über hier gewesen sind und er heute auch den ersten Tag selbst wieder hier ist. Er hat drei Namen genannt, die ich allerdings alle wieder vergessen habe.

"Sorry?"

Ich schrecke auf, versuche aber schnell wieder einen professionellen Blick aufzusetzen.

Das Erste, was mir an der rothaarigen jungen Frau vor mir auffällt, ist, dass sie unfassbar gut aussieht.

Direkt als Nächstes sehe ich denselben Pulli an ihr, wie ich ihn trage. Nur, dass er bei ihr um einiges besser sitzt. Sie trägt diesen Pullover nicht wie ich als Kartoffelsack, sondern mit einer Eleganz, die ich keinem Hoodie-Träger je zugemutet hätte. Außer Adam vielleicht.

"Kennen wir uns?", fragt sie dann. Ich fühle mich in einen schlechten Film katapultiert und merke, wie sämtliche Klischees um sich greifen, denn die Frau ist mir auf Anhieb unsympathisch. Und dem Blick nach zu urteilen, den sie mir zuwirft, beruht das auf Gegenseitigkeit. Sie zieht ihre Augenbrauen fragend in die Höhe, aber ich bin dennoch nicht in der Lage, ihr zu antworten. In dem Moment erscheint zum Glück Adam und rettet die verkorkste Situation.

"Ah, Madison, gut, dass du da bist. So lernst du noch Maggie kennen. Sie arbeitet seit heute auch hier", er hält kurz inne, vermutlich denkt er, dass wir uns nun begrüßen, aber keiner sagt etwas. Stattdessen klammert sich Madison plötzlich an Adams Oberarm, der dabei fast unmerklich das Gesicht verzieht.

"Geht es dir gut? Oh Mann, du armer Kerl, und ich war nicht da."

Adams Miene verhärtet sich. Er geht nicht auf Madisons Worte ein. Stattdessen schaut er mich die ganze Zeit an. Mein Mund ist noch immer wie zugetackert, ich bringe einfach kein Wort raus. Das wäre der perfekte Zeitpunkt, cool zu reagieren, aber die Vertrautheit, mit der Madison sich an Adam festhält, gibt mir einen viel heftigeren Stich, als angemessen wäre.

Meine neue Kollegin scheint sich an meiner Anwesenheit jedenfalls zu stören, denn das Nächste, was sie sagt, ist: "Schönen Feierabend". Allerdings schaut sie mich dabei weder an, noch scheint sie in der Lage gewesen zu sein, wenigstens so zu tun, als wären ihre Worte ernst gemeint und nicht nur dafür da, mir durch die Blume zu sagen, dass ich nicht mehr erwünscht bin. Und auch Adam ist sich, wie es aussieht, nicht mehr bewusst, dass ich noch im selben Raum bin, denn er ignoriert mich plötzlich gekonnt und schaut überall hin, nur nicht zu mir.

Das Gefühl, nicht gewollt zu sein, überschattet all meine anderen Empfindungen, der Stich in meinem Bauch wird heftiger.

"Bis morgen", sage ich, schnappe beim Vorbeigehen an der Garderobe meine Jacke und meine Tasche, und verlasse die Bar.

Kapitel vier

"Weil Kaffee mit dir noch immer am besten schmeckt"

Maggie

Der alte Mercedes ist Brians ganzer Stolz, aber ich habe mich gestern Abend wohl so genervt über das ständige Bahnfahren ausgelassen, dass mein Onkel mir den Schlüssel in den Briefkasten geworfen und das Auto direkt vor die Einfahrt vor unserem Wohnblock gestellt hat. Dann hat er mir eine Nachricht samt Bild geschickt, und behauptet, dass ich dringend das Auto wegfahren müsse – er habe keine Lust auf einen Strafzettel. Den Wink mit dem Zaunpfahl habe ich natürlich verstanden – und dankend angenommen. Obwohl ich meinen Führerschein nun schon eine ganze Weile habe, fahre ich selten. Hier in London macht ein eigenes Auto schlichtweg keinen Sinn, bei meinen Eltern wurde ich meistens von Courtney überall hin mitgenommen, weil sie bei Weitem lieber Auto fährt als ich.

Auch als ich heute in den gut gepolsterten, aber stark eingesessenen Ledersitz sinke, habe ich kurz das Gefühl von Unruhe, dass mich immer vor einer Autofahrt überkommt. Aber meine Bequemlichkeit siegt und ich starte den Motor.

Trotz Berufsverkehrs dauert es nicht lange, bis ich an der Bar ankomme. Ich ärgere mich, dass ich so viel Zeit eingeplant habe. Als ich dann aber mehrere Runden um den Block fahren muss, um endlich einen Parkplatz zu ergattern, bin ich wieder stolz auf meine Ader zur Überpünktlichkeit.

Um kurz vor neun betrete ich dank des Schlüssels, den Adam mir gestern kurz nach meiner Ankunft beinahe feierlich überreicht hat, die Bar, rufe ein halbherziges Hallo in den Raum und bemerke mit reichlich Groll, dass die Tische verklebt und zugemüllt sind. Verdunkelte Teestellen in Tassen und verknautschte Strohhalme in Longdrink-Gläsern gesellen sich zu Krümeln und kleinen Serviettenfetzen. Auf einem Stuhl hängt noch ein Schal, eine leere Zigarettenpackung ist auf den Boden gefallen. Es scheint noch niemand hier zu sein.

"Sauerei", murmele ich, als mir klar wird, dass ich die Glückliche bin, die hier wieder Klarschiff machen darf. Aber ich werde einen Teufel tun und mich darüber beschweren. Es hätte mir klar sein müssen, dass auch diese eher unangenehmen Aufgaben auf mich zurückfallen würden. Also stelle ich rasch meine Tasche ab und hänge meine Jacke in dem schmalen Flur auf, der den Schankraum mit dem dahinterliegenden Büro verbindet und schnappe mir den erstbesten Putzlappen, den ich finden kann. Meine Gedanken schwirren von einer Lappalie zur nächsten und ich merke, dass ich unkonzentriert bin. Zum Glück erfordert meine Aufgabe nur wenig Scharfsinn.

Deshalb schrecke ich hoch und lasse beinahe den Lappen in meiner Hand fallen, als das Telefon läutet. Sofort schnellt mein Puls in die Höhe. Ich hasse es, mit Fremden zu telefonieren. Kurz erwäge ich, nicht ranzugehen, aber so feige möchte ich nicht sein. Wie war das noch gleich mit dem Neubeginn? Ich habe schon so viel geschafft, da wird wohl ein Telefonat das kleinste Problem sein.

Ich muss mich kurz umschauen, weil ich nicht weiß, wo das Telefon liegt, aber schließlich finde ich es. Wie zum Teufel soll ich mich jetzt melden?

Ohne weiter nachzudenken, nenne ich meinen Namen und den Namen der Bar. Dann ist es kurz sehr still am anderen Ende der Leitung. Nicht einmal ein Atmen, nicht einmal ein Rauschen.

"Ist Adam da?"

Eine tiefe Männerstimme tönt in meinem Ohr ganz kurz, bevor ich auflegen wollte. Mich wundert, dass der Mann sich nicht vorgestellt hat und die Situation kommt mir sofort ein wenig seltsam vor.

"Wer sind Sie denn, wenn ich fragen darf?", versuche ich höflich, weitere Informationen aus meinem Gesprächspartner herauszuholen.

"Das geht dich nichts an. Ist er nun da oder nicht?"

Erschrocken darüber, wie unverschämt sich der Mann verhält, stutze ich kurz.

"Nein. Und da Sie so mit mir reden, glaube ich auch nicht, dass es Sinn hat, Sie zu fragen, ob ich Ihnen weiterhelfen kann." Ich lege eine kurze Pause ein, bevor ich in bittersüßem Ton ein "Auf Wiederhören", anhänge. Das Telefon ist schon nicht mehr an meinem Ohr, aber ich kann noch ein paar letzte Worte aufschnappen.

"Sag ihm, dass Steven angerufen hat." Dann ist da nur noch das unverkennbare Zeichen, dass der Mann aufgelegt hat.

Adam

Die kurze Nacht steckt mir in den Knochen, viel schlimmer als jede Müdigkeit der Welt ist aber – wie ich leidlich feststellen musste –, wenn das Auto nicht anspringt und man sich gezwungen fühlt, mit der Bahn zur Arbeit zu fahren. Noch während ich warten musste, dass die nächstbeste U-Bahn überhaupt ankommt, war mir klar, dass ich es niemals pünktlich schaffen werde. Mehrere Male habe ich versucht, Maggie auf dem Handy zu erreichen, aber sie ging nie dran. Ich habe gebetet, dass sie bereits in der Bar ist, hätte es ihr aber auch nicht zum Vorwurf gemacht, wenn es nicht so gewesen wäre. Immerhin bin ich ihr Chef, und über ihre Arbeitszeiten geredet haben wir auch nicht wirklich. Als ich jedoch meinen Laden betrete und feststelle, dass es wohl sauberer aussieht als je zuvor, überkommt mich ein bisschen Stolz und vor allem eine Menge Dankbarkeit.

Die ersten Kunden sitzen bereits verteilt im ganzen Raum, alle mit einer dampfenden Tasse Kaffee vor sich. Die Wanduhr über dem Tresen verrät mir, dass es bereits kurz vor elf ist. Dann fällt mein Blick auf die Frau, die ich erst vorgestern eingestellt habe und die mit mehr Elan an der Arbeit ist, als all meine übrigen Mitarbeiter zusammen.

Maggies flinke Hände können anscheinend mehrere Sachen gleichzeitig machen. Während sie im Stress Gläser befüllt, spült und dabei auch noch ununterbrochen lächelt und mit den Kunden Smalltalk halten kann, staune ich nicht schlecht. Ich scheine mit meiner Kurzschlussreaktion doch alles richtig gemacht zu haben.

Nachdem ich ihr kurz alles gezeigt und sie dann mehr oder weniger mit ihrem Schicksal alleine gelassen habe, hat sie nur kurze Zeit gebraucht, um mich überzeugen zu können.

Kellnern und Bedienen ist in meinen Augen zwar etwas, was jeder lernen kann, wenn er es will, auf der anderen Seite ist es schwer, Personal zu finden, dass ins Konzept einer Bar passt und gleichzeitig auch noch möglichst freundlich ist. Mich beschleicht der Gedanke, dass das nicht das erste Mal ist, dass Maggie Kundenkontakt ausgesetzt ist, sie wirkt durchweg professionell.

Außerdem sieht sie in dem Pulli und der hautengen dunkelgrauen Jeans, die sie trägt, unfassbar scharf aus. Da fällt mir ein, dass ich mich dringend noch um die neue Lieferung Pullover kümmern muss, und setze es gedanklich auf die Liste der Dinge, die heute erledigt werden müssen.

Gerade lacht Maggie laut über eine Bemerkung, die ein Kunde am Tresen gemacht hat. Oh Mann, die Frau, die hier plötzlich vor mir steht, ist so viel anders als die, die hier vor wenigen Tagen aufgetaucht ist. Wie ausgewechselt.

Ich nähere mich ihr und weiß, dass sie mich längst bemerkt hat, obwohl sie versucht, diese Tatsache zu verschleiern.

Als ich neben ihr stehe und sie begrüßt habe, warte ich, bis der Kunde seinen Cappuccino gezahlt hat und uns alleine lässt.

"Sorry für die Verspätung, mein Auto ist nicht angesprungen."

Maggie schmunzelt. "Und das ist sicher nicht nur eine faule Ausrede, weil du etwas länger schlafen wolltest?", neckt sie mich. In ihren Augen sehe ich aber, dass sie nur Spaß macht.

"Denk doch, was du willst", sage ich mit einem zwinkernden Auge.

Dann jedoch wird Maggies Blick von dem einen auf den anderen Moment ernst und sie sagt ganz leise und so unauffällig, dass es keiner bemerken kann: "Gibt es etwas Neues?"

"Nein, alles beim Alten. Abby ruft mich an, wenn es etwas gibt, was ich wissen muss."

"Fühlst du dich schlecht, weil du hier bist?", fragt sie dann und ich wundere mich, wie sie wissen kann, wie meine Gefühle im Moment sind, aber ich nehme es einfach hin. Beschließe, mich einfach darauf einzulassen.

Ich nicke.

Maggie wischt sich die Hände am Geschirrtuch neben sich ab und greift ganz leicht, fast ohne dass sie mich berührt, nach meinem Arm.

"Mach dir keine Gedanken", flüstert sie, und der Moment, die leichte Berührung, ist wieder vorbei. Sie war leicht, kribbelnd, ohne unangenehm zu sein. Dieser leichte Druck ihrer kleinen Hand in Verbindung mit ihrer Sorge und der einfachen Frage, die mir aber mehr bedeutet als ich dachte, lässt ein Schaudern durch meine Adern fließen. Hastig wende ich mich ab. Ein Gefühl, das man ignoriert, ist ein Gefühl, das es nie gegeben hat.

"Ich bin im Büro, falls du mich brauchst", sage ich und drehe mich um.

"Warte kurz, Adam!"

"Was ist denn?", kommen die Worte etwas zu schnippisch über meine Lippen.

"Vorhin", beginnt sie dann und schaut unsicher auf den Boden, sodass ich meine schroffe Wortwahl sofort bereue, "hat jemand für dich angerufen. Ein unfreundlicher Mann, der dich sprechen wollte."

Ich ziehe die Augenbrauen in die Höhe und schaue Maggie fragend an, damit sie fortfährt.

"Er sagte nur, ich solle dir sagen, Steven habe angerufen"

Nun kann ich nichts mehr daran ändern, dass meine Gesichtszüge mir völlig entgleisen. Das darf nicht wahr sein!

Es MUSS einfach ein Missverständnis sein.

"Scheiße!", fluche ich schließlich, schlage mit der flachen Hand auf den Tresen, und verlasse den Raum unter den schockierten Blicken meiner Gäste in Richtung Büro.

-

Der Herbst hat die Wolken fest im Griff, sie schieben sich gekonnt vor das letzte bisschen Sonne, das noch übrig ist, und lassen kaum natürliches Licht in das kleine Büro fallen, in dem ich mich verkrochen habe. Der PC vor mir summt leise, aus Reflex habe ich ihn angeschaltet, obwohl es eigentlich gar nichts gibt, um das ich mich im Moment kümmern will. Es gäbe sicherlich etwas, das ich tun könnte, aber meine Gedanken sind ähnlich trüb wie das Wetter hinter der Fensterscheibe rechts von mir.

Es gibt ein paar hüfthohe Regale, in denen Ordner stehen und ein paar Zimmerpflanzen, ansonsten ist der in dunklem und hellem Braun gehaltene Raum nichts Besonderes. Ein Ort zum Arbeiten.

Oder zum Nachdenken.

Würde nun jemand ins Zimmer kommen, dann würde es immerhin so aussehen, als gäbe es wirklich einen Grund, dass ich hier bin. In Wahrheit war ich einfach überfordert von der Situation. Bin es noch immer. Im Nachhinein bin ich vor allem wütend auf mich selbst. Ich hätte nicht so reagieren dürfen, hätte Maggie nicht an mich ranlassen dürfen. Im Grunde hat sie nichts Schlimmes getan, erst recht nichts, womit ich unter normalen Umständen nicht klarkommen würde. Es ist ja nicht einmal so, als hätte ich ihre Berührung nicht gewollt, nicht genossen. Aber im Moment liegen meine Nerven blank. Ich habe nicht die Zeit und nicht die Lust, mich mit einer Frau in meinem Leben herumzuschlagen. Solange ihre Absichten nicht völlig klar sind, muss ich mich in Acht nehmen. Der Vorfall mit meiner Schwester hat mir gezeigt, wie schwierig und gefährlich es sein kann, wenn ein Familienmitglied in der Öffentlichkeit steht. Zwar kann ich mich besser wehren als sie und ich glaube nicht, dass jeder, der es gut mit einem meint, potenziell auch jemand ist, der nur an die Bekanntheit und das Geld meines Bruders will, aber ich habe gelernt, vorsichtig zu sein. Vorsichtiger, als es ein Mensch, der nicht mein Leben lebt, jemals wäre.

Und dann ruft dieser Mistkerl hier an.

Und redet mit Maggie.

Meine Reaktion war auch da völlig unangebracht, aber die Angst davor, dass dieser Mann wieder einen wichtigen Menschen in meinem Leben bedrohen könnte, lässt mich jedes Schamgefühl vergessen. Dass Steven überhaupt wieder in der Nähe zu sein scheint, wühlt mich bereits auf. Aber dass er die Dreistigkeit besitzt, hier anzurufen, übertrifft alles.

Ich merke selbst, wie widersprüchlich meine eigenen Gefühle sind.

Gedankenverloren stöbere ich in meinen Mails und versuche, meiner Situation etwas Nützliches zu verleihen, aber ich weiß, wie sinnlos mein Vorhaben ist.

Ich fühle mich schlecht, weil ich meine neue Mitarbeiterin nun alleine gelassen habe. Wenn sie Fragen hat oder es Probleme gibt, dann bin ich zwar nicht weit weg, aber zum einen weiß sie nicht genau, wo sich das Büro befindet, zum anderen glaube ich nicht, dass sie den Mut aufbringen würde, wirklich herzukommen. Obwohl ich angeboten habe, dass sie kommen kann, wenn sie mich braucht, war die Situation doch unmissverständlich. Sie muss glauben, dass ich so wenig wie möglich mit ihr zu tun haben will, dass ich sauer bin. Und außerdem ein wütender, egoistischer Kotzbrocken.

Ist Einsicht nicht die erste Stufe zur Besserung?

Ein lauter, unangenehmer Ton dringt plötzlich zu mir durch. Es dauert eine Weile, bis ich merke, dass es mein Handy ist. Bis ich das Gerät aufhebe vergehen einige Momente. Die Nummer, die mich anruft, ist mir unbekannt, aber ich kann erkennen, dass es sich nicht um eine Mobilfunknummer handelt, also gehe ich ran. Kurz denke ich, dass es wieder Steven ist, aber der Mistkerl kann unmöglich meine private Nummer haben.

"Ja bitte?", melde ich mich, bewusst ohne meinen Namen zu nennen. Wieder spricht die Vorsicht aus mir.

"Adam McGuire?" Die Männerstimme am anderen Ende ist tief, irgendwie kommt sie mir bekannt vor, also spreche ich weiter.

"Ja, der bin ich. Wer ist da?"

"Mein Name ist Dr. Cooks, ich bin der behandelnde Arzt Ihres Bruders."

Mein Herz stockt, ich bekomme keine Luft mehr. Ein Gefühl, wie ich es noch nie hatte, überfällt mich, zerdrückt meine Lungenflügel und lässt alles Blut in meinen Adern gefrieren. Ich will die nächsten Worte nicht hören, aber ich kann nichts dagegen tun, dass der Doktor einfach weiterspricht.

Maggie

"Der Rest ist Trinkgeld", sagt der Mann, der sein zweites Bier in Windeseile getrunken hat, nachdem er hektisch und mit rotem Gesicht auf sein Telefon einredete. Ich weiß nicht genau, woher der Gedanke kommt, aber aufgrund seines Verhaltens vermute ich eine eifersüchtige Ehefrau.

Da ich mir nicht sicher bin, wie sich das hier mit dem Trinkgeld verhält, lege ich das Geld in ein kleines Glas, das einen Sprung hat und das ich deswegen aussortiert habe, um Adam später zu fragen, ob wir es entsorgen. Es hat sich bereits ein kleines Häufchen angesammelt und nicht ganz ohne Stolz stelle ich fest, dass die Kunden mich wohl schon akzeptiert haben.

Ich will gerade die gespülten Gläser abtrocknen, als ich Adam aus dem Augenwinkel wahrnehme. Mein erster Reflex ist, ihn einfach zu ignorieren, aber ich merke, dass er direkt auf mich zukommt. Als ich mich zu ihm drehe, merke ich sofort, dass etwas nicht stimmt. Er sieht nervös aus, ängstlich, aber da ist noch etwas anderes, das ich nicht deuten kann.

"Maggie, ich –", fängt er an, als er eine Armlänge von mir entfernt ist, nur um dann wieder zu stocken.

Es ist exakt das gleiche Gefühl wie vorhin, bevor Adam sich verkrochen hatte. Das Gefühl, dass ich ihm helfen, ihm beistehen muss. Und es vor allem auch möchte.

"Was ist los?", frage ich, ohne Rücksicht auf die Gäste zu nehmen. Dieses Mal mache ich aber nicht den Fehler und berühre ihn. Mein Herz pumpt unregelmäßig.

"Nick ist aufgewacht."

Bevor er mehr sagen kann, stürmt ein großer Mann in die Bar, bleibt kurz stehen, lässt den Blick starr auf Adam gerichtet, nur um dann schnellen Schrittes auf uns zuzukommen. Er hat hellbraune, sehr kurze Haare, die seine Kopfhaut durchschimmern lassen, aber seine Augen sind so hellgrau, dass niemand auf seine seltsame Frisur achtet.

Adam murmelt ein heiseres Dankeschön, dann überlässt er dem Mann das Sprechen.

"Ich bin sofort hergekommen, kümmere du dich um deinen eigenen Kram. Meine Schicht hätte eh bald angefangen, also sag jetzt bloß nicht, wie leid es dir tut. Nimm das hübsche Mädel mit, ich will nicht, dass du in deinem Zustand Auto fährst." Dann wendet er sich an mich: "Kannst du fahren? Hast du ein Auto?"

Ich nicke, ohne wirklich zu denken. Ohne zu wissen, was hier genau passiert.

"Worauf wartet ihr noch? Fahrt endlich ins Krankenhaus", sagt der Mann, der wohl einer meiner Kollegen sein muss, und schiebt uns beide gleichzeitig in Richtung Ausgang. Dass die Gäste ein zweites Mal misstrauisch dreinschauen, als ich schnell zurück hechte und meine Tasche mit dem Autoschlüssel und meine Jacke hole, bevor ich aus der Bar stürze, nehme ich gar nicht wahr.

Sofort setze ich mich hinters Steuer und lenke den Wagen auf die nahe gelegene Hauptstraße, Adam neben mir.

"Könntest du –", fängt er an, macht wieder eine kurze Pause. "Könntest du ins London Bridge Hospital fahren?"

Ich halte an, weil eine Ampel gerade auf Rot schaltet. Ein Bus bremst im Gegensatz zu mir nicht und fährt noch über die Kreuzung.

"Natürlich", sage ich kurz angebunden. Ich weiß überhaupt nicht, wie ich mich verhalten soll. Adam sitzt neben mir, den Blick starr durch die Windschutzscheibe gerichtet. Ich würde gerne etwas sagen, aber ich weiß nicht was. Außerdem verstehe ich nicht, warum mein Chef so bedrückt wirkt. Immerhin ist sein Bruder aus dem Koma erwacht, das ist doch eine gute

Nachricht, oder etwa nicht? Da ich aber nicht nachbohren will, beschließe ich, einfach möglichst wenig zu sagen. Wenn er möchte, dann fängt er von selbst an zu sprechen. Das ist auch die Art von Verhalten, die ich mir wünschen würde, wenn in meinem Leben gerade alles drunter und drüber geht. Jemand, der zwar da ist, aber nicht der Meinung ist, die richtigen Worte finden zu können, denn das ist kaum möglich.

Die Ampel schaltet um und ich gebe Gas. Brians Wagen kommt mir heute wie ein Geschenk des Himmels vor und ich bin mehr als froh, dass ich heute nicht mit der Bahn zur Arbeit gefahren bin. Ich würde Adam auch äußerst ungern in diesem seltsamen Zustand fahren lassen. Vielleicht ist das Leben doch manchmal vom Schicksal bestimmt.

Der Verkehr läuft nur sehr zähflüssig und ich bin bereits nach den wenigen Metern, die wir zurückgelegt haben, ungeduldig. Adams Nervosität steckt mich an und ich ertappe mich immer wieder dabei, wie ich verstohlen einen Blick zu ihm werfe. Ich überlege, ob ich das Radio anschalten soll, entscheide mich aber dagegen. Ich weiß, wie urplötzlich einen Musik aufwühlen oder an etwas erinnern kann. Musik ist emotional und Emotionen haben wir in diesem Auto bereits genug.

Schon aus einiger Entfernung sehe ich, wie ein Lieferwagen vor mir anhält und den Warnblinker anschaltet. Die Autos hinter ihm haben keine Chance, an ihm vorbeizukommen. Das bedeutet also auch für uns eine unfreiwillige Pause.

"Verdammt, das darf nicht wahr sein", murmele ich und schlage meine flache Hand auf die obere Seite des Lenkrads. Ich kann erkennen, wie Adam mich ansieht. Ich will gerade zu einer Entschuldigung ansetzen, doch er kommt mir zuvor.

"Nicht aufregen", flüstert er. Er ist so leise, dass ich ihn nur mit einiger Mühe verstehen kann. Mein Magen macht eine kleine Drehung, als ich seine leise Stimme und deren Bedeutung wahrnehme. Bevor ich zu viel hineininterpretieren kann, antworte ich.

"Wir haben keine Zeit für so etwas."

Bei den Worten *so etwas* deute ich wild gestikulierend auf die verstopfte Straße vor uns. Meine Stimme hat etwas Hysterisches angenommen, das ich sofort bereue. Wenn jemand einen Grund dafür hätte, hysterisch zu sein, dann wäre es mein Beifahrer, aber nicht ich.

"Doch."

Diesmal ist seine Stimme lauter, stärker.

"Wir haben Zeit. Meinem Bruder scheint es gut zu gehen. Ich bin nur nervös, das ist alles. Ich möchte so schnell es geht bei ihm sein."

"Ich ... das verstehe ich. Aber –"

Seine Berührung trifft mich eiskalt. Eiskalt und doch voller Wärme, voller Zärtlichkeit. Mein erster Reflex ist der Wunsch vor ihm zurückzuweichen, im zweiten Moment bin ich einfach nur noch von Erstaunen erfüllt.

"Es tut mir leid, Maggie. Vorhin das ... eigentlich alles", er schluckt hörbar.

Er redet nicht weiter. Stattdessen streicht er mit seinen Fingerspitzen auf dem Ärmel meines Pullovers entlang. Ich stelle fest, dass ich noch immer den Arbeitspulli trage. Trotz des dicken, weichen Stoffes spüre ich die Wärme seiner Hand überdeutlich auf meiner Haut. Seine kreisenden Bewegungen lassen meine Nervosität ein wenig verschwinden. Da der Verkehr vor uns nun vollends zum Erliegen gekommen ist und ich nur sehe, wie der Lieferant den Wagen umrundet und dann öffnet, um schwere Kisten aus dem hinteren Teil herauszuheben, habe ich eigentlich nur Augen für den Mann neben mir. Den Mann, der mir gestern noch ohne Grund und Anlass Vorwürfe gemacht hat.

Statt einer Antwort blicke ich ihm fest in die Augen und lächele. Ich hoffe, dass das als Bestätigung reicht. Dass es reicht, ihm klar zu machen, dass ich weder sauer noch enttäuscht, höchstens ein bisschen vorsichtig bin. Ich hoffe, dass er es als Aufforderung versteht, sich nicht wieder in den Adam zu verwandeln, der er vorhin war.

Schon sehe ich, dass der Verkehr vor mir sich etwas auflöst. Anscheinend hat einer der anderen Autofahrer doch einen Weg gefunden, den Lieferwagen zu umrunden und die anderen Verkehrsteilnehmer machen es ihm nach. Halb über den Gehsteig schlängeln wir uns also der Reihe nach an dem Übeltäter vorbei. Adam hat seine Finger wieder ineinander verschränkt, aber wenigstens schaut er nicht mehr so finster. Dass er mich nicht mehr berührt, ist mir deutlich bewusst. Er könnte gerne wieder damit anfangen, wenn es nach mir ginge.

Röte schießt mir ins Gesicht, als ich mir meiner Gedanken bewusst werde. Als ich merke, dass er mich anschaut. Direkt. Ohne Scham. Sein Grinsen ist zurückgekehrt. Denn obwohl ich ihn nur aus dem Augenwinkel wahrnehme und versuche immerhin so zu tun, als starre ich konzentriert auf die Straße, habe ich das Gefühl, dass er in meinem Gesicht all meine Emotionen, all meine Gedanken lesen kann. Als würden wir uns schon ewig kennen.

-

Die weitere Fahrt verlief ruhig und ohne Zwischenfälle. Es hat einer langen Diskussion bedurft, ehe Adam zugestimmt hat, dass ich in der Cafeteria auf ihn warte und ihn im Anschluss nach Hause bringe. Auf der einen Seite habe ich mich als Chauffeur angeboten, weil ich nicht will, dass er mit der Bahn nach Hause muss und ich der Meinung bin, dass der, der

A sagt, auch B sagen muss. Auch wenn ich in dem Fall eher dazu gedrängt wurde, A zu sagen. Aber nichtsdestotrotz verstehe ich es als meine Aufgabe, Adam nun auch noch von hier wegzubringen. Da ich keine Pläne für den Abend habe, habe ich nicht weiter drüber nachgedacht. Nun, da ich in der krankenhauseigenen Cafeteria sitze und mich zwischen diversen belegten Brötchen entscheiden musste, weil mein Magen sonst zu rebellieren begonnen hätte, glaube ich aber, dass mein Angebot nicht ganz uneigennützig war.

Natürlich steht außer Frage, dass ich Adam so noch einmal eine Weile neben mir im Auto sitzen habe. Würde ich mir das nicht insgeheim wünschen, dann wäre ich vielleicht nicht so freundlich gewesen und würde auf ihn warten. Aber seine Entschuldigung hat mir ein Teil von ihm gezeigt, den er wohl bisher gut hat verbergen können. Kennengelernt habe ich ihn als charmanten, gut aussehenden Mann, der kein Problem hat, zu flirten. Dann ist er mir als kratzbürstiger, unfreundlicher Mensch begegnet, der schnell wütend wird und andere Menschen von sich stößt. Irgendwann dann habe ich ihn von vorne bis hinten nicht verstanden und heute ... heute war er für eine ganze Weile einfach er selbst.

Damit hat er etwas in mir getroffen, von dem ich nicht wusste, dass es existiert.

Ich beiße in mein Käsebrötchen und stelle fest, dass es bei Weitem nicht so eklig schmeckt, wie es den Anschein macht. Das verlorene Salatblatt ist algenähnlich weich, aber immerhin merke ich beinahe sofort, wie neue Energie in meinen Körper gelangt. Die Cola, die ich mir außerdem geleistet habe, obwohl sie völlig überteuert war, ist so kalt, dass sich bereits eine kleine Pfütze Kondenswasser auf dem Plastiktisch vor mir gebildet hat.

Aus meiner Tasche, die ich neben mir auf dem Stuhl platziert habe, ziehe ich mein Handy heraus. Ich muss Brian Bescheid geben, dass ich heute Abend erst später komme. Kurz ziehe ich in Erwägung, ihn anzulügen und zu behaupten, ich sei mit ein paar Freunden unterwegs, aber letztendlich kann ich mich nicht dazu durchringen und schreibe unverblümt die Wahrheit. Ich füge allerdings gleich hinzu, dass ich ihm alles später genauer erzählen will. Ich möchte mich nicht per Textnachricht erklären müssen und weiß, dass mein Onkel dafür Verständnis hat.

Glücklich darüber, dass ich fast immer ein Buch in meiner Tasche habe, vertiefe ich mich einige Minuten später in einen historischen Roman, den ich bereits vor einigen Jahren einmal gelesen habe und der mir so gut gefallen hat, dass ich ihn noch ein weiteres Mal lesen wollte. Nur habe ich feststellen müssen, dass er mir beim zweiten Mal nicht mehr ansatzweise so gut gefällt wie vorher. Zwar lese ich in letzter Zeit nicht viel, aber wenn ich es mache, dann mit Leidenschaft. Zu Hause habe ich meistens so viel zu tun gehabt, dass ich nicht dazu kam, mich ein wenig hinzusetzen und einfach zu lesen, daher hat es sich schnell eingebürgert, nur auf Bahnfahrten oder beim Arzt zu lesen. Eben dann, wenn man mehr oder weniger unfreiwillig warten muss. Ein Aufenthalt in der Krankenhauscafeteria gehört definitiv ebenfalls dazu.

Gerade beende ich ein weiteres Kapitel, als ich merke, dass sich jemand neben mich setzt. Die Frau, die auf dem Stuhl links von mir sitzt, kommt mir bekannt vor, noch zu sehr in dem Buch gefangen, das ich gerade lese, kann ich sie aber nicht direkt einordnen.

"Hey Maggie. Jetzt können wir das ja mal ganz offiziell machen", sagt sie und hält mir die ausgestreckte Hand hin, "Ich bin Abby, die Schwester des Kotzbrockens, den du eben hierher gebracht hast."

Obwohl ihre Augen unendlich müde dreinblicken, sehe ich die Erleichterung in ihrem Gesicht.

"Geht es ... ihm gut?", frage ich und merke, dass man sie auch auf Adam hätte münzen können. Doch Abby hat meine Frage richtig verstanden. Sie lächelt schief und ich erkenne sofort, dass in ihr dieselben Gene schlummern wie in Adam. "Nick geht es so weit gut, er ist stabil. Er hat Schmerzen, vor allem durch die Brüche, aber er wird wieder."

Ich sehe, wie Tränen in ihren Augen schimmern und teile diesen Moment der grenzenlosen Erleichterung mit ihr. Still lassen wir einige Augenblicke verstreichen.

"Adam kommt gleich wieder, Nick ist schon die ganze Zeit kurz vorm Einschlafen. Er braucht seine Ruhe jetzt auch. Ich wollte mich nur kurz bedanken und dir sagen, dass mein großer Bruder eigentlich ein netter Kerl ist, auch, wenn er sich manchmal mit aller Kraft dagegen wehrt. Nach deiner SMS war er etwas durch den Wind, nimm es nicht persönlich."

"Was für eine SMS?", frage ich unruhig, doch Abby ist bereits aufgestanden.

"Wenn man vom Teufel spricht!", ruft sie dann, wirft mir ein "Man sieht sich!" zu und ist verschwunden. Stattdessen kommt Adam jetzt an meinen Tisch.

Fliegender Wechsel, denke ich noch, dann steht mein Chef hinter mir. Meine ängstliche Verwirrung ist mittlerweile in meinen Eingeweiden angekommen, mir ist übel und meine Finger zittern leicht, als ich meine Sachen zusammensuche und achtlos in die Tasche werfe.

Was für eine SMS?

"Ist alles in Ordnung?", fragt Adam besorgt. Er wirkt erleichtert, gelöst, aber müde.

"Ja, alles gut, wollen wir los?", stelle ich die Gegenfrage und schultere meine Tasche. Den Autoschlüssel habe ich bereits in der Hand.

Adam verzieht kurz das Gesicht, dann setzt er sich in Bewegung.

"Sehr gerne", sagt er leise, "du hast schon lange genug warten müssen."

Adam

Maggie stellt den Motor aus und zieht die Handbremse an.

"Da wären wir", sagt sie und lächelt. Sie war die ganze Fahrt über eigenartig still und auch jetzt habe ich das Gefühl, dass ihr Lächeln gekünstelt wirkt. Während ich innerlich von Erleichterung erfüllt und mit einem dümmlich zufriedenen Gesichtsausdruck aus dem Beifahrerfenster geschaut und mir London in der Dämmerung angesehen habe, ist mir nicht entgangen, dass irgendetwas in Maggie arbeitet. Ein dumpfes Gefühl in meinem Magen trübt meine Euphorie, seit wir aus dem Krankenhaus gekommen sind.

"Wann soll ich morgen da sein?", durchbricht Maggie schließlich die Stille und ich sehe sie an.

"Wenn du mich jetzt überhaupt noch brauchst", murmelt sie.

"Wie kommst du darauf, dass sich irgendetwas geändert hat?", frage ich und schnalle mich ab, um mich ein wenig besser zu ihr drehen zu können.

"Ich ... Ich weiß nicht."

Die Art, wie sie ihre Augen niederschlägt, hat etwas Einsames. Etwas Kapitulierendes, das ein Gefühl in mir weckt, das ich nur schwer beschreiben kann. Mir wird bewusst, wie schnell meine Worte missverständlich klingen können und ich suche beinahe zwanghaft nach einem Weg, mich zu erklären.

"Also ...", fange ich an und ihre grünen Augen, die im Licht der Straßenlaternen schimmern, sehen mich an.

"Hör zu, ich bin nicht so ein guter Redner. Ich meinte damit nicht wirklich, dass ... dass sich nichts geändert hat. Natürlich hat sich etwas geändert. Ich ... weiß nur gerade nicht, was es ist." Wieder stocke ich und verfluche mich innerlich. "Okay, das war gerade nicht der intelligenteste Satz, den ich jemals von mir gegeben habe, oder?"

Ihr Lachen unterbricht mich. "Das war keine ernst gemeinte Frage, oder?"

"Nicht wirklich, nein. Ich wäre dir sogar sehr dankbar, wenn du einfach nicht darauf antworten würdest."

"Dann lasse ich es."

"Aber vielleicht magst du mir verraten, was dich bedrückt?"

Ihre Augen weiten sich vor Erstaunen. In genau dem Moment, in dem sie ihren Blick wieder von mir loseisen möchte, greife ich nach ihrer Hand, die noch immer in der Nähe der Handbremse liegt.

Ihre Finger sind kalt, fast eisig und ihre Hand wirkt zierlich neben meiner. Ganz sanft drücke ich zu und hoffe, ihr so die nötige Kraft zu geben und das auszusprechen, was ihr auf der Seele liegt. "Habe ich etwas falsch gemacht?", frage ich und ohne ihre Antwort abzuwarten, ist mir bewusst, was sie sagen wird. Sie wird meine Frage verneinen, innerlich aber die ganze Zeit daran denken, dass ich mich wie ein selbstsüchtiges Arschloch verhalten habe. Dass ich sie ohne Grund angeschrien habe, dass ich sie von mir gestoßen habe, sie alleine hab stehen lassen.

Nun, da mein Leben zwar noch nicht strahlt, aber immerhin etwas zu schimmern beginnt, nachdem ich meinen Bruder in Sicherheit weiß, fällt eine Last von mir ab, die mir vorher nicht bewusst war. Beinahe im selben Atemzug bekomme ich neue Schuldgefühle, weil ich die Frau, die nun so ängstlich vor mir sitzt, von mir weggestoßen habe. Es ist fast so, als könne ich mich nur auf eine Person konzentrieren, als würden alle anderen Menschen einfach aus einem Raster fallen, das in meinem Kopf festgesetzt ist. Und das, obwohl sie mir alle etwas bedeuten. Dass Maggie kompromiss- und selbstlos und ohne auch nur ein Wort des Widerstandes den ganzen Abend an meiner Seite verbracht hat, werde ich nicht so leicht vergessen.

Es gibt Dinge im Leben, die erfüllen einen mit einer solchen Wucht der Dankbarkeit, dass sie nur schwer in Worte zu fassen sind.

Als ich merke, dass Maggie von sich aus nichts sagen wird, streiche ich sanft mit meinem Daumen über ihren Handrücken und merke im selben Atemzug, dass sie leicht zusammenzuckt.

Die gelöste Stimmung, die ich noch vor wenigen Augenblicken aufbauen konnte, hat sich verflüchtigt. Es ist, als würde die schützende Karosserie des Autos kleine Luftschlitze haben, durch die unser gemeinsames Lachen verschwunden ist, als hätte es nie existiert. Ich würde die Situation gerne retten, aber ich merke beinahe sekündlich, wie Maggie mir zu entgleiten droht, obwohl sie direkt neben mir sitzt.

"Ich sollte besser nach Hause fahren", flüstert sie plötzlich. Ihr Blick ist starr auf unsere ineinander verschränkten Hände gerichtet. Ich frage mich, ob sie ähnlich fühlt, wie ich es tue, oder ob sie einfach nur zwischen Angst und Verwirrung wechselt. Enttäuscht lasse ich sie los. Ich verfluche mich selbst dafür, dass ich es nicht geschafft habe, sie zu erreichen. Sie nicht auf meine Seite ziehen konnte, ihr nicht noch einen weiteren Grund zum Lächeln habe geben können. Sie stößt mich von sich weg, wie ich es zuvor getan habe. Das Schlimmste ist, dass ich es verdient habe.

Widerwillig öffne ich die Tür. Ich finde keinen Grund, noch länger sitzen zu bleiben.

"Gute Nacht, Maggie", sage ich noch, ehe ich aufstehe. Ob sie antwortet oder nicht, weiß ich nicht. Wenn sie etwas sagt, dann so leise, dass ich es nicht verstehen kann.

Erst, als ich hinter mir den Motor leise aufheulen höre, merke ich, dass ich ihr nicht auf ihre Frage geantwortet habe. Ein mir unerklärlicher Stich der Enttäuschung überkommt mich.

-

In meinen Ohren rauscht es, als ich die Haustür hinter mir geschlossen, meine Schuhe ausgezogen habe und mich schließlich erschöpft auf das Sofa hab fallen lassen. Die Fernbedienung liegt neben mir, aber ich möchte mir die Stille nicht durch ödes Fernsehprogramm zerstören und schiebe sie daher noch ein Stück weiter von mir weg.

Ich bin mir meiner Gefühle noch immer nicht ganz sicher und befürchte, dass ich noch eine Weile brauchen werde, das seltsame Ziehen in meinem Magen zu deuten und das Gedankenkarussell in meinem Kopf anzuhalten. Ich frage mich, wie es Nick geht. Ich hoffe, dass er Ruhe gefunden hat, vielleicht sogar schläft, dass die Schmerzen sich in Grenzen halten. Und was macht Abby? Die Erleichterung, die sie versprüht hat, war genauso ansteckend wie ihre gute Laune und mir kommt der Gedanke, dass es falsch ist, alleine hier zu sitzen. Es kommt mir nicht richtig vor, sie alleine zu lassen. Auf der anderen Seite bin ich mir jedoch sicher, dass sie genau wie ich eine Menge Schlaf nachzuholen hat. Die Mischung aus Angst und Alkohol und die wenige Ruhe, die sie sich in den letzten Tagen gegönnt hat, sind drei sehr ausschlaggebende Gründe für eine Zehn-Stunden-Nacht. Vermutlich wird sie jedoch schon wieder an Nicks Bett sitzen, bevor ich es geschafft habe, meinen Wecker auszustellen.

Beim Gedanken daran, dass ich morgen wieder in der Bar sein werde, betrübt mich. Abby arbeitet seit dem Vorfall mit ihrem Ex-Verlobten nicht mehr. Sie war lange nicht in der Lage, das Haus überhaupt zu verlassen und sie ist sowieso nicht auf das Geld angewiesen, was sie verdienen würde. Nick und ich verdienen mit der Bar viel und dazu kommt das Erbe unseres Dads. Ich bin mir nicht einmal sicher, ob ihr überhaupt etwas fehlt, ob sie gerne wieder diese tägliche Routine hätte, auf die so viele Menschen eigentlich keine Lust haben. So lange sie sich nicht zu hundert Prozent dazu in der Lage fühlt, einem Alltag entgegenzutreten, ist das okay.

Wahrscheinlich sind wir uns in diesem Belangen nicht sehr ähnlich. Ich bin ein Mensch, der sich schon immer wohlgefühlt hat, wenn er etwas zu tun gehabt hat, einer Arbeit nachgehen konnte, sei sie auch noch so eintönig. Den Wecker, der mich morgens aus dem Bett schmeißt, brauche ich genauso, wie das Geräusch, nach einem langen Tag die Schuhe in die Ecke zu schleudern. Ich delegiere nicht gerne, habe es mir in den letzten Monaten aber immer mehr angewöhnen können. Am liebsten würde ich alles selbst machen, aber das kann auf Dauer kaum gesund sein. Für diese Erkenntnis brauche ich nicht mal einen Psychologen. Mit der Handvoll Mitarbeitern in der Bar habe ich einen ersten Schritt in die richtige Richtung gemacht.

Als meine Gedanken zu meinen Mitarbeitern schweifen, überkommt mich der Drang, meinen Kollegen John anzurufen. Nachdem er heute so selbstlos früher gekommen und für mich und Maggie eingesprungen ist, habe ich nichts mehr von ihm gehört. Auf der einen Seite ist das ein gutes Zeichen, sage ich mir, denn wenn er sich melden würde, könnte und müsste man davon ausgehen, dass etwas geschehen ist, was nicht ins übliche Bild passt. Ein Blick auf mein Handy beweist aber, dass ich keinen Anruf erhalten habe. Wie immer leuchten mir ein paar ungelesene Nachrichten entgegen, aber als ich feststelle, dass Maggies Name darunter nicht auftaucht, sperre ich den Bildschirm wieder.

Wie kann es sein, dass ich innerhalb so kurzer Zeit so abhängig von diesem Mädchen geworden bin? Dass ich derart eifersüchtig geworden bin wegen diesem Conrad? Verdammt, das sieht mir gar nicht ähnlich. Ich habe bereits im Auto versucht, es auf meine verworrenen Gefühle zu schieben, aber selbst jetzt, als die größte Euphorie verflogen ist, ertappe ich mich immer wieder dabei, an sie zu denken.

Vielleicht wäre es einfacher, wenn wir nicht zusammenarbeiten würden, denke ich selbstsüchtig und schäme mich im gleichen Moment für meinen dummen Gedanken. Immerhin war ich es, der sie mehr oder weniger dazu gezwungen hat, für mich zu arbeiten. Jetzt hoffe ich, dass sie morgen früh auftaucht, weil ich sie unbedingt sehen will.

Neben mir liegen die Informationsbroschüren, die der Arzt mir in die Hände gedrückt hat, kurz bevor ich mich verabschiedet habe. Der Doktor hat mir erzählt, dass Nick jetzt in der Phase nach seinem Aufwachen sehr schwach sein wird und sich immer mal wieder in einer ganz eigenen Traumwelt befinden würde. Das ist schwer vorstellbar für mich, aber andere Komapatienten haben wohl nach ihrem Aufwachen die wildesten Geschichten erzählt. Von Träumen über Folterkammern bis hin zu einer reellen Angst vor nahen Angehörigen hat es schon fast alles gegeben. Das macht mir sehr zu schaffen. Was, wenn mein Bruder nicht mehr der Alte wird? Zwar hat der Arzt erklärt, dass die Chancen auf eine vollständige Genesung ohne bleibende Schäden sehr realistisch sind, weil das Koma nicht allzu lang angehalten hat, aber ganz sicher sein kann man sich da nie.

Es ist noch zu früh, um die kompletten weiteren Schritte zu planen, aber er wird noch einige Tage im Krankenhaus bleiben und dann mit diversen Therapien aufgepäppelt. Vor allem Physiotherapie sei laut Arzt wichtig, weil die Muskeln durch das Koma schnell abgebaut wurden. Nick hat zudem einige Kilo abgenommen. Es liegt sicherlich ein langer und schwerer Weg vor ihm, aber er kann darauf zählen, dass seine Familie ihn unterstützt.

Maggie

Courtney: Lenkt dein Chef dich nun schon so sehr ab, dass du deiner besten Freundin nicht antworten magst?

Der festen Überzeugung, meiner Freundin das letzte Mal geantwortet zu haben, fange ich bereits an, eine gespielt bissige Antwort zu verfassen, als ich innehalte.

Moment mal!

Dort, wo meine deprimierte letzte Antwort hätte stehen müssen, ist nichts. Keine Antwort an Courtney, wobei ich mir so sicher war, dass ich die Worte abgeschickt habe.

Oh nein, das darf nicht wahr sein!

Ich halte die Luft an, meine Wangen füllen sich bereits mit Schamröte, obwohl mich keiner sehen kann. Meine Finger machen sich selbstständig, tippen auf die Chatübersicht, während mein Kopf wie leergefegt ist. Und dann sehe ich es.

Ich habe meine Antwort gar nicht an Courtney geschickt, sondern an Adam, was an Peinlichkeit wohl kaum mehr zu überbieten ist. Deswegen diese seltsamen Worte von Abby vorhin im Krankenhaus, deshalb dieses Benehmen von Adam. Warum hat er mich nicht darauf angesprochen? Ich überlege, was ich an seiner Stelle getan hätte. Vermutlich könnte ich wie ein Grab schweigen, aber Adam? Der Mann, der immer so selbstbewusst, charmant und mutig ist? Ich kann mir nicht vorstellen, dass es etwas gibt, wofür er zu schüchtern ist. Dafür ist er zu lange in seine jetzige prominente Situation hineingewachsen. Abby macht genauso wenig den Eindruck, dass es überhaupt etwas gibt, was ihr unangenehm ist.

Verwirrt steige ich aus dem Auto. Ich hatte Abbys Worte irgendwie in den Ecken meines Gehirns versteckt und sie feinsäuberlich abgedeckt, damit sie nicht mehr zum Vorschein kommen. Nun trifft es mich doch wieder.

Vermutlich hilft die frische Luft auf den wenigen Metern zur Wohnungstür, meinen Kopf etwas aufklaren zu lassen. Mit hochgezogenen Schultern laufe ich los, in der Hoffnung, mich vor allen weiteren Peinlichkeiten schützen zu können.

Als ich endlich in der Wohnung bin, mache ich einen kleinen Abstecher zu der Schublade, in der Neela Schokolade für Notfälle bunkert. Wenn mich etwas an diesem Abend auf andere Gedanken bringen kann, dann Schokolade. Und die macht in Notfällen auch nicht dick, habe ich mir sagen lassen.

Ich tausche meine Jeans gegen eine abgetragene Jogginghose, wechsele mein Oberteil und binde mir die Haare zu einem hohen Zopf, damit mir meine Locken und die widerspenstigen Strähnen nicht in die Quere kommen.

Ich versuche mich zwar mit aller Kraft dagegen zu wehren, aber die Gedanken rasen in Höchstgeschwindigkeit zurück in meinen Verstand.

Ich denke, es ist auch von meiner Seite aus das Beste, nicht über die ganze peinliche Angelegenheit zu reden. Abgesehen davon, dass ich ohnehin niemals darüber sprechen könnte, ohne dem intensiven Wunsch, im Erdboden versinken zu wollen, nachzukommen, glaube ich nicht, dass es Adam wirklich beschäftigt. Für ihn muss es beinahe auf der Tagesordnung stehen, dass fremde Frauen ihn anschmachten. Er hat mir allerdings mehr als deutlich zu verstehen gegeben, dass ihn das nicht mal ansatzweise zu interessieren scheint. Ohne Zweifel ist er ein interessanter Mann, abgesehen davon sieht er unverschämt gut aus. Aber er kann meine SMS nur für kindisch und unreif befunden haben. Mit hoher Wahrscheinlichkeit hat er sie schon längst gelöscht, sowohl von seinem Handy als auch aus seinem Gedächtnis. In meinem Inneren weiß ich also, dass ich eigentlich kaum mehr Gedanken an die ganze Angelegenheit verschwenden müsste.

Wäre da nicht der heutige Abend gewesen. Mir wird immer noch ganz schwummrig, wenn ich daran denke, wie er meine Hand genommen hat. Ich glaube zwar nicht an das metaphorische Knistern oder den Stromschlag, der einen durchfährt, wenn man sich zu jemandem hingezogen fühlt, aber ich bin der festen Überzeugung, dass sich das, was ich in diesem Moment gefühlt habe, nach Zuneigung anfühlt.

Erschrocken über meine eigenen Gedanken schüttele ich den Kopf und seufze leise auf.

Was ist bloß los mit mir?

Ich komme dem Drang, mich unter der dicken Bettdecke zu verkriechen, nach und ziehe sie so hoch, dass nur noch die Hälfte meines Gesichtes hervorguckt. Danach übe ich mich im An-die-Decke-starren, und merke schnell, dass ich darin ein Naturtalent zu sein scheine.

Ich muss kurz eingenickt sein, denn als mein Handy läutet, habe ich dieses seltsame Gefühl irgendwo zwischen Aufwachen und Trance, und mein Gehirn braucht ein paar Sekunden, um sich zu aktivieren.

Conrads Name leuchtet auf und ich nehme das Gespräch an.

"Maggie?", sagt er sofort, und beinahe augenblicklich merke ich, dass etwas nicht stimmt.

"Was ist los?", frage ich und bekomme als Antwort ein trauriges Seufzen.

"Jemand ist in die Bar eingebrochen. Ich habe heute früher zu gemacht, weil wieder nichts los war und dann –", Conrad stockt kurz. "Dann bin ich später noch einmal her, weil ich mein Ladekabel vergessen habe und ... Alles ist kaputt, Maggie."

Conrad hört sich kurz angebunden, schockiert an. Er tut mir unendlich leid, am liebsten würde ich ihn tröstend in die Arme nehmen, auch wenn das vermutlich überhaupt kein Trost im Angesicht der Situation ist, in der er sich befindet.

"Und Maggie, noch etwas ... auf dem Tresen lag ein Bild ... von dir und einem anderen Mann. Ihr steht vor einem Bus und scheint euch irgendwie sehr nah zu sein."

Ich halte die Luft an, will nicht wissen, was Conrad noch zu sagen hat, aber er redet einfach weiter.

"Und das Schlimmste ist ... unter dem Bild steht ein Satz ... ich – ich lese ihn vor, warte."

Eine zutiefst unangenehme Vorahnung durchzuckt mich. Ich will laut NEIN schreien, aber es ist bereits zu spät.

"*'Ich werde sie finden'*, steht dort. Und dann ein gemalter Pfeil, der direkt auf dich zeigt."

Kapitel fünf

"Weil mein Herz nur für dich schlägt"

Maggie

"Mags? Hey, Maggie!"

Sanft rüttelt eine warme Hand an meiner Schulter. Ich öffne die Augen und blicke in Neelas Gesicht. Meine Decke liegt zerknüllt neben mir und ich friere fürchterlich.

"Alles okay?", frage ich automatisch und ernte dafür ein ironisches Lachen von meiner Mitbewohnerin.

"Du bist ja süß. Schreist im Schlaf, strampelst dir mitten in der Nacht die Seele aus dem Leib und fragst mich, ob alles gut ist?"

Dann wird ihr Gesicht wieder sanft und tränkt sich in Besorgnis.

"Was ist denn los, Süße? Soll ich deinen Onkel anrufen?"

Kurz muss ich selbst überlegen, was denn eigentlich los war, aber dann trifft mich der Traum mit ganzer Wucht. Sofort ist es, als hörte ich die Stimme wieder. Eine grässlich verzerrte Stimme die eine Mischung ist aus Conrads Anruf und der Stimme meines Vaters, der mir zuschreit, ich sei zu nichts zu gebrauchen. Ich sollte doch sehen, wo ich bliebe, wenn ich nicht in seine Fußstapfen treten wolle.

Und dann das Bild. Ich habe es zwar noch nicht gesehen, aber ich kann mich noch zu gut an die Situation erinnern, in der es entstanden ist.

"Mags?"

Ich bin wieder zurück in der Wirklichkeit.

"Nein, nein, alles okay. Hab nur schlecht geträumt, tut mir leid. Hab ich dich geweckt?"

Neela nickt, ist aber noch immer skeptisch. Ich kann es ihr nicht verübeln, vermutlich würde ich an ihrer Stelle ähnlich reagieren. Nachdem Conrad vorhin aufgelegt hatte – nicht ohne mir zu versichern, dass ich mir keine Gedanken machen soll und er sich meldet, wenn er mehr weiß, bin ich nach einigem Grübeln irgendwann erschöpft eingeschlafen. Dass mein Job bei Conrad nun bis auf Weiteres erst einmal auf Eis gelegt ist, war selbstverständlich, und abgesehen davon bin ich mir aufgrund der Umstände auch nicht sicher, ob ich wirklich noch alleine dort hätte arbeiten können. Was habe ich getan, um Opfer eines solch grausamen Spielchens zu werden?

Ich entschuldige mich ein zweites Mal, werde aber von meiner Freundin unterbrochen.

"Ich werde dich so nicht alleine lassen, Mags, auf keinen Fall. Ich bin deine Freundin, dein Gesichtsausdruck zeigt nichts als Angst. Ich mache jetzt erst einmal Tee für uns beide, dann komme ich wieder." Mit diesen Worten steht sie von meiner Bettkante auf und ich schließe augenblicklich die Augen.

Mein Kopf schmerzt und in meinem Magen blubbert nervöse Unruhe. Ich liege ein paar Minuten still da, irgendwann höre ich den Wasserkocher pfeifen. Außerdem glaube ich, Neela leise sprechen zu hören, aber als ich extra die Luft anhalte, um das zu überprüfen, wird es wieder vollkommen still. Mit wem hätte sie auch sprechen sollen? Mir fällt nur Brian ein, aber ich glaube nicht, dass Neela ihn anrufen würde, obwohl ich ihr gesagt habe, dass das nicht nötig ist.

Kurz darauf kommt meine Freundin zurück, stellt zwei dampfende Tassen Tee auf meinen Nachttisch und setzt sich wieder auf den Rand meines Bettes. Sie wartet ab, will wissen, was los ist. Wir verstehen uns ohne weitere Worte.

Ich erzähle ihr all das, was Conrad mir am Abend zuvor geschildert hat und merke dabei, wie ihr Gesicht immer mehr entgleitet. Als ich an dem Punkt mit dem Foto angelange, hält sie sich vor Schrecken sogar die Hand vor das Gesicht. Vermutlich kann sie es genauso wenig realisieren wie ich.

"Meinst du, wir sollten zur Polizei gehen?"

Aus einem Impuls heraus verneine ich Neelas Frage sofort. Zu fremd ist das, was in den letzten 24 Stunden geschehen ist. Ich kann nicht ganz glauben, dass es wirklich mein Leben ist, das plötzlich bedroht ist. Dieser verrückte Unbekannte hat mir eine noch nie da gewesene Angst eingejagt. Ich möchte einfach nur, dass es vorbei ist – und ich möchte unter gar keinen Umständen mit fremden Menschen darüber sprechen. Bei Neela habe ich bereits etwas Befangenheit verspürt, als ich ihr davon erzählt habe. Bei solchen Dingen denken die Betroffenen wahrscheinlich im ersten Moment oft, dass sich das Geschehene verhindern oder rückgängig machen lässt, wenn man darüber schweigt.

"Denk einfach mal drüber nach. Es muss ja nicht gleich morgen sein. Aber ich denke, es wäre besser, wenn man das anzeigt, Süße. Immerhin ist das kein Streich von einem kleinen Kind. Der Mann, der das gemacht hat, gehört bestraft."

"Woher willst du wissen, dass es ein Mann war?", frage ich meine Freundin. Allerdings frage ich eher, um überhaupt mal wieder etwas zu sagen.

Dann spricht Neela aus, was ich bereits denke: "Ich glaube, dass es ein Mann ist, weil … okay, ich habe keine Beweise. Denkt man bei sowas nicht automatisch an Männer?"

"Ich habe auch keine Beweise", murmele ich so leise, dass ich mich fast selbst nicht hören kann.

Neela und ich schweigen uns einen Moment an. Ein ruhiger Moment, der innerlich aber voll mit einem Kampf ist, den ich in mir austrage. Ein Kampf zwischen Angst und Nervosität, Schrecken, Furcht und Ungewissheit. Und dem Bedürfnis, die ganze Geschichte einfach zu verdrängen und weiterzumachen, als wäre nichts geschehen.

Dann, urplötzlich, ertönt das unangenehm schrille Geräusch der Türklingel, und ich muss mich beherrschen, nicht anfangen, aus Angst zu schreien.

Neela jedoch lächelt kurz, sagt, sie sei sofort wieder zurück, und steht auf. Sie verlässt mein Zimmer und ich verfolge ihre Schritte, die erst zur Tür führen. Dann ist es kurz still, bis man weitere, weitaus schwerere Schritte im Treppenhaus hört. Ich fühle mich unwohl in meiner Haut, Ungewissheit nagt an mir. Dann vereinigen sich alle Schritte, klingen beinahe im Gleichtakt, und kommen gemeinsam näher. Die Tür öffnet sich – und Adam steht mitten in meinem Zimmer.

"Was machst du hier?", stoße ich erstaunt hervor. Über Adams Gesicht zieht kurz der Ausdruck, den er immer hat, wenn er eine witzige Bemerkung machen will, aber ich warte vergebens auf diese Art von Worten von ihm. Stattdessen weicht die Ironie in seinen Zügen schnell echter Besorgnis.

"Ich … Neela hat mich von deinem Handy angerufen und gesagt, was passiert ist." Ich warte, dass er noch etwas sagt, aber stattdessen kommt er näher. Erst jetzt bemerke ich tatsächlich, dass mein Handy nicht mehr in meiner Reichweite ist. Ich sollte mich demnächst von Neela abwenden, wenn ich meinen Code eintippe. Okay, mein Geburtstag ist vielleicht auch nicht die originellste PIN.

Ich habe mich mittlerweile in meinem Bett aufgesetzt, die Decke um meinen Oberkörper gebunden. Dennoch friere ich fürchterlich. Oder ist es nur die Angst, die mich zittern lässt? Die unterdrückten Tränen, die sich hinter der Fassade verbergen und von denen ich glaube, dass ich sie nicht mehr lange zurückhalten kann?

Als Adam sich auf die Bettkante sinken lässt, genau dort, wo meine Freundin eben noch saß, fängt mein Rachen an, wie Schmirgelpapier zu kratzen.

"Nicht", flüstert Adam und legt seine Hand auf mein Bein. Oder dort, wo er es unter der dicken Decke vermutet. "Nicht weinen, Maggie."

Aber seine Worte verstärken meine Traurigkeit aus irgendwelchen unerfindlichen Gründen nur noch und die erste Träne löst sich aus meinen müden Augen. Bei jedem anderen Menschen wäre mir mein zerknittertes, verschlafenes Aussehen unangenehm gewesen, aber Adam gibt mir das Gefühl, dass es ihm völlig egal ist. Vor anderen Menschen zu weinen ist ebenfalls etwas, was ich immer tunlichst zu vermeiden versucht habe, aber auch das interessiert mich im Moment herzlich wenig.

Ehe ich weiter nachdenken kann, werde ich in eine Umarmung gezogen. Eine feste, warme Umarmung. Adams starke Arme umschließen meinen eingepackten Oberkörper vollständig, ich lege meinen Kopf an seine feste Brust.

"Ist schon gut", flüstert er dann. Ich möchte den Kopf schütteln, aber im Moment glaube ich ihm. So lange er hier ist, glaube ich ihm.

Ich weiß nicht, wie lange wir uns nicht rühren, aber die Müdigkeit hat mich irgendwann immer mehr im Griff. Ohne dass ich weiß, was die Worte bedeuten oder was sie für Konsequenzen haben, frage ich ihn, ob er bei mir bleiben kann.

"Wir haben sowieso zur selben Zeit Dienst in der Bar", fügt mein vernebeltes Gehirn völlig überflüssigerweise hinzu. Ich spüre Adams Lachen mehr, als dass ich es höre.

"Meinst du nicht, es ist besser, wenn du dir ein paar Tage freinimmst?", sagt er dann.

Ich überlege kurz.

"Da muss ich erst meinen Chef fragen."

Als ich meinen Kopf hebe, sehe ich seine unfassbar dunklen Augen. Sie sind voller Glanz, voller Zuneigung. Seine Mundwinkel zucken nach oben.

"Frag ihn morgen früh noch einmal. Jetzt wird geschlafen."

Noch während ich mich hinlege und seine Hände spüre, die die Decke über mich breiten, schlafe ich ein.

Maggie

Es gibt viele Arten, aufzuwachen. Es gibt die, in der man beinahe augenblicklich schlechte Laune hat. Man kann unbeschwert aufwachen, vorfreudig, glücklich. Oder aber man wacht geborgen auf.

So, wie ich an diesem Morgen.

"Hallo Schlafmütze", flüstert Adam an mein Ohr, als er merkt, dass ich wach bin.

Ich spüre seinen Herzschlag an meinem Rücken, seine Hand liegt locker auf meiner Hüfte, ohne aufdringlich zu sein.

"Wie viel Uhr haben wir?", frage ich, denn es strömt bereits helles Sonnenlicht durch das Fenster. Dann drehe ich mich um, möchte den Mann, der mir in dieser Nacht die nötige Kraft gegeben hat, ansehen.

Er sieht ausgeschlafen aus und ein leichtes Lächeln liegt auf seinem Gesicht. Gott, ist dieser Mann schön!

Als er merkt, dass ich ihn anstarre, lächelt er noch ein kleines bisschen mehr und ich fürchte, dass ich schon wieder rot werde. Adam hebt seine Hand und streicht eine verirrte Strähne aus meinem Blickfeld.

"Danke" hauche ich tonlos. Die Intensität, mit der wir uns ansehen, lässt mein Herz poltern. Ich kann gar nicht recht begreifen, dass ich tatsächlich eine Nacht mit Adam verbracht habe – in einem Bett. Natürlich ohne, dass etwas gelaufen wäre, aber … niemand würde mir glauben. Auch das, was als Nächstes passiert, wird mir niemals jemand glauben. Denn ehe ich mich versehe, küsst Adam mich.

Ganz leicht, ich spüre seine weichen Lippen wie Schmetterlingsflügel auf meinen.

Ich bin es, die den Druck schließlich verstärkt.

Ich spüre, dass Adam erst ein wenig verwirrt ist über meine aufkommende Forschheit, dann aber auch den Druck seiner

Hand auf meiner Hüfte verstärkt. Und ich spüre mehr als eindeutig, dass ihm gefällt, was wir hier tun.

Sein Atem wird schwerer, beinahe im Gleichtakt wie mein Herz, das genauso immer schneller wird.

Adams Bart kratzt kein bisschen. Stattdessen ist er weich. Jede seiner Berührungen ist weich, wenn auch fordernd.

"Maggie", murmelt er zwischen zwei Küssen und ich halte inne. Mein Blick ist noch ein wenig verschleiert, als ich ein Stückchen von ihm abrücke und ihn wieder geradewegs ansehe. Adam schluckt sichtbar, ich weiß nicht, was ich sagen soll. Ich bin sprachlos, glücklich sprachlos. Sein leidenschaftlicher Blick beweist, dass es ihm genauso geht wie mir. Meine Hände, die ich in den letzten Minuten völlig unbemerkt an seine Brust gelegt habe, ballen sich dennoch verunsichert zusammen. Er bemerkt das sofort, und obwohl ich das nicht will, berührt er schließlich anstelle meiner Hüfte meine Hände. Er nimmt locker beide meiner Hände in seine, vorher ist mir nie aufgefallen, wie groß Adams Hände sind.

"Versteh mich nicht falsch, Süße, aber ich möchte nicht, dass du später denkst, ich hätte deine Situation ausgenutzt. Das ist das Letzte, was ich will."

Die Bedeutung seine Worte geht völlig an mir vorbei, seitdem ich gehört habe, wie er mich genannt hat.

Süße.

Oh Mann, daran kann ich mich sicher gut gewöhnen.

Nach und nach wird mir bewusst, dass ich ihm antworten sollte, aber mein Hals ist zu trocken, mein Herzschlag zu fest, um an überhaupt etwas anderes zu denken als den Mann, der hier liegt. Neben mir. Fast auf mir.

"Achso, wir haben kurz nach elf", flüstert Adam dann mit einem schelmischen Grinsen. Ich nicke. Erst dann wird mir sofort bewusst, dass ich schon längst Dienst hätte.

186

"Aber –", fange ich mit geweiteten Augen an, doch Adam drückt mir einen kurzen Kuss auf die Lippen, um mich zum Schweigen zu bringen.

"Sehr effektiv, diese Methode", lacht er dann und auch ich muss grinsen.

"Ich habe die Dienstpläne umgeworfen. Du hast die Woche frei, danach schauen wir, wie es dir geht, okay? Ich arbeite erst heute Abend wieder, wir haben also mehr als genug Zeit, zu frühstücken. Hunger?"

Ich nicke eifrig.

"Danke, Adam. Für all das."

Dann bin ich diejenige, die ihm einen kleinen, beinahe unschuldigen Kuss gibt.

-

Nach einem skeptischen Blick in den Kühlschrank müssen wir feststellen, dass Neela die letzten beiden Scheiben Salami gerade auf dem Teller liegen hat. Unschuldig grinsend sitzt sie am Küchentisch. Wenn sie eine Vermutung hat, was zwischen Adam und mir gelaufen ist, dann ist sie so lieb, und spricht es nicht an. Ich bin mir aber dennoch sicher, dass sie mir an meinem glücklichen Gesicht ablesen kann, was sie wissen will. Oder jedenfalls einen großen Teil davon. Ich bin ihr unendlich dankbar dafür, dass sie Adam angerufen hat – auch, wenn ich es erschreckend finde, wie einfach es war, mein Handy zu nehmen. Aber gut, in dieser Situation war mir wohl alles ziemlich egal. Jedenfalls bin ich froh, Neela von Adam erzählt zu haben. Als wir eines Abends gemeinsam ferngesehen haben und ich von ihm geredet habe, hat sie bereits so getan, als würden wir jeden Moment heiraten und die Situation völlig übertrieben.

"Sieht irgendwie … leer aus", bemerkt Adam dann mit einem Rundblick über unsere Küchenanrichte, auf der sich zwar ein bisschen Obst angesammelt hat, ansonsten aber tatsächlich unglaublich leer aussieht.

"Ich habe nicht damit gerechnet, euch so früh hier anzutreffen", sagt Neela mit vollem Mund. Ich frage mich, wie sie gleichzeitig reden, kauen und so unverschämt lächeln kann. Ich weiß, dass Adam eine Bemerkung abgeben wird, bevor er es tatsächlich tut.

"Körperliche Anstrengung macht hungrig."

Peinlich berührt starre ich ihn an und will zu einer Antwort ansetzen, die seine Lüge augenblicklich enttarnt, meine Freundin unterbricht mich aber lachend.

"Ach ja? Na, dann tut es mir leid."

Mit diesen Worten steckt sie sich das letzte Stück Salamitoast in den Mund und kaut demonstrativ genüsslich.

"Wenn das so ist, muss ich deine Mitbewohnerin wohl für einen halben Tag ausleihen und woanders mit ihr frühstücken gehen."

"Ihr wisst schon, dass ich im selben Raum bin? Ihr braucht nicht in der dritten Person von mir zu sprechen", beschwere ich mich leise, und beide lachen. Dann legt Adam seine Hand auf den unteren Teil meines Rückens, beugt sich zu mir, und gibt mir einen Kuss auf meinen Haaransatz.

Ich muss aufpassen, nicht wohlig aufzuseufzen.

"Schaffst du es, dich in einer Viertelstunde fertig zu machen? Dann können wir losfahren."

Ich nicke und winde mich unter seiner Berührung von ihm weg, damit ich meinen Weg ins Badezimmer antreten kann. Dort spritze ich mir als Erstes einen Schwall kaltes Wasser ins Gesicht.

Meine nun nassen Wangen sind gerötet. Nicht peinlich-rot, sondern glücklich-rot. Was tut Adam bloß mit mir? Wo ich die letzten Tage noch dachte, ich könnte mich seinem Charme vielleicht doch entziehen, hat es mich nun voll erwischt. Wie ein Teenager stehe ich hier und grinse blöd vor mich hin. Ich bin nur froh, dass mich keiner sehen kann. Es sieht allerdings nicht so aus, als würde dieser bisher perfekte Tag bald enden. Freudige Aufregung überkommt mich, als mir klar wird, dass wir zumindest noch den Vormittag zusammen verbringen werden. Dann aber trifft mich der Grund für Adams Anwesenheit wie ein Schlag in die Magengrube.

Wenn kein Irrer hinter mir her wäre, dann wäre er nicht hier. Dann wäre vielleicht gar nichts passiert zwischen uns.

Kein Kuss, keine Umarmungen.

Ich schiebe den Gedanken schnell beiseite. Adam hat selbst gesagt, dass er die Situation nicht ausnutzt. Ich glaube ihm. Sollte ich mich nicht erst recht über seine Zuneigung freuen, weil ich weiß, dass er in schwierigen Situationen bei mir ist? Wahrscheinlich wäre das, was zwischen uns passiert ist, nicht gerade heute geschehen, wenn Conrads Anruf mich nicht erreicht und meine Mitbewohnerin vor Sorge nicht den einzigen Menschen angerufen hätte, der in der Lage ist, mir zu helfen. Aber es wäre geschehen, irgendwann. Da bin ich mir sicher.

Diese prickelnde Anziehung zwischen Adam und mir, die ich schon in der Bar, schon im Auto gespürt habe, scheint nun explodiert zu sein. Wir sind beide gefangen in dieser wunderbaren Blase aus Zuneigung, die mich wenigstens ein bisschen vergessen lässt, dass mein Leben gerade eigentlich eine Wendung nimmt, die es zu stoppen gilt.

Aber mit wem, wenn nicht mit Adam, sollte mir das gelingen?

Unwillkürlich frage ich mich, warum Neela nicht meinen Onkel angerufen hat, wie sie es erst vorgeschlagen hat, während ich meine Haare bürste und zu einem lockeren Zopf flechte. Die Antwort kann ich mir aber schon kurz darauf selbst geben: Er hätte einen riesigen Aufstand gemacht. Brian ist so ein fürsorglicher Mensch, er hätte mich direkt zur Polizei geschleift, hätte nicht mehr schlafen können. Vermutlich hätte er früher oder später meine Eltern angerufen. Denn wenn mir etwas passieren würde, dann würde er sich nicht nur selbst für alle Ewigkeit Vorwürfe machen, sondern auch meinen Eltern nicht mehr in die Augen sehen können.

Trotzdem beschließe ich, meinem Onkel heute noch Bescheid zu geben. Neela wollte mir diese Entscheidung überlassen. Er muss es wissen, Sorgen hin oder her. Und auch mit Conrad muss ich noch einmal dringend telefonieren. Vielleicht kann ich ihm etwas helfen. Sicher braucht er etwas Trost, nachdem seine Existenz nun auf mehr als wackeligen Beinen steht – wenn sie nicht schon längst am Boden liegt. Ich frage mich, ob sie jemals wieder aufstehen wird oder ob dieser gestrige Tag Conrads Leben über den Haufen geworfen hat.

Ich schminke mich flüchtig und putze mir die Zähne, dann husche ich – immer noch in Schlafklamotten – in mein Zimmer, um mich umzuziehen.

Ich öffne die Tür – und Adam steht mit nacktem Oberkörper und mit dem Rücken zu mir vor meinem Bett. Sofort halte ich inne. Und nicht nur ich, auch meine Gedanken stoppen beinahe augenblicklich. Als Adam sich umdreht, glaube ich sogar, zu vergessen, wie denken überhaupt geht.

"Muss ich Angst haben, dass du mich auffrisst, so wie du mich gerade ansiehst?", ist sein selbstbewusster Kommentar.

"An deiner Stelle würde ich aufpassen, ja. Du weißt schon, körperliche Anstrengung und so."

"Diesmal geht der Punkt an dich", sagt Adam und nimmt den dunklen Pullover, den wir immer bei der Arbeit tragen, von der Stuhllehne, wo er ihn wohl gestern Abend hingelegt hat.

"Würde es dir etwas ausmachen, wenn wir noch kurz bei mir vorbeifahren, damit ich mir was Frisches anziehen kann?"

"Natürlich, das machen wir", sage ich dann. Ich bin unfassbar gespannt, wie Adam lebt, wo er wohnt. Sicherlich ist er von Luxus umgeben, den ich mir nie leisten kann – jedenfalls nicht, seitdem ich mich von meinen Eltern abgekapselt habe. Der Umstand, dass ich unnötigen Luxus aber mehr als gut aus meinem Elternhaus kenne, wird mir dabei helfen, nicht die Augen aus dem Kopf fallen zu lassen, wenn wir gleich bei Adam sind.

Als er den Pulli übergestreift hat, kommt er auf mich zu. Dann legt er wieder seine Hand auf meine Wange.

"Du siehst bezaubernd aus in deinem Schlafanzug, aber ich möchte nicht, dass dich andere Männer so sehen."

Sein Gesicht ist meinem ganz nah.

"Spar dir deine Ironie. Ich verstehe schon, dass ich mich umziehen soll."

"Du bist eben ein schlaues Mädchen. Ich gehe schon einmal ins Wohnzimmer", flüstert er, noch immer ganz nah an meinen Lippen. Dann drückt er mir einen Kuss auf die Stirn und lässt mich los. Ich sehe ihm nach, wie er mein Zimmer verlässt und behutsam die Tür hinter sich schließt.

Ich frage mich, ob irgendwann der Moment eintritt, in dem ich nicht mehr dahinschmelzen werde, wenn er mich so ansieht wie eben. Sein Verhalten erstaunt mich nicht das erste Mal und im Geiste gebe ich seiner Schwester recht: Adam ist ein toller Kerl, er muss es nur selbst erst zulassen, es auch zu zeigen.

Adam

Das Bedürfnis, Maggie einen Tag zu schenken, an dem sie den ganzen Müll, der sie umgibt, vergessen kann, ist übermächtig.

Daran, sie zu küssen, könnte ich mich genauso gewöhnen.

Wie sie nun neben mir im Range Rover sitzt, die Hände im Schoß gefaltet, ihr süßer geflochtener Zopf über der Schulter, macht es mir schwer, auf die Straße zu schauen anstatt zu ihr. Ich könnte sie die ganze Zeit anstarren.

Der Weg zu meiner Wohnung verläuft schweigend, aber deswegen keinesfalls unangenehm. Sie schaut fast ununterbrochen aus dem Fenster, scheint alles in sich aufzusaugen. Sie sieht aus, als wäre sie tief in Gedanken versunken und ich möchte sie dabei nicht stören. Sie hat so viel zu verarbeiten.

Auch ich tue mich schwer damit zu begreifen, dass der Horror, von dem ich dachte, dass er vorbei sei, wieder Einzug in mein ohnehin schon kompliziertes Leben erhält.

Ich habe Schuldgefühle.

Mir wird um ein weiteres Mal klar, weshalb ich Maggie ursprünglich nicht näher kommen wollte.

Genau das, was ich zu verhindern versucht habe, ist nun eingetreten.

Doch statt mich in Schuldgefühlen zu suhlen, habe ich schnell beschlossen, Maggie zur Seite zu stehen. Sie jetzt alleine zu lassen, würde ich niemals übers Herz bringen. Zumal sie genau dieses Herz schon viel zu sehr für sich vereinnahmt hat.

Ich kann Maggie nicht mehr abschütteln wie lästige Krümel von meinem Pullover oder wie Schnee, der an meinen Schuhen klebt. Je mehr ich über die letzten Stunden nachdenke, umso mehr will ich, dass diese Frau, die nun neben mir sitzt, nicht mehr aus meinem Leben verschwindet.

Als ich parke, dreht Maggie das erste Mal ihren Kopf in meine Richtung.

"Wir sind da", sage ich völlig unnötigerweise und schnalle mich ab. Sie tut es mir gleich und ich beeile mich, aus dem Auto zu kommen, um ihr die Tür aufzuhalten.

Als sie aus meinem Wagen steigt, grinst sie mich unverhohlen an.

"Gentleman", kommentiert sie knapp, aber liebevoll, und ich nicke vielversprechend.

"Wundert mich, dass du das jetzt erst merkst."

Ich schließe die Tür hinter ihr und sorge dafür, dass sie mir folgt, indem ich besitzergreifend meine Hand an ihren Rücken lege. Ihre Winterjacke verschluckt sie beinahe, aber sie sieht süß aus, wie sie so dick eingepackt neben mir läuft.

An der Haustür angekommen, schließe ich schnell auf, denn in meinem Pulli friere ich entsetzlich. Bei meinem überhasteten Aufbruch gestern habe ich nicht an eine Jacke gedacht und so schnell, wie ich gelaufen bin, nachdem Neela mich über Maggies Handy angerufen hat, habe ich überhaupt nicht wahrgenommen, dass der Winter nun unausweichlich in London angekommen ist. Ich habe nicht damit gerechnet, die Nacht bei Maggie zu verbringen, aber ich bin sicherlich nicht böse um diesen Umstand.

Ihren kurvigen Körper neben meinem zu spüren ist definitiv etwas, woran ich mich gewöhnen kann.

Und will.

Ich spüre, dass Maggie sich neben mir ein wenig versteift, während wir die Treppenstufen hinaufgehen.

"Was ist los?", frage ich sie. Aber sie schüttelt nur den Kopf.

"Nichts, ich weiß nicht. Ich bin einfach unruhig."

Sofort überkommt mich ein schlechtes Gewissen.

"Das hat nichts mit dir zu tun!", versichert sie mir aber noch, während ich den Gedankengang zu Ende bringe.

Ich will ihr versichern, dass ich sie beschütze, dass ich für sie da bin, aber ich möchte sie nicht noch mehr aufwühlen. Solange ich mir nicht zu hundert Prozent sicher sein kann, was sie für mich empfindet, möchte ich nicht zu viele Avancen machen. Ich will nicht, dass sie denkt, ich sei ein Trottel, der nur für sie da ist, weil er denkt, dafür im Gegenzug etwas zu bekommen.

Wir kommen vor der Wohnungstür an, die ich ebenso rasch aufschließe und ihr dann den Vortritt gewähre.

Zum Glück bin ich ein ordentlicher Mensch und muss mich nicht vor verdreckten Tellern oder Wäschestapeln fürchten, die herumliegen und ihren Charme versprühen.

"Ich brauche nicht lange, aber fühl dich wie zuhause. Ich habe Wasser im Kühlschrank, falls du Durst hast."

Ich glaube, dass Maggies Unsicherheit zum Teil auch damit zusammenhängt, dass sie hier in meiner Wohnung ist. Sicherlich ist das ein seltsames Gefühl, trotz allem, was uns verbindet. Ich bin immer noch ihr Chef und die ohnehin immer sehr unsichere Maggie weiß vermutlich genauso wenig, wie sie mit der ganzen neuen Situation umgehen soll, wie ich. Auch ich bin unsicher, aber ich habe viele Jahre lang gelernt, das zu verbergen. Sei es durch lustige Sprüche oder ein einfaches Grinsen, das die Leute ablenkt.

Maggie nickt und läuft in Richtung Wohnzimmer, wo sie sich auf meinem Sofa niederlässt. Ich schaue sie noch kurz an, dann lächle ich ihr zu und mache mich auf die Suche nach einem Oberteil. Mittlerweile nagt wirklich ein unangenehmer Hunger an mir.

-

Maggie und ich verbringen einen unfassbar schönen Tag miteinander, ehe ich sie letztendlich alleine lassen muss, weil die Pflicht mich ruft. Ich muss mir dringend eine Methode überlegen, wie ich meinen Mitarbeitern danken kann. Es ist alles andere als selbstverständlich, dass sie einfach ständig einspringen, ohne eigentlich wirklich zu wissen, was Sache ist.

Zusammen mit Madison schmeiße ich den Laden, bin aber überhaupt nicht bei der Sache. Immer wieder schweifen meine Gedanken zu Maggie.

Ich kann es kaum erwarten, endlich die Bar abzuschließen und nach Hause zu fahren.

Um kurz vor acht am Abend gönne ich mir eine kurze Pause, weil der Laden sich langsam leert. Es ist unter der Woche und meiner Erfahrung nach zu urteilen werden uns nicht mehr viele Kunden beehren. Madison räumt frisch gespültes Geschirr in die Schränke und ich lass mich mit einer Cola auf dem Barhocker nieder, der gerade frei geworden ist.

Dann hole ich mein Handy aus der Hosentasche und suche nach Maggies Nummer, um ihr eine Nachricht zu schicken.

Adam: Schlaf gut, Süße.

Ich leere meine Cola mit wenigen Zügen. Als ich bereits aufstehen und mich wieder an die Arbeit machen will, sehe ich, dass ich eine neue Nachricht bekommen habe.

Maggie: Du später auch. Danke für alles!

Hinter den Text hat sie einen Kuss-Smiley eingefügt, der mich den Rest des Abends lächeln lässt.

Maggie

Die Nachricht von Adam war wohl genau das, was ich gebraucht habe, um endlich den Mut aufzubringen, Conrad anzurufen. Ich schwanke zwischen dem Gefühl, nicht wissen zu wollen, dass das, was er mir gestern erzählt hat, Wirklichkeit ist, und dem Bedürfnis, ihm als eine gute Freundin Beistand in dieser unglaublichen Situation zu leisten. Den ganzen Tag habe ich mir vorgenommen, ihn anzurufen, aber ich habe es nicht über mein Herz gebracht. Zu schön waren die Stunden gemeinsam mit Adam, zu sehr konnte ich mich vor meinem eigenen Leben verstecken. Nun, da ich wieder alleine bin, überkommt mich die Furcht. Aber ich weiß genauso, dass ich im Moment nichts an meiner Situation ändern kann. Vor seinen Problemen wegzulaufen hat noch nie etwas gebracht, das ist mir genauso klar.

Die Sekunden, in denen mein Handy Conrads Nummer wählt und eine Verbindung aufbaut, ziehen sich ungemein. Nachdem ich bereits das aufwühlende und vor allem lange Telefonat mit meinem Onkel Brian hinter mich gebracht habe, hätte ich meine Sorgen gerne einfach abgeschaltet. Wie erwartet hätte Brian mich am liebsten sofort zur Polizei begleitet, aber ich konnte ihn nach gut zwanzig Minuten endlich überzeugen, es erst einmal auf sich beruhen zu lassen. Er hatte sich bis zum Ende des Telefonats soweit beruhigt, dass ich guten Gewissens auflegen konnte, aber diverse Kontrollanrufe sind mir wahrscheinlich in den kommenden Tagen vorprogrammiert. Natürlich bin ich glücklich über seine Unterstützung, aber in mir wabert das im Grunde völlig kindische Bedürfnis, meine Probleme selbst in den Griff zu bekommen.

"Ja, Maggie?", werde ich etwas unsanft aus meinen Gedanken gerissen. Beinahe habe ich vergessen, dass ich

Conrad gerade zu erreichen versuche und als er sich nun meldet, erschrecke ich ein kleines bisschen. Unsicherheit, wie ich beginnen soll, was ich sagen soll, ergreift mich.

"Wie geht es dir?", kommt es mir dann über die Lippen. *Viel blöder kann man ein solches Gespräch wohl kaum beginnen*, schelte ich mich. Aber Conrad nimmt es gelassen.

"Es hört sich wahrscheinlich komisch an, aber ich bin ruhig. Mir geht es gut. Ich habe zwar den Kampf um meinen Traum verloren", er stockt kurz "aber ich habe jetzt endlich etwas Endgültiges. Einen Schlussstrich, wenn man so will."

"Was passiert jetzt?"

Erstaunt über Conrads Aussage und seine Gelassenheit, aber gleichzeitig verständnisvoll und beruhigt über das, was ihn bewegt, kam mir sofort diese nächste Frage in den Sinn.

"Ich habe heute aufgeräumt, habe geschaut, wie viel kaputtgegangen ist. Und ab morgen räume ich den Laden aus. Bis Ende des Monats bin ich raus, es gibt schon einen Nachmieter. Ich hoffe, wenigstens die Miete von ihm kann mich dann erst einmal einige Tage über die Runden bringen. Die Versicherung zahlt zwar einen Teil, aber nur, wenn bewiesen ist, dass es nicht selbstverschuldet war. Und selbst dann sind einige Dinge hier so alt und wertlos, dass sie wohl kaum etwas abwerfen werden."

Ich bin entsetzt, wie schnell das alles geht. Vor wenigen Tagen habe ich noch bei ihm gearbeitet, und nun?

"Es tut mir leid, Maggie, ich bin kein guter Chef gewesen. Trotzdem danke für deine Zeit, für die ganze Mühe. Es wäre mir lieber, wenn es nicht so ein … dreckiges Ende genommen hätte. Zum Glück hast du … wie heißt er noch, Adam?"

"Ja", stoße ich hervor.

Conrad lacht: "Dann bist du ja zum Glück nicht arbeitslos. Und abgesehen davon – was ist denn mit dem guten Mann? Läuft da was?"

Mein erster Impuls ist, mit Nein zu antworten, einfach, um allen weiteren Fragen aus dem Weg zu gehen. Aber was brächte das? Warum sollte ich nicht ehrlich sein?

"Er hilft mir sehr im Moment – und er ist ein netter Mann. Also … vielleicht.", weiche ich etwas aus, sage damit aber doch die Wahrheit. Ich meine beinahe, Conrad bei seinen nächsten Worten durch das Handy hindurch lächeln zu hören.

"Das freut mich. Er soll gut auf dich aufpassen. Du hast es nötig im Moment."

"Mir geht es gut. Es ist ein komisches Gefühl, aber so lange ich nicht alleine bin, denke ich nicht immer daran."

Auch in diesen Minuten ist die Gefahr wieder in die Ferne gerückt und ich bin seltsam geerdet. Ich habe nun mit allen Leuten, die in meinem Leben wichtig sind, geredet. Nur mit meinen Eltern nicht, und das möchte ich im Moment auch noch nicht tun. Sie würden sicher wollen, dass ich sofort nach Hause komme, und das ist mit Abstand das Letzte, was ich will. Selbst Courtney habe ich noch nicht Bescheid gegeben, was mich sofort als eine schlechte Freundin erscheinen lässt. Neela fängt mich auf und hilft mir, mein Onkel macht sich Sorgen für gleich drei Personen. Und dann ist da natürlich Adam, der mir in einer solchen Situation die nötige Kraft und vor allem auch die nötige Ablenkung geschenkt hat.

Man darf seine Angst nicht sein Leben bestimmen lassen, auch, wenn sie im Unterbewusstsein immer da ist.

"Wenn es etwas gibt, was ich tun kann, dann melde dich bei mir, Mags."

"Das kann ich nur zurückgeben. Danke, Conrad!"

"Nichts zu danken. Ich will dich nicht abwürgen, aber dann gehe ich jetzt mal zurück zu meinen Nudeln. Die kochen sich gerade zu Tode."

Ich lache laut auf. "Dann will ich dich nicht aufhalten."

Kapitel sechs

"Weil ich nur an dich denken kann"

Adam

Die Umgebung um meine Wohnung herum wird von Paparazzi belagert. Irgendwie muss bekannt geworden sein, dass Nick heute aus dem Krankenhaus entlassen wird und natürlich will jeder der Nervensägen das erste Bild von ihm schießen. Vor seinem kleinen Haus etwas weiter von Londons Innenstadt entfernt, sieht es sicherlich noch viel schlimmer aus.

Abby ist bereits in meiner Wohnung und kocht eine Kleinigkeit. Wir haben uns dazu entschlossen, Nick nicht in seinen eigenen vier Wänden alleine zu lassen, und er hat unser Angebot dankend angenommen.

Sowohl die Ärzte als auch Abby und ich sind erstaunt, wie schnell er sich von seinem Koma erholt hat. Er ist manchmal zwar sehr verwirrt, das legt sich aber in den meisten Fällen schnell wieder. Er ist beinahe der Alte und konnte bereits die Menge seiner Schmerzmittel herunterschrauben. Von seinen motorischen Fähigkeiten hat er genauso wenig einbüßen müssen wie von seinen geistigen und jetzt, wo er neben mir sitzt und einige Songs im Radio mit summt, kann ich fast nicht glauben, was er in der letzten Zeit durchgemacht hat. Was *wir* durchgemacht haben.

Nicks Haare sind etwas gewachsen. Sonst trägt er sie kurz geschoren. Sie sind von demselben Dunkelbraun wie meine Haare, nur trägt er keinen Bart. Selbst heute Morgen hat er sich noch schnell rasiert, bevor wir aufgebrochen sind. Er hat ein viel markanteres Kinn als ich, aber man erkennt auf den ersten Blick, dass wir Brüder sind.

Als ich nach kurzer Suche einen Parkplatz gefunden habe, merke ich, dass wir nicht um eine kurze Paparazzi-Verfolgung herumkommen werden.

"Bist du wirklich schon bereit für diesen Wahnsinn?", frage ich, den Blick auf die ersten Fotografen gerichtet, die mein Auto erkannt haben.

"Klar", grinst mein Bruder und öffnet im selben Moment lächelnd die Tür. Schnell tue ich es ihm nach, damit er nicht vor der Eingangstür warten muss. Es ist hell und sogar die Sonne scheint ein wenig, aber dennoch ist das Blitzen der Fotoapparate unheimlich auffällig und vor allem störend. Ich höre, wie Menschen durcheinander rufen und dann noch mehr gesichtslose Paparazzi auf uns zukommen. Dann öffne ich endlich die Tür und schließe sie schnell hinter uns. Wir sind alleine im Flur, leise höre ich die Musik, die Abby zum Kochen angeschaltet hat.

"Endlich passiert mal wieder was Spannendes", ist Nicks Kommentar, als wir die Treppen hinaufgehen. Wobei er eher humpelt und drei Mal so lange benötigt wie ich, seine Rippenbrüche setzen ihm noch immer zu.

Ich finde seine Worte ein bisschen zu makaber, um darauf etwas zu erwidern, und bin froh, dass Abby das Zepter in die Hand nimmt, als wir meine Wohnung betreten.

"Hallo Lieblingsbrüder!", ruft sie. Es riecht nach gebratenem Fleisch und ich habe die Befürchtung, dass sie mehr Aufwand betrieben hat, als sie ursprünglich wollte. Zwei belegte Toastscheiben hätten es auch getan, aber wenn meine Schwester für uns kochen will, kann ich ihr das kaum verbieten.

"Wo hast du Maggie gelassen?", fragt sie dann an mich gewandt. Wir haben auch gestern während meiner Schicht ständig Nachrichten hin und her geschickt und ich habe ihr so fast alles erzählt, was zwischen uns passiert ist. Die Nacht, die ich bei ihr verbracht habe, ist nun schon eine knappe Woche her.

"Maggie? Ist mein Hirn doch nicht ganz das Alte oder habe ich bloß was verpasst?", mischt Nick sich ein. Ich merke, dass ich um eine weitere Erklärung nicht herumkomme. Und vor allem merke ich, dass es mich glücklich macht, von Maggie zu reden.

-

Wir haben, selbst nachdem wir all das von Abby vorbereitete Essen verputzt hatten, noch über eine Stunde zusammen am Esstisch gesessen und über alles Mögliche gesprochen. Meist ging es darum, wie wir die Situation mit Nick weiterführen wollen, und er hat mehr als einmal betont, dass er bloß keine Sonderbehandlung haben möchte. Ich habe mehr und mehr das Gefühl, dass er noch nicht wirklich realisiert hat, was da tatsächlich mit ihm und seinem Körper passiert ist. Er kann nicht so weitermachen, als wäre alles beim Alten. Anscheinend will er es aber so und weder meine Schwester noch ich sind dazu in der Lage, ihm sein Vorhaben auszureden. Stattdessen versichern wir ihm immer wieder, dass wir für ihn da sind, dass er langsam machen soll.

"Wenn ich euch in ein paar Tagen nur noch nerve, werdet ihr sehen, was ihr von eurem Angebot habt", prophezeit er. Die blauen Flecken an seinen Armen und auch die am Hals und im Schulterbereich werden immer heller. Es sieht fürchterlich aus, war aber schon einmal übler.

Schließlich einigen wir uns darauf, dass Abby mit ihm gemeinsam zu seinem Haus fährt und ein paar Dinge einpackt, die er gebrauchen kann. Entweder wird er in den kommenden

Tagen bei ihr oder bei mir schlafen. Zu groß ist die Angst, dass etwas geschehen könnte. Heute Abend wird er bei ihr bleiben, danach wechseln wir uns so ab, dass es mit meinen Schichten passt. Und natürlich müssen wir immer schauen, ob die Paparazzi unser Spiel durchschauen und einen Rhythmus finden. Denn wenn sie das tun, müssen wir uns einen Plan B überlegen. Aber darüber denken wir nach, wenn es so weit ist.

Am Abend liege ich in meinem Bett und telefoniere mit Maggie. Wir reden über Nick und darüber, dass Neela sich ein weiteres Mal mit der Bekanntschaft von dem Abend trifft, an dem Maggie und ich unsere Busfahrt gemacht haben. Natürlich reden wir auch über die Situation, in der sie steckt. Ich muss an den Moment denken, in dem ich sie auf dem Nachhauseweg aufgegabelt habe und sie nach Hause fahren wollte, was sie abgelehnt hat. Ich kann ihr Verhalten mittlerweile besser deuten als damals und weiß, dass sie Angst vor etwas gehabt haben muss. Umso erstaunter bin ich, dass sie nun relativ ruhig mit der Sache umgeht. Nun, da eine reelle Gefahr da ist, die mir ununterbrochen zu schaffen macht, wäre ich am liebsten die ganze Zeit bei ihr. Ich mache es dennoch nicht, weil Nick und Abby mich genauso brauchen, aber habe ständig Kontakt zu Maggie. Sei es durch Telefonate wie das, was wir gerade führen, oder durch WhatsApp Nachrichten.

Es macht mich glücklich, sie irgendwie bei mir zu wissen, sei es nur auf diese moderne Art. Noch mehr freue ich mich aber, sie bald wieder in meine Arme schließen zu können. Und das sage ich ihr, als wir uns nach einer halben Stunde voneinander verabschieden.

Maggie

Zwei weitere freie Tage fliegen an mir vorbei, ehe mir die Decke auf den Kopf fällt und ich Adam anflehe, mich wieder arbeiten zu lassen. Die Ein-Wochen-Grenze haben wir schon überschritten. Insgeheim wusste ich, dass er mich nicht früher arbeiten lassen würde, aber nun sind es bereits zehn untätige Tage.

Die Gedanken werden immer dann unerträglich, wenn ich alleine bin, und auch die Anrufe und Nachrichten, die ich immer wieder von Adam bekomme, trösten mich nicht darüber hinweg, dass ich vor Sorge verrückt werde, wenn ich nichts zu tun habe.

Brian hat sich nicht nehmen lassen, mich an den letzten beiden Abenden zu besuchen und mir ein bisschen Gesellschaft zu leisten. Natürlich habe ich ihn schnell durchschaut, aber ich habe versucht, es mir nicht anmerken zu lassen. Natürlich wusste ich, dass er mich einfach im Auge behalten will, eine beschützende Hand über mir. Entweder hat er das Schauspiel mitgespielt, oder er hat genau gemerkt, dass seine Nichte ihn absichtlich dieses etwas falsche, aber unheimlich liebe Spiel spielen lässt.

Als ich am Mittwochmittag endlich wieder die Bar betrete, ist Adam gerade dabei, neue Einkäufe in die Schränke hinter dem Tresen zu räumen. Erst bemerkt er mich nicht und scheint völlig in Gedanken versunken zu sein. Aber als ich wenige Zentimeter hinter ihm bin und schon mutig und völlig wider meiner Natur meine Arme ausgebreitet habe, um ihn von hinten zu umarmen, dreht er sich plötzlich um.

"Ach Süße, du kannst mich nicht erschrecken."

Er wartet nicht auf eine Antwort, stattdessen zieht er mich in eine feste Umarmung. Sofort steigt mir sein unglaublicher Duft in die Nase. Ich könnte versuchen, ihn mit lächerlichen Vergleichen zu beschreiben, aber das kann ich nicht. Er riecht einfach nach Adam, vollkommen und perfekt.

"Ich habe dich vermisst", murmelt er in meine Haare. Tatsächlich haben wir uns nun seit einigen Tagen nicht gesehen.

Sein weicher, weißer Pullover bettet meine Wange und er streichelt fürsorglich über meinen Rücken. Seine Berührungen verursachen mir eine Gänsehaut und für einen Moment nehme ich nichts wahr außer diesen Mann, der mich in den Armen hält. Es gab noch nie einen Menschen, der eine derartige Wirkung auf mich hatte und ein bisschen erstaunt mich, dass dieser Vorgang des Verliebens so plötzlich kommt. Ohne Vorankündigung.

"Bist du etwas Besseres, oder warum trägst du nicht unsere wunderschöne einheitliche Arbeitskluft?", frage ich nach einer Weile und zeige dabei auf meinen eigenen Pulli. Dabei kann ich mir wie so oft in letzter Zeit ein Grinsen nicht verkneifen. Es ist einfach alles so leicht, wenn ich mit Adam zusammen bin.

"Ich bin der Chef, ich darf das."

"Oh du bist so unglaublich eingebildet", fange ich künstlich zu meckern an und verdrehe theatralisch meine Augen. Ich weiß genau, dass er das sieht und die Strafe kommt prompt: Mit einer einzigen Bewegung nimmt er mich wieder in die Arme und hebt mich hoch. Ein Quietschen entfährt mir, das mir sofort peinlich ist. Heilfroh darüber, dass keine Kunden da sind, die unser verliebtes Schauspiel beobachten könnten, schlage ich Adam mit den Fäusten auf den Rücken, aber ich habe die Ahnung, dass ihn das nur sehr wenig interessiert.

"Hör bloß auf, so frech zu sein", lacht er dann und setzt mich auf die Theke, bevor er jede weitere Bemerkung meinerseits mit einem leidenschaftlichen Kuss zunichtemacht. Was von außen sicherlich aussehen muss wie aus einem kitschigen Kinofilm, ist in Wahrheit die wohl schönste Situation, die es in meinem Leben in den letzten Monaten, wenn nicht sogar Jahren, gab.

Irgendwann, nach einer eigentlich viel zu kurzen Zeit, lässt Adam mich los und schaut mir in die Augen. Aller Witz ist aus seiner Mimik verschwunden, die Leidenschaft ist aber noch immer in seinen dunklen Augen erkennbar.

"Geht es dir gut?", fragt er dann. Diese flache Frage stellt er nicht einfach so, er spielt natürlich darauf an, was Conrad mir bei unserem Telefonat gesagt hat. "Ich meine, hast du Angst?"

Ich schüttele den Kopf, merke aber bald, dass das nicht die einzige Reaktion dazu ist, die in mir schlummert.

"Naja, manchmal schon", führe ich weiter aus, was ich meine. "Wenn ich alleine bin, bin ich ängstlich, sobald jemand um mich herum ist, geht es."

"Ich fühle mich schlecht deswegen, weißt du", flüstert Adam dann und ich merke sofort, dass da noch ganz viel in ihm ist, das er mir erzählen will. Also berühre ich ihn leicht an der Schulter, mit der stummen Aufforderung, weiterzureden. Er deutet meine Geste richtig und atmet durch. Ich sehe Schmerz in seinen Augen, die mich so traurig ansehen, dass mir ganz anders wird. Und als ich schon fast nicht mehr damit rechne, beginnt er zu erzählen.

Er erzählt die ganze Geschichte seiner Schwester. Von Anfang an. Dass dieser Steven sie kennengelernt und schnell um den Finger gewickelt hat. Wie sie sich in ihn verliebte, ihm ein gutes Leben bot, wie sie zusammenzogen. All das erzählt Adam im Schnelldurchlauf, aber mit einer Präzision, dass ich mir beinahe schäbig vorkomme, weil ich derart in Abbys Leben eindringe.

„Mich wird das Gefühl nicht los, dass er hinter dem Bild steckt", sagt Adam. Jetzt, wo er mir all das erzählt hat, befürchte ich das tatsächlich auch. Endlich passt auch der Anruf ins Bild.

"Ich habe ihn geschlagen damals", sagt Adam schließlich. Ich glaube, er erwartet, dass ich schockiert bin. Aber das bin ich nicht, ich kann ihn einfach zu gut verstehen. Und die Erkenntnis, dass dieser Steven vermutlich auch mir Böses will, spielt ebenfalls hinein. Ich bin kein Mensch, der bei Problemen überhaupt auch nur an Gewalt denkt, aber ich kann es Adam nicht übel nehmen.

Um ihm zu bestätigen, dass mir das egal ist, küsse ich ihn schnell und flüchtig auf die Wange. Ich will damit nicht erreichen, dass er aufhört zu erzählen, sondern ich will ihm vielmehr Mut machen, dass er sich vor mir nicht für so etwas schämen muss. Er ist ein absoluter Familienmensch. Auch, wenn ich selbst nicht behaupten würde, dass ich eine perfekte Familie habe, kann ich seine Reaktion verstehen. Ich hätte an seiner Stelle ähnlich reagiert. Hätte ebenso wenig an mich halten können.

"Das tun gute Menschen nicht, aber ich konnte es einfach nicht mehr steuern. Glaub mir, ich bin kein Schläger. Aber wenn du vielleicht irgendwann mit der Sache zu Polizei gehst oder sonst irgendwem davon erzählst, dann will ich nicht, dass du es von jemand anderem außer mir erfährst. Und glaub mir", schließt er seine Ansage dann, "ich würde es wieder tun, wenn es um dich ginge."

Sein Geständnis schockiert mich, weil Gewalt nie eine Lösung sein kann, aber ich glaube nicht, dass ich ihn davon abgehalten hätte, wäre ich dabei gewesen. Dass er mir gegenüber ähnlich nach einem Beschützerinstinkt folgt, wie bei seiner Schwester, schmeichelt mir nicht nur, es macht mich glücklich.

"Aber ich werde alles dafür tun, dass es nicht so weit kommt", murmelt er dann. Ich glaube ihm jedes Wort. Diese Augen lügen mich in diesem Moment nicht an.

"Danke", sage ich und wiederhole mich damit ein weiteres Mal.

Schließlich lässt Adam mich los und tritt einen Schritt nach hinten, um mir vom Tresen herunter zu helfen. Ich bin traurig, dass unsere Zweisamkeit für den Moment schon wieder vorüber ist.

"Hast du heute Abend schon etwas vor?", fragt er dann, während er ein Netz Zitronen aufreißt und die Früchte in die dafür vorgesehene Schale legt.

"Ich muss arbeiten, aber vielleicht kann mein Chef mir ja frei geben, wenn ich sage, dass ein hübscher Kerl mich nach einem Date gefragt hat."

Sein süffisantes Grinsen steckt mich sofort an.

"Bei der Begründung bin ich sicher, dass er dir erlaubt, nach der Arbeit noch auszugehen."

Er fügt eine kurze Pause ein, dann ergänzt er, "Ich schaue mal bei Nick vorbei, heute Abend hole ich dich wieder hier ab. In Ordnung?"

"Natürlich", freue ich mich über den bevorstehenden Abend. Ich fühle mich wie ein Teenager. Zwar fühle ich mich gleichzeitig unwohl, dass er mich alleine lässt, aber ich kann es so gut verstehen, dass er seinen Bruder besuchen will, dass ich es niemals ansprechen würde. Niemals würde ich mich zwischen ihn und seine Familie stellen. Dennoch scheint Adam zu merken, dass meine Gedanken nicht nur positiver Natur sind.

„Ist das wirklich okay für dich? Wenn ich dich alleine lasse?"

„Natürlich. Mach dir keine Gedanken. Wenn was ist, rufe ich dich an."

„Okay", er nimmt mich fest in den Arm. „Ich stelle mein Handy so laut es geht." Die Nähe zu ihm lässt alle Zweifel verpuffen. Hier bin ich sicher, meine Angst ist nur ein Schatten, den ich selbst sehe.

„Danke. Ich schaffe das, du bist ja nicht lange weg."

"Dann bis später", beschließt Adam unsere Verabredung mit einem weiteren Kuss. Dann verschwindet er mit der leeren Einkaufstasche in den Händen aus dem Laden, allerdings nicht, ohne mir vorher noch einmal einen liebevollen Blick zuzuwerfen.

-

Der Tag fliegt irgendwie an mir vorbei, ohne dass ich wirklich etwas davon wahrnehme.

Gerade ist der Laden relativ leer. Schon seit einer guten Dreiviertelstunde bin ich im Raum und spüre allmählich, wie meine Stimmbänder sich nach Aktivität sehnen. Gerade als ich beschließe, irgendein belangloses Spiel auf meinem Handy zu starten, öffnet sich die Tür und ich setze ein Lächeln auf. Schwankend kommt er auf mich zu, während er undeutliche Worte murmelt, die kaum meine Ohren erreichen. Erst als er kurz vor dem Tresen, hinter dem ich mich schützend verstecke, anhält, und sich an einem der davor platzierten Hocker festhält, rieche ich das, was ich schon mit den Augen analysiert habe: Der Mann ist sturzbetrunken. Leichte Übelkeit erfasst mich, abgesehen davon steigt meine Nervosität rapide an. Ich weiß nicht, wie ich mich Betrunkenen gegenüber verhalten soll. Und die Angst meldet sich sofort wieder. Meine Sicherheit ist verschwunden. Meine guten Vorsätze, mich nicht aus der Ruhe bringen zu lassen und einfach auf mich selbst zu vertrauen, hinfällig.

"Habt ihr jetzt geöffnet?", lallt er und verschluckt dabei die Hälfte der Buchstaben.

"Ja, das haben wir, aber–"

"Whisky"

"Es tut mir leid, aber –"

Wieder unterbricht er mich, diesmal ist seine Stimme um einiges lauter. "Whisky!", fordert er erneut.

Wäre ich mit der Situation nicht heillos überfordert, so wäre das vermutlich der Moment, in dem ich unfassbar genervt wäre. Zwei Männer und eine Frau, die in einer kleinen Gruppe zusammensitzen und die die einzigen Kunden im Laden sind, schauen kurz zu mir herüber, wenden aber schnell wieder den Kopf ab. Ein Betrunkener ist nichts Ungewöhnliches, wenn man sich in einer Bar befindet.

"Hören Sie, ich –"

Doch ich komme nicht dazu, die Worte auszusprechen. Wie in Zeitlupe sehe ich seine ausholende Hand und etwas, das er in dieser festhält. Unzählige Gedanken rasen durch meinen Kopf.

Dann trifft mich ein Schmerz, der alles überschattet, und die Bar verschwindet in Dunkelheit und Leere.

Teil zwei

Kapitel sieben

"Weil ich jede Sekunde deine Hand halten möchte"

Adam

Bereits der zweite Schicksalsschlag innerhalb weniger Tage: Adam McGuire wird vom Pech verfolgt. Erst liegt sein Bruder, der bekannte Sänger Nick McGuire, im Koma, nun hat es auch seine neue Flamme erwischt. Wie Insiderbilder zeigen, waren sich die beiden wohl sehr nah.

Ebenfalls einem Insider haben wir zu verdanken, dass wir exklusiv einige wenige Informationen über das Geschehene geben können: Die Geliebte des Frauenschwarms wurde wohl von einem Unbekannten angegriffen, als sie in der berühmten und beliebten Bar der Brüder arbeitete. Nachdem der Täter floh und sie bewusstlos liegen ließ, dauerte es zum Glück nur kurz, ehe Kunden die junge Frau verletzt auffanden und einen Krankenwagen anriefen. Ihr aktuelles Befinden ist uns unklar, PROMINEWS wird aber wieder berichten, sobald es neue Erkenntnisse gibt!

Ich muss mich beherrschen, um mein Handy nicht wutentbrannt gegen die Wand zu schleudern. Hetzerische, verlogene Artikel im Netz bin ich gewohnt, aber nur einen Abend, nachdem mein Leben ein weiteres Mal eine Kehrtwende gemacht hat, bin ich nicht dazu in der Lage, emotionslos zu bleiben, während ich solche Worte lese. Warum war ich nicht da? Warum hat niemand diesen Menschen aufgehalten, der Maggie das angetan hat? Grenzenlose Wut strömt durch meine Adern.

"Warum tust du dir das an?", fragt mein Bruder, der neben mir auf dem Sofa sitzt. Abby und er sind hergefahren, als sie mitbekommen haben, was passiert ist. Seine im Gegensatz zu mir viel schmaleren Schultern stecken in einem einfachen roten T-Shirt, in dem ich vermutlich gefroren hätte. Er ist wieder frisch rasiert, hat dafür aber eine mehr als gewöhnungsbedürftige Frisur, weil seine kurzen Haare unfrisiert in alle Richtungen abstehen.

Mein Leben spielt verrückt. Gestern, nicht einmal zwei Wochen nachdem Nick endlich aus dem Krankenhaus entlassen wurde, fiel dem Schicksal ein, gleich die nächste Person aus meinem Umfeld ins Unglück zu stürzen.

Ich kann nur von Glück sprechen, dass Maggies Zustand um einiges besser ist als der meines Bruders damals. Jedenfalls verlasse ich mich auf das, was die Krankenhausschwestern mir sehr widerwillig anvertrauen, denn persönlich konnte ich bisher nicht mit ihr sprechen.

Nachdem ich als erster Verdächtiger eine mehrstündige Befragung hinter mir hatte und die Ermittler überzeugen konnte, dass ich unschuldig bin, dafür aber eine begründete Ahnung habe, wer ihr das angetan haben kann, ja eigentlich muss, haben sie mich gehen lassen. Danach bin ich sofort zu Maggie gefahren, habe sie aber nur noch schlafen sehen und wollte sie nicht aufwecken. Die Ärzte geben ihr starke Schmerzmittel gegen die tiefe Wunde in ihrem Gesicht und die machen sie so schläfrig, dass sie nur wenige Stunden am Tag wach ist.

Abbys schlanker Körper weht in den Raum hinein und sie stellt zwei dampfende Tassen Tee vor uns auf den Tisch.

"Jetzt leg endlich das verdammte Handy weg!", schimpft meine Schwester und reißt mir im selben Moment das Gerät aus der Hand. Sie legt es allerdings nicht allzu weit weg, denn sie weiß, dass ich insgeheim hoffe, dass Maggie sich bei mir meldet.

"Abby hat recht, es ist wirklich genug jetzt. Du verbringst schon den halben Tag damit, das Internet nach Artikeln über dich zu durchforsten, das ist doch verrückt."

Da hat er recht. Nachdem ich bei Maggie im Krankenhaus war und sie bloß geschlafen hat, während ich in den letzten vierundzwanzig Stunden bloß für einige Minuten ausruhen konnte, ehe ich wieder hochgeschreckt bin, habe ich mich auf meinem Sofa verkrochen und das Internet durchforstet. Als ob ich die Realität dadurch ändern könnte. Als ob ich mich vergewissern müsste, dass das hier wirklich mein Leben ist.

Die Paparazzi, die gestern noch wegen Nick hier waren, haben sich noch einmal verdoppelt. Nun sind sie aus zwei Gründen hier.

"Ich bin kein kleines Kind, dem ihr Befehle geben müsst!", beschwere ich mich und muss vorher tief durchatmen, um meine Wut im Zaum zu halten.

"Es ist meine Schuld, dass Maggie verletzt wurde!", füge ich dann hinzu, in der Hoffnung, meine wütenden Worte etwas abmildern zu können und meinen Geschwistern verständlich zu machen, was in mir vorgeht.

"Das ist Schwachsinn, Adam, und das weißt du auch", mischt meine Schwester sich wieder ein, sieht mich aber mitleidig an. Und auch mein Bruder presst die Lippen zu einem dünnen Strich zusammen. Die beiden wissen, wie es mir damals ging, als Steven versucht hat, unsere Familie auseinanderzureißen. Als er sich in Abbys Herz geschlichen hat, um an unsere Bekanntheit heranzukommen. Wie er versucht hat, uns auszunutzen, nur um für sich selbst die besten Möglichkeiten zu erlangen.

214

Dass meine Geschwister mich nun festhalten wollen, bevor ich wieder in dieses Loch aus Selbsthass und Schuldgefühlen falle, berührt mich. Aber sie werden es nicht schaffen.

Dieses Mal nicht.

Plötzlich stehe ich auf, komme dem Drang nach, mich zu bewegen. Dabei stoße ich beinahe die Teetassen um und sehe förmlich, wie Nick und Abby hinter mir einen verzweifelten Blick tauschen. Als der Älteste von uns dreien müsste ich eigentlich auch der Vernünftigste sein, aber das kann ich nicht. Nicht im Moment.

Es ist mir egal, dass ich mich egoistisch verhalte.

Meine Schritte tragen mich zum Fenster, die Londoner Nacht schaut mir entgegen und die Bäume auf der Straße werden immer kahler, lassen ein Blatt nach dem anderen los. Vor der Wohnungstür erkenne ich etwas mehr als ein Dutzend Reporter, die darauf lauern, dass ich meine Wohnung verlasse, den einzigen Schutz, den ich noch habe. Diese Biester fotografieren jeden, der das Haus betritt, und es ist nur eine Frage der Zeit, bis meine Nachbarn sich beschweren. Als ich aus Versehen die Gardine mit meiner Schulter verschiebe, sehe ich, dass einer der Journalisten sofort seine Kamera zückt und das Fenster, hinter dem ich stehe, anvisiert. Schnell ziehe ich meinen Kopf weg, drehe mich um, und seufze tief. Unten entsteht wahrscheinlich ein wahres Reporter-Gemetzel, weil jeder ein neues Bild schießen möchte, das die Kassen klingeln lässt.

"Ich hasse diese Meute!", fluche ich und lasse mich wieder auf das Sofa fallen. Ich umfasse meine Teetasse mit beiden Händen und nehme einen großzügigen Schluck. Süßer Kräutertee, wie er nur von meiner Schwester schmeckt, beruhigt mich und meine Sinne ein wenig.

Als einer der Gäste gestern Abend geistesgegenwärtig die Polizei und einen Krankenwagen gerufen hat, war ich gerade auf dem Weg zurück zur Bar. Ich habe Abby und Nick besucht und festgestellt, dass es beiden gut geht, also blieb ich nicht lange. Der Londoner Verkehr hat mich aufgehalten, sonst wäre ich viel schneller wieder zurück gewesen.

Und hätte Maggie beschützen können.

Wir verbringen einige Minuten schweigend nebeneinander, und als ich meinen Tee getrunken habe, stehe ich wieder auf. Müdigkeit und Erschöpfung übermannen mich und ich will bloß meine Ruhe haben.

"Gute Nacht", sage ich knapp in Richtung meiner Geschwister und verschwinde.

-

Es gibt keinen Albtraum, der so schlimm ist, wie es meine Realität momentan ist, aber dennoch bin ich froh, wenigstens für fünf mickrige Stunden durchgeschlafen zu haben. Als ich mir einen Kaffee kochen will, sehe ich, dass sowohl Nick als auch Abby auf dem Sofa eingeschlafen sind. Leise laufe ich in die Küche, direkt danach ins Bad, um zu duschen.

Als ich meinen Bart vor dem Spiegel stutze, fährt mir ein Stich direkt ins Herz. Ich vermisse Maggie so sehr.

Sie ist nur deshalb nicht hier bei mir, weil ich es nicht geschafft habe, sie zu beschützen.

Ich verlasse den gefliesten Raum und stürze schnell den viel zu heißen Kaffee hinunter. Mein Autoschlüssel und mein Handy sind alles, was ich mir nehme, bevor ich meine Kapuze tief ins Gesicht ziehe und meine Wohnung verlasse.

Maggie

Das Erste, was ich sehe, als ich meine Augen aufschlage, ist viel zu helles Licht. Erst nach und nach mischt sich in die Farben, die meine Sinne reizen, auch ein unangenehmer, viel zu lauter Geräuschpegel. Die Stimmen, die ich höre, gehen sofort in meinen Kopf und beißen sich dort schmerzhaft fest.

Ich stöhne und einen Atemzug später ist es plötzlich so still, dass ich meinen eigenen Herzschlag höre.

"Maggie?"

Adam!

Ich schlage die Augen weit auf und werde sofort mit stechenden Kopfschmerzen dafür bestraft. Kurz darauf bewegt sich die Matratze, auf der ich liege und neigt sich nach rechts. Ich rieche den unverkennbaren Duft und weiß sofort, dass sich Adam neben mich gesetzt hat. Er nimmt meine Hand behutsam in seine und ich bin urplötzlich von Wärme erfüllt. Meine Sinne sind so scharf, dass mich meine Wahrnehmung selbst überrascht. So genau habe ich noch nie hören oder riechen können.

Ich sehe seinen Bart, seine dunklen, geheimnisvollen Augen. Ich fühle mich geborgen und weiß doch, dass etwas nicht stimmt, als ich seinen besorgten Gesichtsausdruck sehe, der sein schönes Gesicht benetzt.

"Wie geht es dir?", flüstert er und ich weiß nicht, was ich antworten soll. Als ich schweige, drückt er leicht meine Hand. "Ist schon okay", murmelt er.

Mein Hals ist so unglaublich trocken und mein Gesicht fühlt sich taub an.

Ich öffne meinen Mund, um nach Wasser zu fragen, als Neela den Raum betritt. Sie sieht müde aus, traurig, aber als sie mich ansieht, fängt sie an, erleichtert zu lächeln.

"Du bist wach!", ruft sie leise und kommt auf mich zugestürzt, um mich kurz darauf ungelenk, aber herzlich in den Arm zu nehmen.

"Das wurde aber auch wirklich einmal Zeit!", rügt sie mich dann, aber ich weiß nicht genau, was sie meint.

Mein Blick findet wie automatisch wieder den von Adam und ich sehe ihn lächeln. Ich meine sogar erkennen zu können, dass seine Augen feucht sind.

"Trinken?", krächze ich dann wenig elegant und Adam erhebt sich beinahe augenblicklich, um mir etwas zu holen. Kurz darauf sind meine Freundin und ich alleine.

"Krankenhaus?", frage ich dann, noch immer einsilbig.

"Ja … weißt du, was passiert ist?"

Die Wucht des Schlages und der beißende Schmerz treffen mich erneut, dann kehrt die Erinnerung in geballter Kraft zurück. Der betrunkene Mann, der Schmerz, danach das Nichts.

Ich kann nichts tun, außer zu nicken, und als ich das nächste Mal mit den Wimpern gezuckt habe, stürmt nicht nur Adam, sondern auch eine Krankenschwester in den Raum, die Neela unsanft beiseiteschiebt und sich von meiner Freundin so einen bösen Blick einfängt – allerdings erst, als Neela bereits aufgestanden ist und hinter ihr steht.

Adam lässt sich von dem unwirschen Verhalten der Dame mit Kittel nicht beeinflussen und reicht mir den Pappbecher mit Wasser. Eilig trinke ich ein paar große Schlucke und lasse die Schwester dann alle möglichen Werte messen, während ich noch immer nur Augen für Adam habe.

"Sieht gut aus", sagt die Schwester nach einer Weile mit einem unfreundlichen Ton und rauscht wieder aus dem Zimmer. Neela schaut ihr mit einer eindeutigen Grimasse hinterher.

"Wie soll man so bitte gesund werden?", fragt sie dann rhetorisch, um sich daraufhin sofort wieder mir zuzuwenden. "Noch Wasser?" Dabei zwinkert sie mir zu und verschwindet aus dem Raum, ohne auf eine Antwort gewartet zu haben. Sie hat mir auch so verständlich gemacht, dass die einzige Absicht, die sie mit ihrem Verschwinden hegt, die ist, Adam und mich einen Moment alleine zu lassen.

Ich setze mich ein Stück auf und nehme erst jetzt die Blumen wahr, die neben meinem Bett stehen. Drei verschiedene Sträuße sind dort in Vasen gestellt, alle möglichen Farben strahlen im tristen Weiß des restlichen Raumes. An einem der Sträuße hängt eine kleine Karte. Neugierig nehme ich sie und fange an zu lesen.

Hey Süße. Blumen machen sich im Krankenhaus immer gut. Aber sie sind auch eine schöne Ergänzung, wenn man eine feige Karte schreiben will. Meine größte Angst ist, dass du aufwachst und ich in genau dem Moment nicht da bin. Deswegen hoffe ich, dass du diese Karte schnell entdeckst und sie liest. Und dann ruf mich bitte so schnell es geht an.
Ich will dich sehen, dich in den Arm nehmen.
Ich vermisse dich, Maggie.

Sofort steigen mir Tränen in die Augen.

"Oh Adam", flüstere ich dann und sehe, dass er selbst auch mit den Tränen kämpft.

"Zum Glück bin ich da und du musst nicht wie eine Verrückte nach deinem Handy suchen", gibt er ironisch zurück und ich glaube, dass er nur anfängt, Späße zu machen, um zu kaschieren, dass er genauso emotional ist wie ich. Dabei ist es unfassbar süß, wie er hier sitzt und genauso wenig weiß, was er sagen soll. Wie er einfach meine Hand hält, weil es sonst gerade nichts anderes gibt, was man sagen könnte.

"Kannst du es wirklich tun?", frage ich dann und ernte einen verwunderten Blick.

"Was soll ich tun?", fragt er dann, die Augenbrauen unsicher gekräuselt.

"Mich in den Arm nehmen", erkläre ich dann und sehe ein erleichtertes Lächeln, bevor ich in eine liebevolle Umarmung gezogen werde.

Sein Bart kratzt ein wenig an meiner Schläfe, aber es ist ein so schönes Gefühl. Außerdem stört ein riesiges Pflaster, das in meinem Gesicht klebt und von dem ich nicht weiß, warum ich es habe, aber trotzdem ist es ein perfekter Moment.

Ich bin nicht sicher, wie lange wir in dieser Position verharren, als ein leises Klopfen uns auseinanderfahren lässt.

Ein Arzt, der mir vage bekannt vorkommt, betritt den Raum und lächelt selig. Natürlich hat er gesehen, dass wir eng umschlungen hier saßen. Für Peinlichkeit ist allerdings keine Zeit, denn der Mann fängt bereits zu reden an.

"Freut mich, dass Sie wach sind", leitet er das Gespräch ein und ich nicke dümmlich. "Fühlen Sie sich gut?"

"Das Pflaster stört", bemerke ich trocken, ernte von Adam ein belustigtes Schnauben, vom Arzt jedoch einen Blick, der mich augenblicklich beunruhigt.

"Was habe ich? Sieht es schlimm aus?", frage ich dann, nachdem er auch einige Sekunden später nicht wieder das Wort aufgenommen hat. Der Mann mit den hellgrauen Haaren scheint kurz zu überlegen, als gäbe es eine schlimme Nachricht, die er zu überbringen hätte.

Mein Herz rast.

"Sie sollten vielleicht lieber noch ein bisschen warten, bis Sie das Pflaster entfernen", rät er mir dann. "Es ist eine ziemlich tiefe Wunde. Zum Glück wurden Sie gestern sofort als Notfall eingeliefert, wir konnten Sie schnell versorgen und Ihre

Schmerzen lindern. Die Wunde heilt gut und wir haben sie schnell versorgen können, aber das ist besser für den Heilprozess."

Adam und ich tauschen einen Blick.

Ein unangenehmes Gefühl überkommt mich und auf einmal möchte ich nur noch, dass der Mann aus dem Zimmer verschwindet. Was hat er für ein Recht, meinen perfekten Moment zu stören und ihn dann in Unklarheit zerplatzen zu lassen? Aber gleichzeitig ist er der Einzige, der mir meine Fragen beantworten kann.

"Was ist passiert?", will ich wissen.

Ich erwarte, dass der Arzt herumdruckst und dann eilig aus dem Zimmer verschwindet, bevor ich eine Antwort bekommen habe. Aber statt das zu tun, nimmt er sich einen Stuhl und setzt sich neben mein Bett.

"Der Täter, der Sie überfallen hat, hatte ein Messer bei sich. Es war zum Glück nur ein kleines Küchenmesser und kein Schärferes, aber er hat Sie damit auf Ihrer Wange getroffen, unterhalb des Auges." Dann holt der Mann kurz Luft und setzt sich wieder gerade hin, nachdem er bei seinen letzten Worten etwas in sich zusammengesunken war. "Im Laufe des Tages wird die Polizei kommen und Sie vernehmen. Das würde ich meinen Patienten immer gerne ersparen, aber denken Sie daran, dass es nur zu Ihrem Besten ist. Wir alle wollen, dass der Täter schnell gefasst wird."

Ein Nicken von Adam lässt mich meinen Blick von dem Doktor lösen. Obwohl ich weiß, dass er das einzig Logische sagt, sträubt sich in mir alles bei dem Gedanken an ein Verhör mit der Polizei.

"Sieht es sehr schlimm aus?", frage ich leise und deute vage auf meine Wange. Der Arzt seufzt. "Ich möchte Sie nicht in dem Glauben lassen, dass es … unauffällig wäre. Aber es ist keine

Katastrophe. Die Wunde sieht noch sehr frisch aus, aber mit der Zeit wird die Narbe verblassen."

Das hört sich nicht wirklich aufbauend auf, denke ich. Unzufriedenheit und Hilflosigkeit sind nur zwei der Gefühle, mit denen ich zu kämpfen habe.

"Danke", murmele ich. Mit diesen Worten drehe ich mich von ihm weg, schließe die Augen und hoffe, dass er mein Zeichen richtig deutet. Zu meinem großen Erstaunen flüstert Adam keine Minute später: "Er ist weg."

Viel zu schnell stehe ich auf. Ich stoße die dünne Krankenhausdecke von mir und gehe mit schnellen Schritten ins Bad. Ich höre, wie Adam mir folgt. Ich muss einfach wissen, wie es aussieht.

Als ich in den Spiegel sehe, erschrecke ich mich. Ich habe tiefe Augenringe, meine Lippen sind trocken und aufgeplatzt. Meine ohnehin störrischen Haare stehen in alle erdenklichen Richtungen ab.

"Warum bist du nicht davongelaufen, als du mich so gesehen hast?", frage ich Adam mit echter Verwunderung.

"Weil du die schönste Frau der Welt bist. Immer."

Mein Herz setzt sicherlich einige Sekunden aus, anders kann ich mir die plötzliche Wärme, die von meiner Brust ausgeht, nicht erklären. Dankbar lächle ich den Mann an, der mich sanft am Rücken streichelt, während ich mich noch immer wie eine Irre im Spiegel anstarre.

"Danke", flüstere ich und sehe, dass Adam den Kopf leicht schüttelt, als wolle er *brauchst dich nicht bedanken* sagen wollen.

Die Unsicherheit über das, was der Arzt eben gesagt hat, kehrt jedoch schnell zurück. Ich hebe meine Hand an die untere Ecke des Pflasters, bereit, den Schmerz, den das Abziehen verursachen wird, auszuhalten.

Damit ich das unangenehme Ziepen möglichst eindämmen kann, schließe ich fest die Augen und mache eine hässliche Grimasse, bis auch die letzte Ecke des Pflasters von meiner rauen Haut gelöst ist.

Dass Adam hinter mir leise keucht, entgeht mir nicht.

Ich öffne die Augen.

Und sehe eine Wunde, die mein Gesicht für immer entstellen wird.

-

Ich würde es gerne ändern, aber ich kann nichts dagegen tun, dass ich zynisch werde. Dass ich, nachdem ich einem Zusammenbruch im Badezimmer dieses schrecklichen Krankenzimmers in diesem fürchterlichen Krankenhaus nur knapp entkommen bin, nichts gegen die aufwallende schlechte Laune, das Gefühl der Ungerechtigkeit machen kann.

Weil Adam mich sofort umarmt hat und mir einen so zärtlichen Kuss auf den Hinterkopf gegeben hat, während ich mich noch immer ungläubig selbst angestarrt habe, bin ich vermutlich nicht vollkommen durchgedreht.

Die Wunde glänzt noch in diesem hellen, krank aussehenden rot, ist aber auf den ersten Blick gut genäht worden. Aber auch eine schöne Naht kann nicht darüber hinwegtäuschen, dass dieses Etwas von meinem linken Nasenflügel in einer wellenförmigen Kurve bis hin zum äußeren Rand meiner linken Augenbraue reicht.

Auch eine schöne Naht kann nicht dafür sorgen, dass ich mich schrecklich fühle. Hässlich.

War ich vorher immer einigermaßen zufrieden mit mir und meinem Aussehen, kann ich dem Drang, mich unter der sterilen Krankenhausdecke zu verkriechen, nun nur noch schwer widerstehen. Und jeder Blick, den Adam mir zuwirft, erinnert mich an das, was ich eben gesehen habe.

Er hat mich langsam zurück zum Bett geführt und ich bin heilfroh, dass Neela sich so viel Zeit lässt. Ein Augenpaar, das mich mitleidig ansieht, genügt mir vollkommen.

So, wie ich nun hier sitze, fühle ich mich völlig hilflos. In mich zusammengesackt und voller Trauer und Wut. Ich spüre, wie sich der nächste Schwall feuchter Tränen in meinen Augen sammelt und habe urplötzlich nicht die Kraft, dieses Zeichen der Schwäche zurückzuhalten. Ein lauter Schluchzer dringt aus meiner Kehle und sofort sehe ich auch die Besorgnis in Adams Gesicht. Er rutscht ganz nah an mich, aber sein Duft, der mir eben noch so viel Hoffnung gegeben hat, schafft es dieses Mal nicht, mich zu beruhigen. Seine großen Hände auf meinem Rücken berühren mich dieses Mal fester, fast so, also wüsste er, wie sehr ich nun jemanden brauche, der mich einfach nur hält.

Meine Augen sind geschlossen. Ich höre das leise Vibrieren von Adams Handy, aber es scheint ihn genauso wenig zu interessieren wie mich. Wahrscheinlich bin ich ein fürchterlicher Egoist, aber ich möchte nicht, dass er in diesem Moment an sein Telefon geht.

Schließlich höre ich, wie sich die Tür wieder öffnet, kurz darauf Schritte, die allerdings schnell wieder verstummen. Neela ist wieder da.

"Süße?", flüstert Adam leise und ich weiß genau, wie viele Fragen in diesem einen Wort stecken. Er will das Offensichtliche nicht vor Neela aussprechen. Und er weiß selbst nicht, was er machen soll.

Willst du es ihr zeigen? Soll sie wieder gehen? Soll ich euch alleine lassen?

Ich nicke unbestimmt, zum Teil als Antwort auf meine eigenen Gedanken, zum Teil aber auch, um mir selbst Mut zu machen.

Als ich meine Freundin ansehe, mit tränennassem, gerötetem Gesicht, muss ich nicht lange auf ihre Reaktion warten. Entweder, sie ist wirklich nicht so geschockt, wie sie es eigentlich müsste, oder aber sie ist eine gute Schauspielerin.

"Oh Mags, das ist doch halb so wild", sagt sie nach einer Weile.

Halb so wild? Ist das ihr Ernst?

Obwohl mir klar ist, dass ihre Worte nur lieb gemeint sind, kann ich dem Schwall der bitterbösen Erregung kein Ende setzen.

"Und ob das wild ist!", fauche ich. Ich müsste meine Tonart bereuen, kann es aber nicht. Wo Neela eben noch die Ruhe selbst war, zuckt sie nun sichtlich zusammen. Und auch Adam hört auf, meinen Rücken zu streicheln. In seinen Augen spiegelt sich genauso der Schock über meinen Ton.

"Entschuldigung, Mags", will mich meine Freundin beschwichtigen, aber ich drehe mich weg. Die Tränen kommen wieder, aber meine Trauer kann die Wut noch nicht besiegen.

"Könntet ihr mich alleine lassen?", frage ich schließlich. Ich fühle mich so schwach, völlig ausgelaugt. Ich bin müde und weiß doch, dass an Schlaf nicht zu denken ist. Aber vor allem möchte ich plötzlich unbedingt alleine sein.

Da sich weder Neela noch Adam rühren, setzte ich ein entschlossenes "Bitte!", hinzu und merke dann, wie sich beide in Bewegung setzen.

Als sich die schwere Tür hinter Adam schließt und die Einsamkeit mich mit eisigen Klauen empfängt, glaube ich zu wissen, dass diese Kälte tief in mir drin von nun an mein ständiger Begleiter sein wird.

Adam

"Wir können sie jetzt doch nicht einfach alleine lassen!", sagt Neela, als wir gemeinsam im Flur stehen und ich so lange auf eines der Landschaftsbilder vor mir blicke, ohne dabei zu blinzeln, dass meine Augen zu brennen beginnen.

"Was sollen wir sonst tun?", frage ich dann, weiß aber im selben Moment, dass ich keine Antwort bekommen werde.

Wir beide sind völlig überfordert mit dieser Situation. Noch dazu kennen Neela und ich uns so wenig, dass zu der Angst um Maggie noch dieses befremdliche Gefühl kommt, das man nur hat, wenn man nicht weiß, wie man sich in Gegenwart eines anderen Menschen verhalten soll.

Mein einziger Wunsch ist es, zurück in dieses Zimmer zu gehen und Maggie wieder in den Arm zu nehmen. Aber so weh es mir tut, kann ich mir vorstellen, warum sie alleine sein möchte. Vermutlich würde ich mich an ihrer Stelle genauso verhalten, sehr wahrscheinlich wäre ich sogar noch viel wütender, noch lauter. Es macht mich fertig, dass die Frau, die sich in so kurzer Zeit an mein Herz gekettet hat, dort drin liegt und traurig ist.

Eine Schwester läuft an uns vorbei und lächelt uns an. Ich ignoriere sie, aber Neela kann ihre Wut nicht verstecken.

"Die sollen bloß alle aufhören, so glücklich zu lächeln!", flucht sie, als die Frau außer Hörweite ist. Innerlich gebe ich Neela recht, nach außen aber bleibe ich dennoch ruhig.

Wenn ich eines durch meine Schwester gelernt habe, als Nick im Koma lag, dann, dass alles Schimpfen nichts bringt. Der Wirklichkeit ist es egal, wie viel Wut du im Bauch hast und wie sehr du diese an anderen Menschen auslässt, sie macht ohnehin genau das, was sie will.

Am anderen Ende des Ganges erscheint ein Mann, der in der einen Hand einen riesigen Blumenstrauß hält, in der anderen eine Tüte vom Supermarkt. Er hat so breite Schultern, dass die Blumen winzig aussehen, obwohl es ein wahrlich großer Strauß ist. Als er sich uns nähert, erkenne ich außerdem, wie ähnlich er Maggie ist. Hätte sie mir nicht erzählt, dass ihre Eltern in den USA leben, würde ich glatt vermuten, dass es sich um ihren Vater handelt.

"Neela!", sagt er, als er das zierliche Mädchen neben mir erblickt.

"Hey", flüstert sie und nachdem der Mann die Tüte auf dem Boden abgestellt hat, reicht er Neela die Hand.

"Und du bist?", fragt er dann in meine Richtung gewandt. Irre ich mich oder höre ich eine gewaltige Portion Skepsis aus seiner Stimme heraus?

"Adam McGuire, ich bin –", beginne ich, stocke dann aber. Ja, was bin ich denn? Als die Stille langsam peinlich wird, ertönt Neelas Stimme neben mir.

"Er ist Maggies Chef. Wir haben sie eben besucht, aber sie … sie möchte allein sein."

Obwohl Neela spricht, schaut der Mann mich noch immer unverhohlen an.

"Ihr Chef also", bemerkt er dann unnötigerweise.

"Ja. Und ein guter Freund.", ergänze ich. Ich fühle mich unwohl unter diesen Blicken, die der Mann mir zuwirft, und mich stört, dass er sich seinerseits nicht vorstellt. Seine nächsten Worte besänftigen mich aber.

"Ich bringe meiner Nichte diese Blumen und Schokolade, egal, was ihr beiden sagt."

Er wirft uns einen letzten Blick zu und dann läuft er direkt auf Maggies Zimmertür zu. Am liebsten würde ich ihn aufhalten – oder ihm wenigstens hinterherlaufen. Stattdessen packt Neela mich unsanft am Ärmel und zieht mich in die entgegengesetzte Richtung.

"Lass uns kurz frische Luft schnappen", erklärt sie ihr Vorhaben. Und ich bin ihr dankbar.

-

Ich frage mich, ob Neela genauso wenig weiß, was sie sagen soll, als wir unbeholfen nebeneinander auf einer frei gewordenen Bank im Garten des Krankenhauses sitzen.

Umrahmt von hohen Gebäuden in verschiedenen, abgewaschen aussehenden Pastelltönen, die in diesem Teil Londons wohl einmal Trend gewesen sein müssen, sind willkürlich fünf hölzerne Sitzbänke aufgestellt worden, immer neben einem Blumenbeet, in dem sich traurig aussehende Pflanzen um einen hohen Baum ranken. Wahrscheinlich werden die Blumen nur einmal im Jahr ausgetauscht – wenn überhaupt.

In einiger Entfernung ist ein Ehepaar, das sich leise unterhält. Sie stützt sich auf ihren Mann, der selbst an einer Krücke geht. Trotz des Umfelds sehen die beiden glücklich aus und erinnern mich an das, was ich so gerne wollen würde, aber nicht verdient habe.

Dass Maggie mich nicht sehen will, ist nachvollziehbar, wenn auch schmerzhaft.

"Meinst du, sie wird wieder ... normal?"

Neelas Worte lenken mich von meinen trüben Gedanken ab. Ich weiß, dass sie die Worte nicht so meint, wie sie aus ihrem Mund gekommen sind. Natürlich ist Maggie nicht unnormal, aber die sonst so liebe, zurückhaltende junge Frau hat sich vorhin so schnell und unvorhersehbar verändert, dass es für uns noch immer schwer begreiflich ist.

"Natürlich. Das ist der Schock", antworte ich, zu einem Großteil vor allem, um mir selbst Mut zuzureden.

"Womit hat sie das bloß verdient?", bringt Neela schließlich traurig das hervor, was auch mir die ganze Zeit im Kopf herumspukt und auf was ich dennoch keine Antwort finde.

"Das weiß ich nicht. Aber sie ist noch immer die schönste Frau, die ich mir vorstellen könnte."

Und jedes meiner Worte meine ich ernst.

Maggie

Brians Gesichtsausdruck ertrage ich noch weniger als den von meiner Freundin und Adam.

Ich habe nicht gedacht, dass das überhaupt möglich ist, aber als mein Onkel den Raum betritt, kommen mir sofort die Tränen. Ich fühle mich unglaublich mies, bin noch ein Stückchen trauriger. Während die Wut verraucht ist und nur noch ein kleines, graues Aschehäufchen hinterlassen hat, das darauf wartet, von der Liebe aufgekehrt zu werden, ist die Verzweiflung jetzt wieder übermächtig.

"Oh Prinzessin", murmelt mein Onkel hinter der Hand, die er auf den Mund geschlagen hat, als er mich gesehen hat. Meine verquollenen Augen und die vor Trauer geröteten Wangen tragen sicherlich einen Teil dazu bei, dass ich eine Erscheinung bin, bei der man erschrecken kann. Und Brian hat sich erst nach einigen Sekunden so weit im Griff, dass er mich seinen Schock nicht mehr spüren lässt.

"Verdammt, dieses Schwein", flucht er, als er sich einen Stuhl heranzieht und sich neben mich setzt. Seine mitgebrachten Blumen stehen bei den anderen, die sich bereits in meinem Zimmer sammeln. Um seinen geballten Händen etwas zu tun zu geben räumt er die Tüte, die er mitgebracht hat, aus, und befördert ein paar Packungen Weingummis hervor.

"Du sagtest einmal, diese Dinger wären der Grund, weshalb du England liebst, also dachte ich, es könnte dich aufmuntern."

Tatsächlich kann Brian mir mit dieser Kleinigkeit ein Lächeln entlocken, vielmehr aber wegen der Erinnerung an unser Gespräch, aus dem er mein Zitat hat.

"Da hast du Recht", murmele ich und weil allein der Gedanke an das klebrig-süße und bunte Weingummi mich aufheitern kann, reiße ich die Tüte auf. Eine Handvoll der kleinen

Kalorienbomben sind schnell verputzt und während ich die zweite Ladung aus der Plastikpackung hole, merke ich, wie sehr mein Körper etwas Essbares gebraucht hat.

"Ich habe Neela getroffen", erzählt Brian schließlich, nachdem er mir einige Minuten beim Essen zugesehen hat. Unsicher, welche Art von Gespräch er damit beginnen will, kaue ich unbeeindruckt weiter. Erst, als er viel leiser die Worte "und deinen Chef" hinzufügt, ahne ich, dass er wissen will, wer Adam ist. Da ich weiß, dass mein Onkel niemals freiwillig sensible Themen ansprechen würde, schweige ich weiterhin und hoffe, dass er sein selbst angebrachtes Gespräch so bald wie möglich wieder verwirft.

"Er … scheint ziemlich besorgt zu sein."

Brians Worte versetzen mir einen Stich. *Und ich habe ihn rausgeworfen.*

Aber ist es nicht mein gutes Recht, erst einmal die eigenen Gedanken zu ordnen?

"Ich will ja nicht überfürsorglich sein, aber", bohrt Brian weiter nach. "Ist das der Chef, wegen dem du damals so fürchterlich niedergeschlagen warst und mir nicht sagen wolltest, was ist?"

Erstaunt darüber, dass er sich diese kleine Szene in unserem gemeinsamen Leben gemerkt hat, schaue ich ihn an. Ich meine in seinen Augen einen gewissen Stolz darüber aufblitzen zu sehen, dass er sich mehr um mein Privatleben kümmert, als ich angenommen habe und dass es ihm nun gelungen ist, mir das zu beweisen.

Und gleichzeitig ist mir klar, dass ich ihm eine Antwort schuldig bin.

"Ja", murmele ich und stecke sofort danach ein weiteres Weingummi in den Mund, nur, damit ich nicht sofort wieder antworten muss, wenn er nun etwas fragt. Doch mein Onkel nickt nur.

"Hör auf das, was dein Herz dir sagt, aber pass auf.", meint er dann unerwartet weise, aber er kann das Fünkchen Skepsis, das in seinen Worten mitschwingt, nicht ganz unterdrücken.

Ich weiß, dass das Thema damit beendet ist, und ich bin froh darüber. Die Tabletten, die ich sicherlich intus habe, vernebeln mich ein wenig, und langsam kehren die Schmerzen zurück.

Brian und ich versuchen uns an ein paar belanglosen Themen, aber es entsteht kein wirkliches Gespräch mehr. Und irgendwann, als ich meine Augen vor Müdigkeit schon fast nicht mehr offen halten kann, verabschiedet er sich mit einem Kuss auf meine Stirn und lässt mich wieder mit meinen Gedanken und den Albträumen allein, die einsetzen, als ich endlich eingeschlafen bin.

Adam

Nachdem Neela und ich noch eine Weile schweigend nebeneinandergesessen haben, haben wir beschlossen, uns auf den Weg nach Hause zu machen.

Im Krankenhaus zu sitzen und zu warten, war nicht gerade das, was meine Laune heben konnte, und sicherlich sah es bei ihr genauso aus. Die Nachricht, die ich Maggie direkt nach meiner Ankunft zu Hause geschrieben habe, ist noch immer unbeantwortet. Und mittlerweile ist es spät geworden, ich rechne nicht mehr damit, dass sie mir noch schreiben wird. Dennoch sende ich eine weitere Nachricht hinterher, die sich in etwa so anhört wie die vorherige. Der Drang, Maggie immer wieder zu sagen, dass sie wunderschön ist, ist zu mächtig, um ihn zu unterdrücken.

Adam: Sag mir Bescheid, wann ich dich wiedersehen darf, meine Schöne. Kuss, Adam.

Ich ändere die Nachricht einige Male und schreibe sie letztendlich doch genau so, wie ich es gleich beim ersten Mal getan habe, denn das, was ich für diese Frau empfinde, ist nichts, an dem man irgendwie herumbasteln müsste. Es ist pur und ehrlich, und so sollten auch die Nachrichten sein, von denen ich hoffe, dass sie sie aufheitern können. Oder wenigstens ein bisschen Hoffnung und Vertrauen schenken.

Aus dem Nebenzimmer höre ich das leise Schnarchen meines Bruders, der es sich nicht ausreden ließ, bei mir zu bleiben und für dessen Anwesenheit ich trotz meiner Aussagen, die das Gegenteil beweisen sollten, dankbar bin.

Wenn ich daran denke, dass ich vor nicht allzu langer Zeit nicht einmal wusste, ob ich überhaupt noch einmal mit ihm reden kann, erscheint mir sein Geschnarche sofort irreal. Und das, obwohl es sehr deutlich und vor allem auf eine nervige Art kontinuierlich ist. Trotzdem bin ich dankbar.

Das Leben ist eben manchmal seltsam.

-

Ich wache auf, weil mein Rücken schmerzt. Mit dem Handy in der Hand und dem anderen Arm unbequem hinter dem Kopf versteckt liege ich auf dem Sofa.

"Verdammt", fluche ich, als ich mich quälend langsam aufrichte, und meine Schmerzen im Rücken davon noch schlimmer werden.

"Kurz vor 30, großer Bruder, muss ich mehr dazu sagen?", höre ich Nick hinter mir. Er lacht. Wahrscheinlich lacht er mich aus, aber die Normalität, die er dabei versprüht, ist Grund genug, sich nicht von seiner witzig gemeinten Bemerkung wütend machen zu lassen. Nick hat noch ein paar blaue Flecken und humpelt ein klein wenig, aber abgesehen davon kann man sagen, dass es ihm gut geht. Keine horrorfilmartigen Tagträume, in denen er sich wiederfindet, keine Probleme mit dem Sprechen oder dem Bewegen an sich.

"Immerhin schnarche ich nicht wie ein Walross", necke ich ihn, denn was er kann, kann ich schon lange. Erleichterung zeichnet sich sofort auf Nicks Gesicht ab, und ich kann ihn gut verstehen. Immerhin gleiche ich momentan einer Wundertüte, bei der man nie weiß, ob eine Bemerkung lustig oder als Angriff ausgelegt wird. Aber heute ist meine Laune besser als gestern, ohne dass ich einen Grund dafür nennen könnte. Erst als ich auf mein Handy sehe, weiß ich, warum mein Gefühl derart positiv ist.

Maggie: Ich würde mich freuen, wenn du heute kommen könntest. Tut mir leid wegen gestern.

Und das lasse ich mir nicht zwei Mal sagen.

Maggie

Adam wiederzusehen ist erwartet befreiend.

Nach seiner Nachricht, bei der mir erst das Herz aufgegangen und dann die Tränen gekommen sind, konnte ich nicht anders, als ihm zu schreiben.

Der Arzt hat sich seit meinem Beinahe-Zusammenbruch nicht mehr blicken lassen. Die Schwestern sind meistens lieb, ein paar von ihnen haben sich aber auch schon als ziemliche Biester herausgestellt.

Alles, was ich will, ist von hier zu verschwinden.

Als Adam durch die Tür gleitet, erst seinen Kopf durch die Tür steckt und dann seinen Körper hinterher schiebt, nachdem er mir ein strahlendes Lächeln zugeworfen hat, fühle ich mich ein wenig besser.

"Hallo meine Schöne", murmelt er und wiederholt damit die Worte seine Nachricht. Dann setzt er sich neben mich.

Dass er tatsächlich hier ist und nicht einmal sauer zu sein scheint, erstaunt mich genauso, wie es mich mit Glück erfüllt. Nach meinem Ausrutscher gestern habe ich diese Liebe, die er mir trotz allem entgegenbringt, nicht verdient.

"Ich habe mich wie eine Idiotin benommen", klage ich schließlich und ernte dafür eine liebevolle Geste, in der er meine Hand in seine nimmt und leicht mit seinen Fingern über meinen Handrücken streicht. Genauso wie damals im Auto. Damals, als alles noch so unsicher, so frisch und ich mir meiner Gefühle nicht bewusst war.

Oder mir ihnen schon bewusst war, es mir aber nicht eingestehen wollte. Fast so, als hätte ich es nicht verdient, glücklich zu sein.

"Wir verstehen das und keiner ist sauer auf dich. Alles ist gut, Süße."

Ich glaube ihm nicht. Mein seltsames Verhalten kann nicht spurlos an ihm vorbeigegangen sein. Wahrscheinlich hat er recht, wenn er sagt, dass er nicht sauer ist. Vielleicht ist es Neela auch nicht. Aber ich kann mir nicht vorstellen, dass sie mich verstehen können. Und ich würde auch nicht erwarten, dass sie es tun.

"War die Polizei hier?", fragt Adam mich.

"Ja, heute ganz früh, noch bevor ich dir geschrieben habe. Ein Mann und eine Frau, beide sehr lieb", erzähle ich. "Sie wollten wissen, an was ich mich erinnern kann und ich habe ihnen alles gesagt, aber ich glaube irgendwie nicht, dass meine Aussage viel gebracht hat. Zumal ich mich nicht mehr richtig daran erinnern kann, wie der Mann aussah."

Ich merke, wie Adam sich neben mir verkrampft. "Was ist mit dem, der die Polizei gerufen hat? Hat der eine Aussage gemacht?"

Mein Nicken scheint ihn etwas zu besänftigen. "Ja, er hat ihn wohl auch noch gut beschreiben können. Aber mir haben die Polizisten nichts verraten. Erst einmal wollen sie noch weitere Beweise einholen. Dabei finde ich eigentlich, dass das schon ein ziemlich eindeutiger Beweis ist."

"Die sind eben vorsichtig", zeigt Adam Verständnis. Darauf gibt es nichts mehr zu erwidern und wir schweigen kurz. Dass wir beide irgendwie die Vermutung haben, dass es sich um Steven handeln könnte, bringt keiner zur Sprache. Wir wissen es auch so. Und dennoch: Ich bin unruhig über das, was sich in der Ermittlung ergeben wird. Auf der einen Seite will ich, dass der Mann, der mir das angetan hat, bestraft wird. Auf der anderen Seite weiß ich nicht, wie gut ich damit klarkommen würde, wenn ich ihn bei einer Verhandlung wiedersehen würde. Wenn die Klarheit, dass Abbys Ex-Verlobter der Familie noch einmal schaden konnte.

"Meinst du, ich komme hier bald raus?", frage ich ihn, obwohl ich nicht glaube, dass er eine Antwort darauf hat, wenn nicht einmal die Schwestern mir irgendeinen Anhaltspunkt geben können.

"Ich hoffe es. Allerdings brauchst du nicht denken, dass ich dich dann alleine durch London laufen lasse."

Adam drückt mir einen Kuss auf die Stirn. Obwohl er mir mit seinen Worten einmal mehr verdeutlicht hat, dass ein Irrer mir das angetan hat und vermutlich hinter mir her ist, erdet mich seine liebevolle Ankündigung.

"Und du brauchst nicht denken, dass du nach diesem Versprechen noch einmal die Chance bekommst, etwas ohne mich zu unternehmen."

Wir beide wissen, dass ich bloß einen Spaß mache, trotzdem verzieht Adam in gespielter Empörung sein Gesicht.

"Da habe ich wohl Pech gehabt", schließt er dann schulterzuckend.

"Hast du!", bestätige ich und ernte einen Kuss auf meine Nase.

Dann aber wird Adam unerwartet rasch ernst, sein Lächeln verschwindet aus seinen Zügen. Stattdessen erscheint ein anderer Ausdruck darin, in dem sich Wärme spiegelt. Wärme und Begehren, das mich beinahe rot werden lässt.

"Du bist wunderschön", flüstert er dann. Und ich glaube es ihm, obwohl ich mich mit dieser Narbe in meinem Gesicht alles andere als schön fühle. Aber die Worte aus Adams Mund zu hören, macht es so glaubwürdig, dass ich nichts von dem, was er sagt, infrage stelle.

"Ich hasse es, dass du hier bist. Wie gerne würde ich dich die ganze Zeit bei mir haben. Dich immer dann in den Arm nehmen, wenn mir danach ist. Was vermutlich ziemlich oft der Fall wäre. Mit dir in einem Bett schlafen, jede einzelne Nacht."

Bei diesen letzten Worten strömt sofort Wärme in meinen Bauch. Gott, mir geht es ganz genauso! Ich fühle mich machtlos hier in diesem sterilen Bett, den weißen Wänden, weißen Decken und Kissen, dem immer gleichen Geruch. Als ob jegliche Emotion im Keim erstickt werden sollte. Aber solange dieser Mann hier bei mir ist, scheint all das in so weite Ferne zu rücken. Dass er einfach hier ist, meine Hand hält, so wie er es so häufig tut, das gibt mir Kraft. Und das ist alles, worauf ich momentan bauen kann.

Ich beiße mir auf meine Unterlippe und schaue ihn an. Bewundernd. Voller Zuneigung.

"Oh hör bitte auf, mich so anzusehen, Maggie", sagt er hauchend.

"Warum?", flüstere ich zurück, obwohl wir ganz alleine sind.

Er hebt einen Mundwinkel. "Weil mein Verstand nicht mehr funktioniert, wenn du so auf deine Lippe beißt."

"Du meinst so?", frage ich neckend und wiederhole die Geste, was zur Folge hat, dass er sich gespielt verzweifelt mit der Hand durch den Bart fährt.

"Du bist eine ziemlich ungezogene junge Dame", beschwert er sich dann, nur einen Moment, bevor er mir einen liebevollen Kuss auf die Lippen drückt, die ihn eben noch so um dem Verstand gebracht haben. Seine Zärtlichkeit lässt mein Herz sofort wieder schneller schlagen. Und dann, als er den Kuss widerwillig beendet und mir wieder tief in die Augen blickt, seine Augen ein wenig glasig, aber so wunderschön warm und braun und voller Begehren, scheint mein Herz auszusetzen.

"Ich liebe dich, Maggie", haucht er dann.

Und die Welt steht still.

Adam

Ich bin voller Liebe, als ich mit meinem Wagen das Parkhaus des Krankenhauses verlasse.

"Ich liebe dich auch, Adam", hat sie geantwortet und Tränen sind ihr in die Augen gestiegen. Obwohl ein Krankenhaus sicher nicht der beste, geschweige denn der romantischste Ort für eine Liebesbekundung ist, habe ich keine Sekunde bereut, dieser wunderschönen Frau endlich zu sagen, was ich fühle. Zwischen all den Schuldgefühlen, all dem Hass, den ich mir nach dem Vorfall, der sie in diese Lage gebracht hat, selbst entgegengeschleudert habe, hat sich meine Liebe für sie immer herauskristallisiert. Endlich habe ich begriffen, dass ich das schon viel früher hätte merken müssen.

Wir haben uns den ganzen Tag unterhalten und noch nie habe ich mich so lange mit einem anderen Menschen in einem Raum aufhalten können, ohne, dass ich irgendwann das Gefühl bekommen habe, dass mir langweilig wird.

Erst, als eine der Schwestern ins Zimmer kam und freundlich räuspernd auf ihre Armbanduhr geschaut hat, haben wir uns langsam voneinander lösen können.

Nicht, dass sie mir nicht jetzt, nur wenige Meter entfernt, schon wieder fehlen würde.

Als ich mit meinem Auto am Eingang des Krankenhauses vorbeifahre, sehe ich einige Journalisten, die sich in eine Ecke im Eingangsbereich verzogen haben. Ich erkenne zwei von ihnen wieder, weil ich sie in den letzten Tagen oft genug vor meiner eigenen Haustür habe stehen sehen, die anderen sind mir neu, aber genauso unsympathisch. Haben diese Menschen keine eigene Familie? Froh, dass meine Fensterscheiben getönt sind, fahre ich unbemerkt an der kleinen Meute vorbei.

Ich kämpfe mich durch den Berufsverkehr und lasse dabei das Radio leise laufen, ohne richtig zuzuhören. Erst bei den Nachrichten schalte ich lauter. Anscheinend gibt es aber nichts Wichtiges zu berichten, denn schon nach der zweiten Meldung handelt es sich bloß um frisch getrennte Promi-Paare, als ob genau das irgendeinen Autofahrer auf diesem Planeten interessieren würde.

Schließlich parke ich nahe meiner Wohnung und sehe bereits von Weitem, dass die Lichter an sind. Vermutlich verschwinden meine Geschwister so schnell nicht mehr aus meiner Wohnung. Ich werde allerdings dafür sorgen, dass sie es tun, sobald Maggie nicht mehr im Krankenhaus ist. Wir haben immerhin einiges an Zeit aufzuholen.

Noch während ich die Wohnungstür öffne, empfängt mich der Geruch frischer Kräuter und Tomatensoße und ich merke, wie lange ich schon nichts mehr gegessen habe. Mein Hochgefühl hat mich jegliche anderen Bedürfnisse vergessen lassen, aber wie auf Befehl knurrt mein Magen nun verdächtig.

"Hallo", rufe ich in die Wohnung und bekomme eine knappe Antwort aus der Küche. Dort stehen Nick und Abby gemeinsam vor dem Herd, mein Bruder mit einem Geschirrtuch in der Hose, damit der Helle Stoff nicht von nun an Tomatenflecken zum Besten trägt.

"Hallo verlorener Sohn", begrüßt mich meine Schwester und sieht mich fragend an, als sie mein breites Grinsen sieht.

"Kann man euch was helfen?"

"Nein", sagt Nick und dreht sich um, den tropfenden Kochlöffel in der Hand. "Man muss, wenn man etwas von diesem köstlichen Zeug hier abbekommen will."

Ich lache und gehe ein paar Schritte näher zu meinen Geschwistern, um ihnen über die Schultern zu schauen.

"Tisch decken?", frage ich dann knapp.

"Ja, bitte", ist Abbys Antwort. Sie schaut mich verwundert an und setzt dann hinzu: "Gute Laune?"

Mein Lächeln verstärkt sich nur noch.

"Die Beste seit langer Zeit."

-

Das Essen ist köstlich. Mein Bruder konnte schon immer unheimlich gut kochen, aber seitdem er ständig unterwegs ist, hatte er nie wirklich Zeit dafür. Die unfreiwillige Pause, die er einlegen musste, hat also wenigstens zum Guten, dass er seine Geschwister bekochen kann. Es sind nur noch wenige Reste übrig.

"Muss ich auch abräumen?", frage ich schließlich, aber die Türklingel unterbricht mich. Verwundert hebe ich eine Augenbraue. Wer würde so spät noch etwas von mir wollen? Bestimmt ist es einer der Journalisten. Wie dreist, dass die sich jetzt schon trauen, zu klingeln.

"Ich denke, deine Klingel hat dich gerade von sämtlichen Pflichten enthoben", sagt Abby mit einem zwinkernden Auge und wir stehen gleichzeitig auf. Während sie die Teller in die Küche bringt und ich zur Tür laufe, klingelt es ein weiteres Mal ungeduldig.

"Ich komme doch schon", sage ich genervt und bin zum ersten Mal froh, kurz nach meinem Einzug die Kamera unten an der Eingangstür installiert zu haben, damit ich meine Besucher von hier oben nicht nur hören, sondern auch sehen kann. Als ich heute jedoch sehe, wer dort steht, bleibt mir kurz die Luft weg. Dann aber drücke ich den Türöffner, ein Brummen ertönt, und kurz darauf höre ich schwere Schritte das Treppenhaus hochlaufen.

Ich hätte keine andere Wahl gehabt, als diesen Gast in meine Wohnung zu lassen.

Ein paar Augenblicke später steht Maggies Onkel vor mir.

Kapitel acht

„Weil mein Herz poltert, wenn ich dich sehe"

Adam

"Ist alles in Ordnung?", ist das Erste, was ich frage. Sofort umklammert mich die eisige Angst, etwas könnte Maggie zugestoßen sein. Natürlich wäre ihr Onkel der erste Familienangehörige, der verständigt werden würde.

Bitte, bitte, lass es ihr gut gehen!

"Du meinst, außer, dass meine Nichte wegen dir im Krankenhaus liegt?", knurrt der Mann. Seine Statur müsste angsteinflößend sein, aber nichts an seinem Erscheinungsbild lässt meinen Körper so sehr vibrieren wie die wütenden Worte, die er mir entgegenschleudert. Seine muskelbepackten Arme spannen sich unter der schwarzen Regenjacke, die er trägt und sein rundes Gesicht ist vor Wut gerötet.

Aber vor allem zerreißen seine Worte etwas in mir. Die dünne Schicht aus Zufriedenheit, die sich gebildet hat, bekommt genauso gefährliche Risse wie die Tür, hinter der ich meine Schuldgefühle versteckt habe. Alle mühsam verdrängten Gedanken sind plötzlich wieder da.

Was, wenn du da gewesen wärst? Was, wenn sie an diesem Tag nicht gearbeitet hätte?

Zwischenzeitlich war ich mir sicher, dass Steven – wenn er es wirklich war – sie gefunden hätte, egal, wo sie sich aufhält.

"Du hast doch diesen Irren direkt zu ihr geführt!"

Maggies Onkel unterstreicht mit seinen Worten nur noch einmal mehr das, was ich selbst fühle. Ich will gerade antworten, da spüre ich eine Hand an meinem Rücken.

"Gibt es ein Problem?"

Abby steht hinter mir, ihr Gesicht voller Besorgnis ob des plötzlichen Lärms im Treppenhaus, der Wut, die sich noch eisern vor der Wohnungstür hält, aber jeden Moment droht, in meine vier Wände zu gelangen.

Aber Abbys Erscheinen macht alles nur noch schlimmer.

"Und wer zum Teufel ist das? Ist Maggie nur ein Spielzeug für dich ja, während hier deine andere Frau wartet? Das ist so verdammt typisch. Scheiße noch mal, ich will nie wieder, dass du auch nur in Maggies Nähe kommst!"

"Maggie ist kein Spielzeug für mich!", entgegne ich wütend. Wie kann er so etwas behaupten? Ich habe seine Skepsis schon gespürt, als wir uns im Krankenhaus begegnet sind, aber dass er derart vom Negativen eingenommen ist, hätte ich nicht erwartet. Ich merke, dass Abby etwas sagen will, aber ich hebe die Hand, um sie daran zu hindern, und rede stattdessen selbst weiter. "Das hier ist meine Schwester. Wenn du was gegen mich hast, okay, aber lass Maggie aus dem Spiel!"

"Sie ist meine Nichte!", schreit er dann fast. Sein Gesicht hat eine noch ungesündere rote Farbe angenommen. "Und du maßt dir an, sich um sie kümmern zu können? Wenn du nicht wärst, dann wäre sie doch gar nicht in dieser Situation!"

"Ich maße mir überhaupt nichts an!", entgegne ich. Meine Stimme ist mittlerweile nicht mehr so laut wie noch vor einigen Sekunden. Es bringt nichts, den Mann vor mir anzuschreien. Es bringt nicht einmal was, überhaupt mit ihm zu reden, denn vermutlich wird er von seinem Bild, das er von mir hat, nicht so schnell abrücken.

"Halt dich von ihr fern!", schnaubt Maggies Onkel.

"Es ist besser, wenn Sie jetzt gehen", mischt sich Abby schließlich doch ein. Sie schiebt mich etwas zur Seite und stellt sich zwischen uns.

Dann sind da nur noch seine schweren Schritte, die denselben Weg zurückgehen, über den sie hergekommen sind. Unten knallt die Tür, dann ist es still. Und ich stehe wie versteinert da, komme mir vor, wie ein Idiot, weil ich es nicht ein einziges Mal geschafft habe, den Mund aufzumachen. Weil ich mich nicht zur Wehr gesetzt habe. Und weil ich dem Mann insgeheim glaube, was er gesagt hat.

Ohne mich würde es der Frau, die ich liebe, besser gehen.

Abby, die noch immer vor mir steht, will etwas sagen, aber ich schneide ihr das Wort ab, noch bevor sie es aussprechen kann.

"Nicht."

Ich drehe mich um, lasse meine Schwester vor der geöffneten Tür stehen, und verschwinde in meinem Schlafzimmer. Das Knallen der Tür rauscht mir noch Sekunden später in den Ohren.

Als ich mich auf mein Bett fallen lasse, bin ich mir nicht sicher, welche Gefühle ich wirklich in mir habe. Es ist nicht die pure, verzweifelte Wut, aber ein scharfer Splitter dessen. Es ist Enttäuschung über mich selbst, über mein Leben. Es ist Hass gegenüber dem Mann, der Maggie das angetan hat, der es nun endlich geschafft hat, mich zu brechen.

Selbst, wenn ich damit mein Leben aufgeben muss.

-

Ich habe keine Sekunde geschlafen, obwohl ich stundenlang regungslos dalag.

Mein Kopf schmerzt so sehr, dass ich glaube, er zerbricht in der Mitte, und in meinem Brustkorb hat sich eine so eisige Kälte breitgemacht, dass ich innerlich beinahe erfriere.

Ich weiß nicht, warum ich mich selbst so bestrafe und mir Schmerzen zufüge, indem ich mich nicht bei Maggie melde.

Und. Ich. Hasse. Mich. Dafür.

Sie hat es nicht verdient, so behandelt zu werden. Aber sie hat auch nicht verdient, dass ihr noch einmal etwas Vergleichbares passiert. Also halte ich an meinem Vorhaben fest.

Weder Abby noch Nick betreten mein Schlafzimmer. Irgendwann höre ich, wie die beiden sich voneinander verabschieden, dann geht die Wohnungstür zu. Einer von beiden wird sicherlich noch da sein, ich weiß aber nicht wer, will es auch gar nicht wissen.

Ich liebe meine Geschwister dafür, dass sie mich nicht alleine lassen, und fühle mich noch ein Stückchen schlechter, weil einer von den beiden ständig auf meiner unbequemen Couch schlafen muss, ohne, dass ich mich wenigstens blicken lasse, aber ich kann an nichts anderes denken als an Maggie.

Irgendwann klopft es an meiner Tür und ich erschrecke wegen des Tons.

"Adam, kann ich kurz reinkommen?"

Mein Bruder.

Ich antworte ihm nicht, die Tür öffnet sich aber schon wenige Augenblicke später. Er sagt nichts, als er hereinkommt, sich einen Stuhl heranzieht und sich neben mir niederlässt.

"Was ist?", frage ich mürrisch.

"Das wäre wohl die Frage, die ich dir stellen sollte", antwortet er wahrheitsgemäß. Ich schnaube.

"Du hast doch gehört, was los war, oder nicht?"

"Ja", gibt er zu, "habe ich. Aber das heißt noch lange nicht, dass ich es verstehe. Oder dass ich es gutheiße, dass dieser unbekannte Besucher meinen Bruder in ein selbstgefälliges Monster verwandelt hat."

Ich kann nicht anders, wieder schnaube ich nur.

"Es geht um dieses Mädchen, oder?", trifft er schließlich den Nagel auf den Kopf. Er bekommt keine Antwort von mir, deutet es aber richtig.

"Maggie?"

"Abby scheint sehr gesprächig zu sein", merke ich an und Nick lacht.

"Erstens das, zweitens lese ich Zeitung. Ich glaube, sie macht mehr Schlagzeilen als ich selbst."

"Das liegt daran, dass dein Erfolg langsam zurückgeht, Bruderherz." Das ist eine glatte Lüge, aber es bringt uns beide auf andere Gedanken. Irgendwie.

"Sag endlich, wer hat dafür gesorgt, dass du derart schlechte Laune hast?"

"Ihr Onkel."

"Ihr Onkel?"

"Er gibt mir die volle Verantwortung für das, was passiert ist", erkläre ich dann und füge kurz darauf hinzu: "und er hat recht damit."

"Das ist Mist und das weißt du auch, Adam. Du hast dir schon damals bei der Sache mit Abby die Schuld gegeben, dabei bist du der Letzte, der dafür etwas kann. Wir stehen in der Öffentlichkeit, da ist das eben ein Nebeneffekt, den man nicht ändern kann."

"Ich hätte auf sie aufpassen müssen", sage ich. Ich fühle mich kein Stück besser, obwohl Nick versucht, mir die schlechte Laune zu nehmen.

"Wie soll das gehen? Auch wenn sie dir viel bedeutet, das heißt lange noch nicht, dass ihr jede Sekunde beieinander sein müsst. Ich glaube, das Mädchen ist schon ziemlich erwachsen und kann auf eigenen Beinen stehen."

"Sie ist zwar kein Mädchen, aber ja. Trotzdem. Ich wusste, dass sie bedroht wurde und war dennoch nicht bei ihr. Spricht nicht gerade für mich."

Nick stöhnt leise. "Abby hatte recht, als sie sagte, du seist noch nie so verknallt gewesen."

Bei all meinem Kummer lösen Nicks Worte in mir dennoch ein Lachen aus. Schnell aber werde ich wieder ernst.

"Trotzdem, ich denke, es ist besser, wenn ich erstmal den Kontakt zu ihr abbreche. Ihr Onkel wird ihr zweifelsohne von heute Abend erzählen und dann stehe ich so wie so in einem so schlechten Licht, dass sie nicht mehr mit mir reden mag."

"Denkt er wirklich, Abby und du ihr wärt ein … Paar?" Das Schmunzeln auf seinen Zügen entgeht mir nicht, und wieder ist es ansteckend.

"Vermutlich", grinse ich.

"Ach, Bruderherz", schließt er dann, "ich finde deine Idee falsch, aber wer bin ich, zu glauben, dich davon abbringen zu können?"

Nick würde es tatsächlich nicht schaffen, mir mein Vorhaben auszureden. Das weiß er genauso gut wie ich selbst.

Maggie

Es dauert nur bis zum nächsten Morgen, ehe ich den Arzt endlich wiedersehe. Obwohl ich mich erst weigern möchte, mit diesem Mann zu sprechen, kann ich mich nicht mehr beherrschen, als er schließlich sagt, ich könne nach Hause gehen.

Die letzten Tage habe ich nur überstanden, weil Adam täglich bei mir war und die Besuchszeit völlig ausgeschöpft hat.

Und wegen der Nachrichten, die er mir geschickt hat, wenn er nicht hier war und in denen er mir versichert hat, dass er mich hübsch findet, dass ich noch immer begehrenswert für ihn bin.

Ich kann es nicht glauben, dass dieser Mann wirklich so von mir denkt.

"Sie kommen am besten nächste Woche zur Kontrolle, danach sehen wir weiter", sagt der Arzt, steht auf, und reicht mir eine Hand, die ich nur sehr zögernd ergreife.

"Gute Besserung", sagt er dann und dreht sich beinahe sofort um, um das Zimmer zu verlassen.

Ich ziehe mir frische Klamotten an, die zum Teil von Abby sind, zum Teil aber auch von den wenigen Sachen, die Neela mir bei ihrem ersten Besuch mitgebracht hat, und stopfe den Rest in eine kleine Sporttasche. Die Einzige, die Neela in ihrer Wohnung gefunden hat.

Dann schreibe ich Adam, dass ich endlich entlassen wurde, und erwarte eigentlich umgehend eine Antwort. Meine Nachricht bleibt aber entgegen all meiner Hoffnungen unbeantwortet.

Als ich mit der Sporttasche über der Schulter frierend vor den Krankenhaustüren stehe, bin ich allerdings weit davon entfernt, glücklich zu sein. Die behüteten vier Wände hinter mir haben mich vor den Blicken der Menschen um mich herum beschützt, nun bin ich ihnen völlig ausgeliefert. Schon auf dem Weg durch die Gänge wurde ich angestarrt und kurz war ich versucht, wieder zurückzugehen und mir ein Pflaster geben zu lassen, das meine Narbe überdeckt, aber aus irgendeinem Trieb heraus wollte ich mir wohl selbst beweisen, dass ich weiterleben kann – auch so.

Dass ich noch immer keine Nachricht von Adam habe wundert mich. Aber ich mag ihn auch nicht anrufen, sicherlich hat er gerade viel zu tun, immerhin muss er ganz nebenbei noch die Bar schmeißen. Stattdessen rufe ich Neela an und sage ihr, dass ich nach Hause komme. Sie bietet gleich mehrmals an, mich abzuholen, aber ich verneine. Bis sie hier ist, bin ich vermutlich gleich zweimal mit Bus und Bahn die Strecke gefahren. Meine Tasche ist nicht schwer und es ist eine gute Übung. Jedenfalls versuche ich mir das einzureden, während ich an der Haltestelle auf das nächste rote Ungetüm warte, das mich von hier wegbringt.

Aber die Blicke, die die Passanten mir zuwerfen, sind so schmerzhaft wie die Wunde selbst, wenn nicht sogar noch ein Stück schlimmer. Noch nie habe ich mich dermaßen unwohl gefühlt. Eine Gruppe Kinder starrt mich unverhohlen an, aber denen kann ich diese Reaktion kaum verdenken. Viel schlimmer sind die dazugehörigen Mütter, die gar keinen Hehl daraus machen und hinter vorgehaltener, perfekt manikürter Hand über mich reden, während sie mit der anderen teure Handtaschen zum Besten tragen.

Ich versuche, mein Gesicht so gut es geht hinter meinem Handy zu verstecken. Schon immer war ich eher der Typ, der dieses Gerät dazu genutzt hat, um gewöhnlich zu wirken. So, dass mich bloß niemand anspricht, nach dem Weg fragt, oder gar versucht, mit mir zu flirten. Nicht, dass das häufig vorgekommen wäre.

Der Hyde Park zieht an mir vorbei. Trotz meiner Situation stiehlt sich ein Lächeln auf mein Gesicht, das zum Teil vielleicht auch daher rührt, dass ich weiß, dass ich bald in der Wohnung und damit vor Blicken geschützt bin. Ich rede mir selbst Mut zu, als ich schließlich aussteige und mir meinen Weg durch die an der Haltestelle wartenden Menschen bahne. Schwache Beine tragen mich bis zur Haustür. Habe ich in den schützenden Wänden des Krankenhauses noch gedacht, ich wäre stark genug, sie zu verlassen, zweifle ich nun an meiner Selbsteinschätzung, denn ich fühle mich, als würden meine Beine aus Pudding sein und jede Sekunde in sich zusammenfallen und mich mitreißen. Stattdessen aber schleppe ich mich die Treppe hoch und stecke schließlich mit zittrigen Fingern meinen Schlüssel ins Schloss. Die Tür wird jedoch aufgerissen, bevor ich überhaupt dazu komme, den Schlüssel zu bewegen, und nur einen Atemzug später umarmt mich eine quietschende Neela. Sie hat eine Kochschürze an, an der Mehl klebt, das sich kurzerhand auf meinen dunklen Pullover überträgt. Als sie mich loslässt, sieht sie die Flecken und fängt an zu lachen.

"Ups, da habe ich doch glatt vergessen, dass ich dir einen ‚Willkommen-zurück'-Kuchen backe, obwohl ich backtechnisch eine Niete bin. Und weißt du, was das Beste daran ist?", fragt sie mich, während sie mir erst meine Tasche abnimmt und mich dann in die Wohnung zieht, als würde ich nicht selbst dort leben. Ohne auf meine Antwort zu warten redet sie weiter.

"Du wirst den Kuchen trotzdem essen, auch wenn er wie trockene Leberwurst schmeckt. Einfach, weil ich so süß bin und mir überhaupt die Mühe gemacht habe. Und danach machen wir einen Filmabend. Edward wartet auf uns."

Bei den letzten Worten wackelt sie verschwörerisch mit den Augenbrauen. Ich kann wohl von Glück reden, dass Neela früher ein genauso großer Twilight-Fan war wie ich.

"Und danach machen wir mit High School Musical weiter?", lache ich. Neelas Gesicht wird plötzlich gespielt ernst.

"Jetzt weiß ich, warum wir so gute Freunde sind." Sie nickt anerkennend und huscht dann in die Küche.

"Ich gehe schnell duschen!", rufe ich ihr hinterher. Ich möchte mir dringend die letzten Tage von meinem Körper waschen, auch wenn mich allein der Akt des Duschens vermutlich ein weiteres Mal an den Rand meiner Kräfte bringen wird. Die breiten Duschen im Krankenhaus sind nicht vergleichbar mit der, die wir hier haben. Aber die Aussicht auf einen Filmabend mit meiner Freundin tröstet mich über fast alles hinweg.

Maggie

Ich schlafe schlecht, aber wenigstens lange in meinem eigenen Bett. Der erste Blick, noch bevor ich richtig wach bin, geht auf mein Handy. Sofort durchfährt mich bittere Enttäuschung. Adam hat sich noch immer nicht gemeldet, mein Handy zeigt keine neuen Nachrichten an.

Obwohl ich versuche, mir einzureden, dass er einfach keine Zeit hatte, tut es weh. Der Filmabend mit Neela hat mich abgelenkt, auch wenn er nicht darüber hinwegtäuschen konnte, dass ich ständig an Adam gedacht habe. Und auch wenn es mich viel Selbstbeherrschung kostet, ignoriere ich mein Handy und ziehe mich an, um frühstücken zu gehen.

Als ich die Küche betrete, blicke ich erstaunt in das Gesicht meines Onkels, dem ich sofort breit grinsend entgegenkomme. Seine Arme umschließen mich und ich fühle mich geborgen.

"Wo ist Neela?", frage ich.

"Sie hat mich reingelassen und ist zur Arbeit gegangen", erklärt er kurz angebunden.

Brian schaut mich an und ich werde mir der Narbe in meinem Gesicht ein weiteres Mal schmerzlich bewusst. Er scheint sich selbst noch nicht damit abgefunden haben, oder aber ich bin einfach übermäßig empfindlich. Und ich sehe noch etwas anderes in seinem Blick. Verachtung? Wut? Er verunsichert mich, auf einmal habe ich das Gefühl, dass etwas passiert ist. Die Liebe, die ich sonst in seinem Blick finde, suche ich heute vergebens.

"Was machst du hier?", frage ich, als er mir keine weitere, erklärende Antwort gibt, und lehne mich an den Küchentresen. Neben mir blubbert die Kaffeemaschine, vermutlich, weil mein Onkel sie angeschmissen hat. Die Uhr, die auf der Küchenzeile steht, zeigt kurz nach zehn an und ich bin froh, endlich mal etwas länger geschlafen zu haben. Die Müdigkeit steckt mir in den Knochen.

"Bist du sicher, dass du nicht wieder bei mir wohnen möchtest?", fragt er schließlich. Mit dieser Frage habe ich nicht gerechnet. Und ebenso schnell und plötzlich, wie sie kam, weiß ich die Antwort darauf,

"Nein", sage ich knapp und mit wachsendem Unbehagen. Meine Antwort hört sich eher nach einer Frage an. Warum sollte ich das tun?

"Ich bin zufrieden so, wie es ist", sage ich dann, als ich sehe, dass Brian seine Augenbrauen in die Höhe gezogen hat.

"Und ich habe kein gutes Gefühl, wenn ich weiß, dass du hier alleine bist und dass *er* die ganze Zeit hierherkommen kann."

Angst schnürt meine Kehle zu und ich kann nicht antworten. Ich fühle mich so sicher, bin überhaupt nicht auf den Gedanken gekommen, dass der Mann, der mir das angetan hat, wissen könnte, wo ich wohne.

"Ich glaube nicht, dass –"

"War er schon hier? Oder tut er einfach noch immer auf lieben Chef?", unterbricht mich mein Onkel. Er ist aufgebracht, seine Wangen werden rot. Und erst da dämmert mir, dass er nicht den Täter meint.

Mein Onkel redet von Adam.

Und ich weiß nicht, was ich sagen soll. Warum mischt sich mein Onkel ein? Aber mir bleibt es erspart zu reden.

"Ich hab kein gutes Gefühl, wenn du dich mit diesem Mann triffst, Prinzessin."

"Aber das mache ich gerne", lautet meine schwache Antwort. Warum bin ich auf einmal wieder so unsicher? Liegt es daran, wie mein Onkel sich gerade verhält?

"Aha", kommentiert er, und mir wird es mit einem Mal ganz kalt. "Dann scheinst du ihn ja schon gut zu kennen, hm?"

Brians Augen verkleinern sich beinahe gefährlich zu Schlitzen. Ich zucke mit den Schultern, das ist meine einzige Antwort.

"Wusstest du denn auch, dass dein lieber Adam eine Freundin hat?"

Die Kälte in mir wird zu Eis. Nun weiß ich wirklich nicht mehr, was ich noch sagen soll. "Eine Freundin?", stottere ich daher wenig hilfreich und mit zittriger Stimme, obwohl ich eigentlich weiß, dass das hier ein Missverständnis sein muss. Es muss einfach.

"Sieht nicht so aus, als hättest du davon Wind bekommen." Brians selbstgefälliges Grinsen entgeht mir nicht. Was ist bloß mit ihm los? So kenne ich ihn gar nicht. Sonst will er immer das Beste für mich. Und dann mache ich etwas, was so völlig untypisch ist, dass ich es selbst kaum glauben kann. Ich widerspreche meinem Onkel.

"Ich glaube dir nicht, Brian. Wenn du was gegen ihn hast, dann sag es, aber komm nicht auf die Idee, mir Lügen zu erzählen."

"Ohne ihn wäre das alles doch gar nicht erst passiert!", gibt Brian Kontra und zeigt dabei mit einer vagen Geste auf mein Gesicht.

"Das hier", ich äffe seine Bewegung übertrieben nach, "hätte mir auch überall sonst passieren können!"

"Die Polizei hat behauptet, dass es einen Zusammenhang gibt, spiel das bloß nicht herunter!", schreit er nun fast. Er merkt im selben Moment wie ich, dass er damit eine Information gegeben hat, die ich noch nicht kannte. Von meinem Gespräch mit der Polizei habe ich ihm erzählt, und ich wusste, dass sie früher oder später auch zu ihm gehen würden. Dass das schon längst der Fall war, war mir jedoch nicht bewusst.

"Und wo soll dieser Zusammenhang sein?", frage ich.

"Das tut doch jetzt nichts zur Sache!"

"Tut es nicht? Das kann einfach nicht dein Ernst sein!", ich hole Luft, "Du platzt hier rein und willst mir etwas weismachen, was überhaupt keinen Sinn ergibt. Wenn es einen Zusammenhang gibt, dann gut, vielleicht wird der Irre ja geschnappt. Aber was zum Teufel hat Adam damit zu tun?"

"Das habe ich doch schon längst gesagt!" Nun brüllt mein Onkel beinahe und ich habe Angst, dass die Nachbarn gleich rüberkommen. So wütend habe ich ihn noch nie erlebt. Und so wütend möchte ich ihn vor allem nicht erleben.

"Ich möchte, dass du gehst, Brian. Ich würde jetzt gerne frühstücken.", sage ich leise und füge ein beinahe lautloses "Allein" hinzu.

Brians Selbstgefälligkeit wird zu Erstaunen und schließlich zu Empörung. Als wäre meine Reaktion der Beweis dafür, dass Adam ein schlechter Einfluss ist.

Ich habe zwar behauptet, ich würde frühstücken wollen, aber der Appetit ist mir vergangen. Stattdessen merke ich, dass ich meine Tränen nicht länger zurückhalten kann, als mein Onkel aus dem Raum stürmt. Ich glaube, dass er noch mehr zu diesem Thema sagen möchte, habe aber nicht die Kraft, ihn zu Wort kommen zu lassen.

Ich fühle mich seltsam leer, bin hin und hergerissen zwischen Furcht und Trauer. Dass jetzt auch noch Einsamkeit hinzukommt, ist genau das, was ich als Letztes gebrauchen kann, genauso wie die Gedankenkurbel, die mein Kopf vollkommen automatisch angeschmissen hat.

Hat Adam mir nicht erst vor so weniger Zeit gesagt, dass er mich liebt? Würde er das tatsächlich sagen, wenn er eine Freundin hätte? Ich kann es mir nicht vorstellen, und doch kommt zu meiner Verwirrung langsam auch Skepsis hinzu. Denn genauso sehr, wie ich nicht wahrhaben will, dass Adam mich anlügt, will ich glauben, dass mein Onkel es tut.

Es muss einfach ein riesiges Missverständnis sein.

Völlig alleingelassen möchte ich am liebsten wieder zurück ins Bett, aber alle Müdigkeit ist wie weggeblasen. Stattdessen kann ich mich nicht bremsen und sehe ein weiteres Mal auf mein Handy.

Adam hat sich noch immer nicht gemeldet.

Und mein Herz droht ein weiteres Mal einzufrieren.

-

Verzweifelt suche ich nach einer Möglichkeit, mich abzulenken. Der selbstzerstörerische Gedanke, in die Bar zu fahren und Adam zur Rede zu stellen, drängt sich mir mehr als ein Mal auf und es kostet mich alle Mühe, ihn nicht in die Tat umzusetzen. Vermutlich ist das ausschlaggebende Argument, mich hier weiterhin zu verkriechen, dass ich keine Lust habe auf die Blicke, die zwangsläufig wieder folgen würden, sobald ich an der frischen Luft bin.

Was bleibt mir noch? Ich könnte Courtney anrufen. Oder meine Eltern? Es versetzt mir einen kleinen Stich, dass ich so wenig Kontakt zu den Personen habe, die ich so selbstgefällig hinter mir gelassen habe, besonders bei meiner besten Freundin. Bei meinen Eltern bin ich mir unsicher, was ich wirklich denken soll. Ich vermisse sie, bin gleichzeitig aber froh, nicht mehr unter ihren Ansprüchen leben zu müssen. Nicht ständig mit der Macht meines Vaters in einem Raum zu sein. Die Politik nicht immer über alles bestimmen zu lassen, egal ob Frühstück oder Abendessen. Und ich bin froh, nicht miterleben zu müssen, wie meine Mom wieder verletzt wird, weil sie endlich einmal ein Wochenende mit uns allen gemeinsam verbringen wollte, und Dad dann doch zu irgendeiner wichtigen Krisensitzung muss und erst nach Hause kommt, wenn alle anderen schon schlafen. Und am allermeisten bin ich froh darüber, dass ich mein Leben nicht mehr von meinem Dad bestimmen lassen muss. Dass mir keiner vorschreibt, was ich zu tun und zu lassen habe und mir ständig das Gefühl gibt, nicht liebenswert zu sein, wenn ich nicht eine genauso erfolgreiche und einflussreiche Person werde, wie er es sich von mir wünscht.

All das sind die Gründe, weshalb ich nach London geflüchtet bin. Hinaus aus dem Leben voller Geld und unnötigem Besitz, raus aus dem großen Haus. Aber vor allen Dingen hinaus aus einer Welt, in der Liebe nicht zu zählen scheint.

Insofern sollte ich eigentlich ein wenig erleichtert sein, dass ich so gut in meinem neuen Leben angekommen bin. Aber trotzdem weiß ich, dass das Schicksal es nicht unbedingt gut mit mir gemeint hat. Denn gerade, als es anfing, gut zu werden, ging es rasant wieder bergab. Von meinen neuen Freunden habe ich alle schon mindestens einmal vergrault oder verletzt. Neela habe ich zu Unrecht angefahren, als sie mich im Krankenhaus besucht hat. Für Conrad war ich der Untergang seines Traums, auch wenn er behauptet, dass es weder meine Schuld ist, noch, dass er wirklich traurig darüber ist. Mein eigener Onkel stellt sich gegen mich. Oder sagt er nur die Wahrheit? Ist es Sorge, die aus ihm spricht? Und dann ist da natürlich Adam. Sobald meine Gedanken zu ihm wandern, weiß ich überhaupt nicht mehr, was ich noch denken soll.

Wenn er wirklich eine Freundin hat, dann sollte ich in naher Zukunft das Internet meiden. Sicherlich gibt es dort bereits die ersten Artikel über die beiden, wenn an Brians Anschuldigung etwas dran ist. Außerdem komme ich nicht damit klar, mir selbst ins Gesicht zu blicken, wenn ich seinen Namen eingebe. Das Gefühl ist so befremdlich und unrealistisch. Wenn ich mit Adam zusammen bin, dann habe ich nie das Gefühl, dass er derart in der Öffentlichkeit steht. Kein Wunder, am Anfang war mir ja nicht einmal bewusst, dass sein Bruder berühmt ist. Jedenfalls kann ich verstehen, warum die Zeitungen sich um diese Familie reißen. Ich kenne die Musik, die Nick macht, nicht, aber ich weiß, dass er viele Fans hat. Und dass auch Adam mehr als nur einen Fan hat, obwohl er eigentlich nichts macht als der Bruder dieses Sängers zu sein, den alle lieben. Diese Fans – die wohl vor allem weiblich und seinem guten Aussehen geschuldet sind – waren sicherlich nicht begeistert, als mein Gesicht plötzlich auftauchte und ich ungewollt mit in die Öffentlichkeit gezogen wurde. Schmerzlich wird mir unser Abend bewusst, an dem wir gemeinsam mit dem Bus gefahren sind. Dieser wunderschöne Abend, der aber der Anfang des Strudels war, der mich langsam mit sich in die Tiefe gezogen hat.

Die ersehnte Ablenkung kommt erst, als Neela nach Hause kommt. Unter ihrem rechten Arm trägt sie dicke Stoffbahnen, die andere Hand trägt eine große Tüte, aus der ebenfalls Stoff herausquillt.

"Ein klassischer Fall von Selbstüberschätzung", jammert sie, als sie ihre Beute auf die Couch fallen lässt. „So viel kann doch kein Mensch auf einen Schlag tragen.

Ehe ich fragen kann, warum sie überhaupt so viel Stoff mit sich herumträgt, dass sie kaum die Haustür öffnen kann, erklärt sie sich selbst.

"Meine Chefin wollte das alles wegwerfen, weil es nur noch so kleine Stücke sind, dass sie nicht mehr verkauft werden. Also habe ich einfach alles mitgebracht und vor dem bösen Maul der Mülltonne gerettet. Du hast doch ein Herz für Stoffreste, oder etwa nicht?"

Ein zufriedenes Lächeln stiehlt sich auf mein Gesicht, als ich ihr antworte.

"Stoffreste sind genau das, was ich heute brauche."

Adam

Ich habe nie verstanden, was Leute damit meinen, wenn sie behaupten, sie würden einfach nur noch funktionieren. Heute aber weiß ich, was damit gemeint ist und was es bedeutet.

Es ist erst kurz nach acht, als ich die Bar betrete. Meine Schultern sind verspannt und mein Kopf brennt wie Feuer, aber alles, an was ich denken mag, ist Arbeiten. Einfach, weil es mich davon abhält, an Maggie zu denken. Oder ihr zu schreiben. Ich habe mein Handy nicht dabei, weil sonst die Gefahr zu groß ist, dass ich mich doch bei ihr melde.

Nachdem ich alles gespült und alle Gläser in den Schrank geräumt habe, beschließe ich, eine Liste zu machen, um einkaufen zu gehen. Getränke bekomme ich geliefert, aber zusätzliche Dinge wie Zitronen, Strohhalme oder Zucker kaufe ich meistens selbst oder schicke einen meiner Mitarbeiter los. Es ist noch immer eine Stunde Zeit bis zur Öffnung der Bar und damit auch bis Johnson kommt und seine Schicht beginnt. Johnson – eigentlich John Sonwood – ist der einzige, gegenüber dem ich nicht das Gefühl hab, mich völlig verstellen zu müssen. Stattdessen habe ich seine Schichten bewusst so gelegt, dass ich möglichst oft mit ihm gemeinsam arbeite. Und möglichst wenig mit Madison, denn das Letzte, was ich gebrauchen kann, sind ihre eindeutigen Versuche, mit mir zu flirten oder mich bei jeder Gelegenheit beiläufig anzufassen. Seit der Begegnung mit Maggie, die nun schon so weit entfernt zu liegen scheint, habe ich das Gefühl, dass ihre Avancen noch mehr zugenommen haben, noch offensichtlicher sind. Und das, obwohl ich ihr eigentlich ständig deutlich zu verstehen gebe, dass ich kein Interesse habe. Entweder ist sie wirklich blind, oder sie mag einfach so tun, als ob.

Während ich nach einem kleinen Block greife und kurz nach einem Kugelschreiber suchen muss, gehe ich im Kopf bereits durch, was ich alles brauche. Als ich aber beides beisammen habe und das Blatt vor mir auf dem Tisch liegt, herrscht nur gähnende Leere. So ging es mir oft in den letzten 24 Stunden. Meine Gedanken werden von einer Person bestimmt und ich habe keine Chance, irgendetwas dagegen zu unternehmen. Und schließlich schreibe ich einfach. Das, was ich denke. Was ich fühle.

Und mit jedem Satz bin ich ein kleines Stückchen freier.

-

Nicks Worte direkt nach der Begegnung mit Maggies Onkel sind mir mehr im Gedächtnis geblieben, als ich zugeben mag. Ich bin ein Dickkopf, aber er hat es tatsächlich geschafft, mich davon zu überzeugen, dass Maggie sicherlich nicht verdient hat, was ich vorhabe. Dass ich mich nicht bei ihr gemeldet habe, war ein Fehler und ich weiß, dass sie selbst nicht schreibt, weil sie davon ausgeht, etwas falsch gemacht zu haben. Vielleicht denkt sie auch, ich fände sie nicht mehr hübsch. Was absoluter Schwachsinn ist.

Die Bar ist wieder rappelvoll und ich finde kaum eine freie Minute, nicht einmal etwas zum Mittag habe ich gegessen. Als ich gerade über meine Sturheit hinwegkomme und zu meinem Handy greife, um Maggie endlich zu schreiben, merke ich, wie die Atmosphäre im Raum sich verändert. Es wird auf einen Schlag ruhiger und als ich den Kopf hebe sehe ich zwei Polizeibeamte auf mich zukommen. Ein Mann und eine Frau. Unwillkürlich muss ich daran denken, dass Maggie auch schon von dieser Konstellation gesprochen hat und gehe davon aus, dass ich hier dieselben Beamten vor mir habe.

"Adam McGuire?", fragt mich die Frau. Sie hat blondes Haar, das zu einem strengen Zopf gebunden ist, ihr Kollege hingegen hat gar keine Haare mehr auf dem Kopf.

"Ja, der bin ich", sage ich. Ich spüre die Blicke der Gäste auf mir. Wie schlecht diese Situation für mich sein wird, kann ich nicht absehen, aber die Presse wird sich schon darum kümmern, die Sache möglichst dramatisch auszuschmücken. Einige haben bereits ihre Handys gezückt und machen eifrig Fotos oder filmen die Szene. Alle rechnen vermutlich mit dem Schlimmsten und denken, ich würde gleich abgeführt werden. Stattdessen lächelt die Polizistin ganz leicht.

"Es gab eine Festnahme wegen des Überfalls, der hier in Ihrer Bar stattgefunden hat. Sie stehen in keinem Verdacht, keine Sorge. Wir würden Sie dennoch bitten, mit uns zu kommen, es besteht möglicherweise ein Zusammenhang mit einem früheren Fall."

Mir wird abwechselnd heiß und kalt. Heiß, weil es endlich ein Ergebnis gibt. Eine Auflösung der fürchterlichen letzten Tage. Und kalt, weil ich nicht weiß, ob ich es ertrage, den Mann, der Maggie das angetan hat, entgegenzutreten.

Kapitel neun

"Weil ich dich so schnell vermisse"

Maggie

Drei Tage liegen hinter mir. Ich habe wenig geschlafen und zu viel nachgedacht. Aber ich habe die wohl effektivste Methode gefunden, mich abzulenken, und nähe beinahe Tag und Nacht. Die Ideen purzeln nur so aus meinem Kopf und Kissen stapeln sich bereits in einer Ecke meines Zimmers. Neela hat sich die, die ihr am besten gefallen, direkt geschnappt und in ihr eigenes Zimmer gebracht, aber mittlerweile hat sie selbst keinen Platz mehr, weiteren weichen Zimmergenossen Unterschlupf zu gewähren. Außerdem sind zwei Patchworkdecken aus den Stoffresten entstanden und ich habe einige Tops und langweilige Sweater aufgehübscht. Gerade arbeite ich an einem weiteren Kissen in Herzform, als es leise an meinem Zimmer klopft. Kurz darauf betritt Conrad das Zimmer. Ich freue mich ehrlich, ihn zu sehen, und stoppe die Nähmaschine sofort. Umarmend begrüße ich ihn. Erst auf den zweiten Blick bemerke ich, dass eine hübsche, kleine Blondine hinter ihm steht. Sie lächelt mich zaghaft an und hat die Schultern ein Stück hochgezogen, als würde sie sich fehl am Platz fühlen. Conrad aber rettet die Situation schnell.

"Hey Mags, das ist Lacy, meine Freundin. Schatz, das ist Maggie."

Lacys Lächeln verstärkt sich, dann schütteln wir uns etwas unbeholfen die Hand. Sie wirft einen Blick in mein Zimmer und ich kann ihr ihre Neugierde nicht verdenken. Irgendwie erinnert sie mich ein bisschen an mich selbst.

"Oh wow, du nähst?", fragt sie dann das Offensichtliche. Überall liegt abgerissenes Nähgarn und kleine Stofffetzen verzieren meinen Boden. Nicht zu vergessen die Kissen, die sich aufgetürmt haben und fast drohen, zusammenzubrechen.

"Ja, es ist … eine gute Ablenkung vom Rest des Lebens", gebe ich kleinlaut zu und hasse mich dafür, derart schwach zu wirken. Conrad wirft mir einen mitfühlenden Blick zu und schaut seiner Freundin hinterher, die sich ohne Scheu im Zimmer umsieht, die Kissen beinahe prüfend in die Hand nimmt. Vielleicht ist sie doch nicht so wie ich, denke ich schmunzelnd, freue mich aber im selben Moment über ihr Interesse.

"Du bist wirklich talentiert", bemerkt Lacy dann und ich befürchte, zu erröten, als ich mich bei ihr bedanke.

"Aber hallo ist sie das!", höre ich Neelas Stimme aus dem Off. Kurzerhand stehen wir zu viert in meinem kleinen Zimmer und sehen uns nacheinander an. Schließlich prusten wir alle gleichzeitig los. Ich lache, bis mir mein Bauch wehtut und mir Tränen aus den Augenwinkeln rinnen. Und dabei wissen wir nicht einmal, weshalb wir eigentlich lachen. Es ist einfach eine so komische Situation, wie wir eingepfercht in meinem kleinen Chaos stehen und uns schweigend anschauen. Dieser Moment ist so befreiend. Als wir alle wieder einigermaßen ruhig atmen können, ist Neela die Erste, die sich zu Wort meldet.

"Bereit für den Kochabend?"

Kochabend?

Conrad und Lacy aber scheinen genau zu wissen, was sie meint, denn die beiden nicken eifrig und schließlich zeigt Conrad mit dem Finger auf eine prall gefüllte Tüte, die er wohl vor unserer Begrüßung vor meiner Zimmertür stehen lassen hat.

"Da ist alles drin, was du mir gesagt hast", ergänzt er zu seiner Geste. Neela klatscht in die Hände und schnappt sich kurzerhand meinen Arm, um mich in die Küche zu ziehen. Ich weiß noch immer nicht, was eigentlich los ist.

"Habe ich was verpasst?", frage ich meine Freundin daher, aber so leise, dass es die anderen nicht hören können. Neela jedoch grinst mich nur an. "Ich dachte schon, du fragst nie. Dann hätte ich aber echt an dir gezweifelt, sonst hinterfragst du doch immer alles." Dann fügt sie etwas lauter hinzu: "Wir machen heute einen freundschaftlichen Ablenkungs-Kochabend für unsere gebeutelte amerikanische Freundin. Und es gibt Scones zum Nachtisch. Und Nudeln. Und Rucolasalat. Na, was sagst du jetzt?"

Ich muss mich beherrschen, nicht zu sehr zu grinsen, und frage mich, womit ich diese Freunde verdient habe. Gerührt entgegne ich: "Du hattest mich schon bei den Scones." Und dann etwas leiser, damit nur Neela es hört: "Danke."

-

Das Essen ist nicht fantastisch. Es ist nicht einmal gut. Aber wir haben so viel gelacht, dass es uns allen nichts ausmacht. Und die Scones sind lecker, das ist die Hauptsache. Etwas wehmütig denke ich an meinen Ausflug vor nun schon einigen Wochen, bei dem ich Neela kennengelernt habe. Diese Gedanken führen mich aber beinahe unweigerlich auch zu Adam, also zwinge ich mich dazu, an etwas anderes zu denken.

Wir haben noch während des Kochens beschlossen, keine unangenehmen Themen anzusprechen. Also nichts, was mit Liebeskummer zu tun hat, mit Schmerzen, Krankenhaus oder Krankheiten. Und keine Überfälle. Wir wollten nicht über Conrads Bar reden, obwohl es mich unter den Fingernägeln juckt, nachzufragen, ob es etwas Neues gibt. Stattdessen reißt

Lacy ein unverfängliches Thema an, noch bevor ich mir eines ausgedacht habe.

"Wie lange nähst du schon?", fragt sie mich ehrlich interessiert, während sie einen weiteren Scone mit Marmelade bestreicht. Ich bin dermaßen satt, dass ich denke, bald platzen zu müssen, aber die zierliche Blondine isst mehr, als man ihr zutrauen würde.

"Ich habe früher oft genäht, als ich noch bei meinen Eltern gewohnt habe. Irgendwann hat das nachgelassen und seit einer knappen Woche bin ich wieder dabei." Ich lächle etwas beschämt und stelle fest, dass es gar nicht so einfach ist, wirklich unverfängliche Themen zu behandeln, wenn einen alles an eine einzige Person erinnert. Aber sie meint es gut. Sie kann nicht wissen, dass sowohl meine Eltern als auch der Grund für meine nun beinahe zwanghafte Näherei negative Gefühle in mir auslösen. Neela scheint das zu spüren und fügt daher hinzu: "Sie hat all das in vier Tagen genäht." Dabei schwenkt sie die Arme um sich herum, was zwar völlig übertrieben ist, aber sehr lustig aussieht.

"Hast du mal überlegt, die Sachen zu verkaufen?", fragt Lacy mich mit vollem Mund. Sofort wird sie sich dessen bewusst, murmelt ein "Sorry" und hält sich die Hand vor den Mund.

"Ehrlich gesagt nicht", antworte ich ihr wahrheitsgemäß. Obwohl ich mich ein wenig ärgere, nicht selbst schon viel früher auf diese Idee gekommen zu sein. Die Kissen würden sich nicht in meinem Zimmer stapeln und ein anderer würde sich sicherlich darüber freuen. Auf der anderen Seite kann ich mir kaum vorstellen, dass jemand für diese Dinge Geld ausgeben wird. Und wieder einmal überwiegt meine Unsicherheit den Funken neuen Lebens in mir. Ich schüttele den Kopf. "Ich glaube nicht, dass ich das will. Dafür sind die Sachen nicht gut genug und ich habe nicht genug Zeit dafür und außerdem weiß ich gar nicht, wo. Und außerdem ..." Ich zeige auf mein Gesicht.

Neela sieht mich mit mitfühlend an. Sie weiß ganz genau, dass zumindest der erste Teil des Satzes gelogen war. Natürlich habe ich Zeit. Jede Menge sogar, jetzt, nachdem Conrad seine Bar wegen mir gar nicht mehr hat und sich mein anderer Chef nicht mehr bei mir meldet ... Im Grunde bin ich arbeitslos.

Und das hört sich so gar nicht gut an, um ehrlich zu sein.

Aber mit meinem entstellten Gesicht ist es bestimmt alles andere als angenehm, sich auf so einem Markt zu präsentieren.

"Oh, ich wüsste auf jeden Fall, wo. Es gibt einen kleinen Hobbymarkt in Notting Hill. Ich habe eine Tante, die da oft ihren Schmuck verkauft. Wenn du willst, frage ich sie einmal."

Ich will bereits sagen, dass das nicht nötig ist, da sagen Neela und Conrad gleichzeitig "Ja, mach das" was einen weiteren Lachanfall hervorruft, in den ich schon bald einstimme. Und wieder stellt sich Fröhlichkeit als die beste Medizin überhaupt dar.

"Na gut", gebe ich schließlich zu, "vielleicht kannst du ja mal fragen."

Drei strahlende Gesichter sehen mich an, obwohl ich innerlich hoffe, dass für die nächsten zehn Jahre alle Plätze dieses Marktes belegt sind.

Maggie

Notting Hill ist bei Weitem nicht so schön, wie ich gedacht habe. Wahrscheinlich habe ich insgeheim gehofft, dass Hugh Grant mir über den Weg läuft, aber stattdessen ist es hier irgendwie gar nicht so romantisch, wie ich es damals empfunden habe, als ich "Notting Hill" geschaut habe. Die kleinen Läden sind zwar süß, viele aber bereits geschlossen, obwohl sich hier nach wie vor viele Touristen herumtreiben. Und nicht alles sieht tatsächlich romantisch aus, sondern ist an vielen Stellen vor allem dreckig, kaputt und heruntergekommen. Die Gassen sind dennoch ein Ziel für Pärchen, denke ich, und ein Stich durchfährt mich.

Obwohl ich nun wahrhaftig durch dieses Viertel laufe und schon die kleinen Tische und Zelte sehe, die den Hobbymarkt ausmachen, kann ich nicht glauben, dass ich mich tatsächlich habe breitschlagen lassen, meine Sachen hier zu verkaufen. Als es feststand, dass Lacy einen Platz für mich reserviert hat und nun kein Rückzieher mehr möglich ist, ohne dass mich ihre Tante hasst, bevor sie mich überhaupt kennengelernt hat, habe ich noch viel fanatischer genäht als vorher. Und auch, wenn ich es offen nie zugeben würde, finde ich meine Sachen insgeheim wirklich nicht schlecht.

Die ersten Menschen schlendern über den noch nicht vollständig aufgebauten Markt. Die meisten Verkäufer haben ihre eigenen Zelte mitgebracht, Kreativität sprüht von jedem Stellplatz. Selbstgebastelte Girlanden, kalligraphische Schilder und eine Menge Kaffeeduft machen diesen Ort aus. Es ist schwer, sich hier nicht wohlzufühlen. Notting Hill strahlt Freude aus, und auch, wenn es nicht so perfekt ist, wie im Film, ist es doch der beste Teil dieser Stadt für einen solchen Markt.

Conrad ist so lieb und fährt die Sachen, die ich heute zum Verkauf anbieten möchte, mit einem großen geliehenen Auto hierher. Wieder einmal wird mir gleich zweierlei die Macht einer Freundschaft bewusst. Nicht nur haben mich meine Freunde aus meinem selbstgebuddelten Loch geholt, sie machen außerdem mit ihren jeweiligen Freundschaften zu anderen Personen, die ich nicht kenne, so viel möglich, dass ich oft der festen Überzeugung bin, dass ich das alles gar nicht verdient habe. So hat Conrad von einem Freund kurzfristig einen Pick Up leihen können, mit dem er nun von unserer Wohnung hierherkommen wird. So hat Neela eine Reihe Baseballcaps organisiert, die mich wenigstens ein bisschen vor den Blicken der Besucher schützen sollten. Und Lacy hat hier so viele Freunde, dass ich vermute, dass sie hier großgeworden sein muss. Als wir uns dem einzigen leeren Tisch nähern steigt meine Anspannung noch ein Stück mehr und ich bin froh, dass Neela an meiner Seite ist. Sie würde mich gnadenlos festhalten, wenn ich einen Fluchtversuch starten würde.

Mein Ziel, mich von Blicken oder feindseligen Kommentaren nicht abschrecken zu lassen, bröckelt allerdings ein erstes Mal, als die alte Dame am Nachbarstand ständig zu mir herübersieht und dann so tut, als wäre nichts, wenn ich sie dabei ertappe. Nicht, dass ich es nicht allmählich kennen würde – das heißt aber nicht, dass ich mich auch daran gewöhnt habe.

"Guten Tag!", grüßt Neela die weißhaarige Frau fröhlich, als wir uns hinter dem Tisch positionieren, und nimmt ihr damit sofort den Wind aus den Segeln. Sie widmet sich wieder ihren Teelichthaltern und Schnapsgläsern, die sie vermutlich selbst bemalt hat und achtet auch in den folgenden Minuten peinlich genau darauf, nicht zu uns hinüberzuschauen.

Wir unterhalten uns über Belanglosigkeiten, um die Zeit zu überbrücken, bis Conrad kommt und wir den Stand aufbauen können.

Frische Morgenluft weht durch die Straße und die Sonne scheint bereits zaghaft durch eine dünne Wolkenschicht. Ich habe das Gefühl, dass es ein guter Tag werden wird, auch wenn ich die Sorge, die wie eine Klette an mir haftet, nicht völlig zur Seite schieben kann. Selbst dann nicht, als Conrad und Lacy schließlich auftauchen und wir zu viert in Windeseile einen wirklich schönen Stand mit all meinen Sachen hergerichtet haben. Es gibt kein wirkliches System, ich habe weder Preisschilder noch eine richtige Kasse. Zum Glück hat Neela an ein bisschen Kleingeld zum Wechseln gedacht. Zwar habe ich nicht vor, Preise nach Sympathie zu machen, aber ich fühle mich komisch dabei, meine eigenen Sachen einen Wert unterzuordnen. Vermutlich werde ich schnell beeinflusst werden und die angedachten Preise schneller senken, als mir lieb ist. Wenn überhaupt jemand den Weg zu mir findet.

Meine Sorge bleibt allerdings unbegründet. Schon nach zwei Stunden habe ich einige Kissen verkauft, eine Mutter hat sogar gleich vier kleine Kissen auf einen Schlag mitgenommen und schließlich nicht mehr gewusst, wie sie all die neuen Stücke mit dem Kinderwagen, den sie vor sich herschob, transportieren sollte. Und auch, wenn ich vor Blicken nicht geschützt bin und die schockierten Gesichter immer wieder sehe, habe ich das Gefühl, dass das bunte, quirlige Drumherum mich ein wenig davor schützen kann. Zwar ist bei meinem Stand viel weniger los als an denen ringsherum, aber ich bin dennoch zufrieden. Offiziell endet der Markt um 16 Uhr, aber schon eine Stunde davor sind alle meine angebotenen Stücke verkauft. Was zum Teil natürlich auch daran liegt, dass ich nicht so viel Ware mitgebracht habe wie meine Standnachbarn. Stolz und auch etwas wehmütig packen wir schließlich zu viert zusammen und Conrad trägt die ersten leeren Kisten zum Auto zurück.

Als ich gerade selbst den letzten kleinen Karton nehmen und zu Neela aufschließen möchte, tritt eine Frau in mein Blickfeld, die ich ohne viel darüber nachdenken zu müssen sofort als Lacys Tante identifiziere. Das wache Gesicht und die strahlenden Augen sind unverkennbar vererbt, außerdem strahlt die Dame eine solche Eleganz und ein solches Selbstbewusstsein aus, das mir sofort klar wird, dass sie hier viel zu sagen hat. Ich verspüre den Drang, ihr um den Hals zu fallen, weil sie mir die Chance gegeben hat. Sie stellt sich als Lacys Tante Rose vor und hat dabei ein Lächeln im Gesicht, das man einfach sympathisch finden muss.

"Ich danke Ihnen für diesen Tag, Rose", sage ich aufrichtig.

"Du musst einzig dir selbst danken. Du bist dafür verantwortlich. Und auch dafür, dass du dich von den Menschen hier nicht hast unterkriegen lassen. Du kannst stolz auf dich sein. Kommst du nächste Woche wieder?"

Ihr liebes Grinsen ist ansteckend. Gott, diese alte Dame ist wirklich knuffig. Mir bleibt nichts anderes übrig, als eifrig zu nicken.

"Wenn ich darf, dann gerne!", sage ich freudig und auch sie scheint sich zu freuen.

"Na dann, selbe Zeit, selber Ort." Sie winkt mir kurz zu und verschwindet in die Richtung, aus der sie gekommen ist.

Adam

Meine Schwester hat mir in den letzten Tagen mehr als einmal klar gemacht, dass ich zu einem echten Arschloch mutiert bin. Laut ihrer Expertise verhalte ich mich noch schlimmer als bei Nicks Unfall. Das kann ich zwar kaum glauben, aber um ehrlich zu sein, mag ich mich mit meiner Situation gar nicht auseinandersetzen. Oder etwas daran ändern. Das Einzige, was ich würde ändern wollen, ist die Situation zwischen Maggie und mir, aber das ist nicht möglich.

Denn der Mann, der ihr das angetan hat, war tatsächlich kein Unbekannter. Steven wurde festgenommen, sitzt jetzt in Untersuchungshaft. Der Mann, der bereits schon einmal mein Leben zerstören wollte, hat es ein weiteres Mal fast geschafft. Und er hat mich in derartige Schuldgefühle gestoßen, dass ich es kaum ertrage. Die Presse ist mir auf den Fersen und ich komme überhaupt nicht mehr dazu, zu leben. In meinen eigenen Gedanken gefangen bin ich ein echter Egoist geworden.

Konnte Nick mich vorher beinahe überzeugen, Maggie nicht nur wegen meinem schlechten Gewissen aufzugeben, hat der Tag, an dem die Polizei in die Bar kam, all meine Entschlüsse über Bord geworfen. Ich kann Maggie das einfach nicht antun.

Ich arbeite auch weiterhin jeden Tag von früh morgens bis spät abends und esse nur davor und danach etwas. Meine Mitarbeiter haben zwar auch Augen im Kopf und die meisten von ihnen lesen Zeitung, aber sie hüten sich, irgendein Wort über Maggie zu verlieren. Ich bin mir unsicher, ob ich ihnen das hoch anrechnen oder frech finden soll, denn immerhin haben auch sie eine kurze Zeit mit ihr zusammengearbeitet.

Vielleicht denken sie, ich sei oberflächlich, so wie Maggie selbst es denken muss. Dass ich mich nicht mehr bei ihr melde, weil ich sie wegen ihrer Narbe hässlich finden würde. Sie gehen vielleicht genauso davon aus, dass ich sie nur als Spielzeug benutzt habe. So, wie es die lächerlichen Internetportale schreiben. So, wie die Kommentare unter Bildern von mir oder Nick lauten. Als wüsste irgendwer dort draußen, wie ich mich wirklich fühle oder was wirklich der Grund dafür ist, dass man Maggie und mich nicht mehr gemeinsam abgelichtet hat.

Und obwohl es das letzte bisschen Selbsterhaltungstrieb, das letzte bisschen Leben in mir vielleicht ein weiteres Mal ganz nah an den Abgrund treibt, lese ich auch heute wieder nach, ob es etwas Neues gibt. Von ihr, von mir. Von uns.

Der Abstieg einer Affäre

Adam McGuire ist nicht gerade bekannt dafür, dass er einen großen Verschleiß an Frauenbekanntschaften hat. Seiner letzten Flamme allerdings, mit der er sich sogar in der Öffentlichkeit gezeigt hat und von der man erst dachte, sie könnte ihn tatsächlich ein Stück weit auf seinem Weg begleiten, hat das Schicksal übel mitgespielt. Von einem irren Stalker verfolgt und angegriffen wurde sie auf Lebzeiten entstellt. Und hat ihre große Liebe wohl gleichzeitig mit ihrer Schönheit verloren. Beide sind nun erst einmal untergetaucht, am gestrigen Samstag aber hat sich auch Maggie wieder gezeigt. Mit einem Baseballcap tief im Gesicht bewaffnet versucht sie nun ihren Lebensunterhalt auf einem kleinen Markt in Notting Hill zu verdienen (siehe Bild unten). Ob das wirklich die Art von Leben ist, die sie sich vorgestellt hat, ist fraglich. Vermutlich nicht. Wir bleiben dran, denn der berühmte Markt in Notting Hill findet jedes Wochenende statt.

Wie sehr ich diese Journalisten hasse, lässt sich kaum in Worte fassen. Das Bild aber, das eindeutig Maggie zeigt, lässt mein Herz für einen Moment aussetzen und mich meine Wut über diese bescheuerte Internetplattform, auf der ständig gegen irgendwen gehetzt wird, für einen kurzen Augenblick vergessen.

Mit der Kappe tief im Gesicht steht sie dort. Die Sachen, die vor ihr ausgebreitet sind, sind kaum erkennbar, weil das Bild so klein ist. Ob sie die selbst gemacht hat? Ich meine mich zu erinnern, dass sie einmal erwähnt hat, dass sie näht, aber dass sie es so gut kann, war mir nicht bewusst. Und ich finde es unfassbar süß.

Ihre Schönheit trägt nicht gerade dazu bei, dass ich mich von dem Bild abwenden kann. Denn obwohl man nur die Hälfte ihres Gesichtes sehen kann, ist ihr Lächeln unverkennbar und so wunderschön wie eh und je. Der Drang, zu ihr zu fahren, ist beinahe übermächtig und ein unangenehmes Zittern läuft mir durch die Glieder.

"Morgen." Mein Bruder schlurft auf Socken in die Küche. Die Augen noch halb geschlossen schaut er bereits auf sein Handy.

"So geschäftig wie eh und je", sage ich schmunzelnd, als er beinahe gegen den Tresen läuft. "Wer schreibt dir denn um diese Uhrzeit?"

"Meine Managerin", sagt er knapp und etwas abwesend, und merkt im selben Moment wie ich, wie eingebildet er sich dabei anhört. Schockiert sieht er erst mich an, dann fangen wir beide an zu lachen.

"Mein Gott, seit wann rede ich so?", stellt er dann die rhetorische Frage und lässt sich mir gegenüber auf den Stuhl fallen. Sein lockeres T-Shirt ist zerknittert, die Haare unfrisiert.

"Gerade siehst du nicht wie jemand aus, der einen Manager braucht", bemerke ich und ernte einen genervten Blick.

"Abgesehen davon, dass es eine Managerin ist – würdest du sie einmal sehen, dann würdest du das sicher nicht mehr vergessen – glaube ich nicht, dass du im Moment in der Lage bist, über mich zu urteilen, wo du doch selbst nur noch aus dem Haus gehst, um dich tot zu schuften. Und deinen Bart stutzen könntest du auch mal wieder."

Ich weiß nicht, ob ich als Erstes darüber nachdenken mag, dass Nick wohl seine Managerin gut findet oder über den zweiten Teil seiner Antwort, bleibe aber dann doch an der Kritik mir gegenüber hängen. Ja, er hat recht. Ich achte in letzter Zeit nicht wirklich darauf, gut auszusehen, weil ich einfach nicht weiß, für wen ich das tun sollte. Diese eigentlich recht einfach zu erklärende Situation bringt mich aber dennoch in Verlegenheit. Bevor ich allerdings etwas sagen kann, schnappt sich Nick mein Handy – und sieht sofort das geöffnete Foto von Maggie. Weil ich meinen Gedanken zu sehr hinterher hängen musste, konnte ich nicht schnell genug reagieren und greife nun bei meinem Versuch, ihm das Gerät aus der Hand zu nehmen, ins Leere.

Mein Bruder kann den Vorwurf in seiner Stimme nicht ganz kaschieren, als er sagt: "Kannst du es noch immer nicht lassen?"

Kopfschüttelnd starre ich auf seine wild gestikulierenden Hände. Ich werde nicht sagen, wie recht er mit seinem nächsten Vorwurf hat. Diesen kleinen Triumph gönne ich ihm nicht. Ich beobachte, wie er den Artikel liest und suche innerlich fieberhaft nach einem Thema, mit dem ich ihn ablenken kann. Er ist allerdings schon fast fertig mit dem Lesen, als ich endlich eines gefunden habe.

"Und was läuft nun zwischen dir und deiner Managerin?"

Sofort schnellt sein Kopf hoch. Er sieht so aus, als würde er rot werden, aber es ist beinahe so, als würde seine Gesichtsfarbe sich in letzter Sekunde umentscheiden.

"Ach, da ist eigentlich gar nichts. Sie ist süß, aber schon vergeben."

"Und ihr Mann lässt es zu, dass sie die Managerin von einem so gut aussehenden Kerl ist?", ziehe ich ihn auf. "Das ist mutig."

"Sie kann sich ziemlich gut durchsetzen", stellt er schmunzelnd in den Raum und ich frage lieber nicht weiter nach "Hast du nächstes Wochenende etwas vor?", fügt Nick dann hinzu und ich bin verwirrt wegen des abrupten Themenwechsels. Dennoch ist meine Antwort schnell klar.

"Arbeiten", sage ich einsilbig. "Warum?"

"Es gibt eine Filmpremiere, zu der ich eingeladen bin und ich wurde gefragt, ob ich Abby und dich mitbringen will. Jeder darf noch weitere Personen mitbringen. Das ist wie damals beim Schulball, nur cooler. Und mit mehr Alkohol."

Die Frage danach, ob ich mitkommen will, spricht er nicht aus. Sie steht aber trotzdem zwischen uns. Sofort sinkt meine Laune und ich merke, wie ich bereits wieder unwirsch werde.

"Und mit wem, bitteschön, soll ich dort hingehen? Vergiss es, Nick, das könnt ihr ohne mich machen. Du hast mich überredet, dass ich mal wieder zum Friseur gehe, aber so sehr mag ich mich nun wirklich nicht ins Getümmel schmeißen."

"Du kannst es dir ja überlegen", meint Nick, obwohl er eigentlich wissen müsste, dass es sinnlos ist. Dann steht er auf und schlurft weiter zur Kaffeemaschine, während ich meinen letzten Schluck trinke, mein Handy von dort auflese, wo Nick es hingelegt hat, und hinaus zu meinem Auto gehe, um mich einen weiteren endlos erscheinenden Tag ablenken zu gehen. Dabei vergesse ich aber genauso wie in den letzten Tagen nicht den Stift und den kleinen Block, den ich mir extra gekauft habe, um die Gedanken aufzuschreiben, die mich am meisten quälen.

Maggie

Vom Erfolg meines ersten ganz offiziellen Verkaufstages auf dem Markt in Notting Hill beflügelt und vor allem auch dank der Stoffe, die Neela mit nach Hause bringt, weil ihre Chefin sie nicht mehr haben möchte, kann man bald schon fast von einer richtigen Produktion sprechen. Nachdem Rose mich so schnell hat überzeugen können, dass ich wieder zum Markt gehen werde, bin ich die ganze Zeit merkwürdig aufgekratzt.

Aus meinem Ablenkungsversuch wurde ein neuer kleiner Ast im Baum meines Lebens. Er ist noch klein und jung und würde nicht einmal einen kleinen Vogel tragen können, aber er existiert. Wie schön wäre es, wenn diese Existenz den Schmerz verscheuchen könnte. Denn auch wenn ich es meistens recht gut unter Kontrolle habe, kann ich nicht leugnen, dass ich noch immer verletzt bin. Dass da nicht noch immer ein Loch in meinem Herzen ist, das von meinem eigenen Stolz so geschützt ist, dass ich noch dazu nicht einmal mehr in der Lage bin, die Situation zu klären.

Ich hätte mit Brian reden müssen, mich mit meinem Onkel, der mir so viel bedeutet, aussöhnen können. Wenn nicht sogar müssen. Aber ich habe es nicht getan. Aus dem einfachen Grund, weil auch er keinerlei Regung gezeigt hat. Wie kindisch das ist, weiß ich, aber das heißt nicht, dass ich auch weiß, wie man es abstellen kann. Und Adam schreibe ich auch nicht, obwohl die Sehnsucht danach vor allem abends so übermächtig ist, dass ich mein Handy mittlerweile in der Küche lade, um bloß nicht auf die Idee zu kommen, es im Halbschlaf in die Hand zu nehmen und dem Druck nicht mehr widerstehen zu können.

Das ist die eine Baustelle in meinem Leben. Die andere ist noch immer die Offensichtliche. Die, die mitten in meinem

Gesicht für jeden erkennbar aufragt. Man denkt immer, einem passiert nichts Schlimmes. Warum sollte gerade mir etwas passieren? Warum sollte gerade ich bei einem Sturm von einem umstürzenden Baum getroffen werden? Ist das nicht unrealistisch?

Ja, das ist es. Aber das ist doch der Realität egal.

Der Überfall hat nicht nur eine Narbe in meinem Gesicht hinterlassen, sondern auch in meinem Mut. Alleine im Dunkeln durch London laufen erscheint mir genauso unmöglich wie irgendwo zwischen feiernden Menschen etwas trinken zu gehen. Meine Freunde haben mich mehr als nur ein Mal gefragt, ob ich mit ihnen weggehen möchte. Ich habe jedes Mal verneint. Zum Glück verstehen sie das, und zu einem noch größeren Glück machen sie trotzdem meistens das, worauf sie Lust haben. Ich bin zwar nicht mehr die alte Maggie, aber ich bin auch kein Kind, das jede Sekunde beaufsichtigt werden muss.

Ich verschließe gerade eine letzte Naht, bevor ich für heute Schluss machen und mich dem Fernseher widmen will, da klopft es zaghaft an meiner Tür und Neela steckt den Kopf hinein. Sie hält mein wild blinkendes Handy in der Hand und hält es mir auffordernd hin. Mein Herz macht einen Sprung. Ohne richtig auf das Display zu sehen gehe ich ran. Plötzlich bin ich mir absolut sicher, dass es Adam sein muss.

"Ja?", melde ich mich und merke, dass ich mich anhöre, als wäre ich gerade einen Marathon gelaufen.

"Meine beste Freundin wird berühmt und ich bekomme es nicht mit, verdammt!", ruft Courtney mir ins Ohr. Enttäuschung und Traurigkeit machen sich in mir breit, obwohl ich mich auch über den Anruf meiner Freundin freue.

"Ich weiß ehrlich gesagt nicht, wovon du redest", sage ich etwas trockener als beabsichtigt. Wenn sie damit meint, dass ich durch meine Narbe so auffällig geworden bin, dass ich nun berühmt bin ... dann muss ich mir das mit unserer Freundschaft vielleicht noch einmal überlegen.

"Schätzchen, du füllst mittlerweile sogar die hiesigen Zeitungen. Ich war für einige Wochen in New York unterwegs und habe das alles gar nicht mitbekommen. Und dann komme ich heim und – peng – muss feststellen, dass meine beste Freundin den verdammt noch mal heißesten Typen ever datet."

"Dann befürchte ich leider, dass die Presse bei euch nicht auf dem neusten Stand ist", sage ich resigniert. Ich muss ehrlich zugeben, dass Courtney nicht gerade dazu beiträgt, dass ich mich besser fühle.

"Ist ... ist da nichts mehr zwischen euch?", fragt sie leise. Ich habe keine Lust, die ganze Geschichte noch ein weiteres Mal auszuschmücken, also gebe ich ihr die Kurzfassung dessen, was passiert ist.

"Oh verdammt, Mäuschen. Ich bin so eine dumme Kuh. Ich wusste nicht, was dir passiert ist", sagt sie betroffen, als ich mit meinem Bericht fertig bin. "Soll ich zu dir kommen? Wenn ich jetzt packe, dann bin ich morgen bei dir."

Ich schüttele sofort den Kopf, obwohl sie das unmöglich sehen kann. "Nein, du hast doch anscheinend viel zu tun." Obwohl ich es will, komme ich einfach nicht von dem vorwurfsvollen Ton weg, den ich in meiner Stimme wiederfinde.

Es hört sich so an, als wüsste Courtney nicht, was sie sagen soll, also ergreife ich wieder das Wort.

"Tut mir leid Courtney, ich bin gerade nicht fair", gebe ich zu. "Es ist nur so, dass ich nicht wusste, wie es weitergehen soll, und hier keinen hatte. Aber das Leben ging natürlich trotzdem weiter. Genauso wie deins. Und ich kann nicht denken, dass ich abhauen und dann auch noch Ansprüche stellen kann."

Beinahe kann ich spüren, wie meine Freundin durch den Hörer hindurch nickt.

"Also lass uns das Thema wechseln: Erzähl mir von dir!"

Und das tut sie. Ich komme nicht umhin, ein wenig stolz auf meine Freundin zu sein. Sie hat in den letzten Wochen vermutlich mehr Geld als Model verdient, als ich jemals haben werde. Ihr Leben hört sich nach dem perfekten American Dream an – zumindest, wenn man die Tatsache, dass sie von ihren Eltern schon immer darauf vorbereitet wurde, eines Tages zu modeln, außer Acht lässt. Courtneys Mutter war selbst einmal Model und hat ihre Kontakte daher einfach an ihre Tochter weitergegeben. Und Courtney hat sie genutzt.

Wir telefonieren fast eine Stunde und lachen viel. Endlich habe ich wieder das Gefühl, dass meine beste Freundin ein Teil meines Lebens ist. Es war klar, dass es schwer werden würde, eine Freundschaft auf so weite Distanz aufrecht zu erhalten, aber irgendwie haben wir es doch geschafft. Dass ich niemandem zu Hause Bescheid gesagt habe, was passiert ist, ist nicht gerade das, was man sich von einer Freundin, geschweige denn einer Tochter, vorstellt. Also muss ich mir selbst die Schuld daran geben, dass es zwischen Courtney und mir etwas frostig geworden ist. Vor lauter Vernarrtheit in Adam dachte ich, ich bräuchte niemand anderen – und habe dabei die Kraft einer Freundschaft unterschätzt.

-

Nach dem Gespräch mit Courtney habe ich all meinen Mut zusammengenommen und meine Mom angerufen. Wie ich bereits erwartet hatte, war sie alleine zu Hause und hat gerade etwas gegessen. Wir haben kurz Small-Talk gehalten und dann habe ich ihr erzählt, was passiert ist. Alles.

Am Ende hat sie geweint und ich habe mich schlechter gefühlt als jemals zuvor. Genau wie Courtney wollte sie direkt den nächsten Flug nach London nehmen und mich besuchen, und bei ihr war es bei Weitem schwieriger, sie von ihrem Plan abzubringen. Ich rechne ihr hoch an, dass sie mir nicht einmal einen Vorwurf gemacht hat.

Nun sitze ich auf meinem Bett und glaube, dass die Entfernung uns gut tun könnte, auch wenn es sich wirr anhört. Dass wir mehr miteinander verbunden sind als zuvor.

Auch Dad geht es gut, kurz haben wir über ihn gesprochen, aber meine Mom hat schnell gemerkt, dass mir das Thema unangenehm ist. Dennoch habe ich – mehr aus Reflex – gesagt, sie solle ihm liebe Grüße ausrichten. Außerdem weiß sie von meinem kleinen Verkaufsstand und hat mich gebeten, ihr das nächste Mal ein paar Fotos zu schicken. Dieses Interesse hätte ich ihr nicht zugetraut, frage mich aber gleichzeitig, ob ich ihr nicht bloß unrecht getan habe. Ob ich nicht einfach irgendwann überreagiert habe. Der Gedanke lässt sich nicht abschütteln, aber ich zwinge mich dazu, trotzdem das zu sehen, was ich hier habe. Denn hier habe ich – trotz allem – Glück gefunden, von dem ich dachte, dass ich es längst verloren hätte.

Kapitel zehn

"Weil dein Duft mich noch immer in den Wahnsinn treibt"

Maggie

"Das sieht wirklich schön aus!", sagt das Pärchen vor mir beinahe im Gleichklang. Sie hält ein gestreiftes Kissen mit Bommeln aus Wolle an jeder Ecke in der Hand und er zückt bereits sein Portemonnaie. Er gibt mir 20 Pfund und ich will gerade nach Wechselgeld suchen, da sagt er energisch, aber freundlich, dass das so gut sei. Damit hat er mir 5 Pfund zu viel gegeben und ich will protestieren, aber er zwinkert mir zu und nickt noch einmal, also lasse ich es bleiben. Die beiden ziehen von dannen und ich spüre, wie Neela mich von hinten umarmt.

"Das wird ja immer besser!", sagt sie freudig erregt und achtet peinlich genau darauf, nicht zu laut zu sein. Die Frau, die mich schon bei unserem letzten Besuch so feindselig angestarrt hat, als wir ankamen, ist auch heute wieder hier. Und während ich in den letzten Stunden kaum gesessen habe, weil ständig neue Kunden zu mir kommen, hat sie heute noch keines ihrer Stücke verkauft.

"Ein klein wenig tut sie mir schon leid, aber gerade so wenig, dass es sich noch gut verkraften lässt", murmelt Neela, die wohl genau das Gleiche gedacht hat wie ich und die nun wieder von mir ablässt.

"Kann ich dich kurz alleine lassen? Ich hole mir schnell was zu essen." Dabei blickt sie mich fragend an. Ich nicke, was sie sofort dazu veranlasst, loszulaufen. "Bin gleich wieder da!", ruft sie im Weggehen über die Schulter. Zum ersten Mal kann ich mich richtig umschauen. Weil gerade keine Kunden da sind, setze ich mich auf den Campingstuhl, den Conrads Mutter schon wegwerfen wollte und den er für mich noch gerettet hat. Bequem ist er nicht gerade, aber immerhin erfüllt er seinen Zweck.

Direkt gegenüber von mir ist eine ebenfalls sehr jung aussehende Frau, die Kerzen vor sich ausgebreitet hat. Ohne zu wissen, wie sie heißt oder woher sie kommt, lächeln wir uns über den Tag verteilt immer mal wieder an, gesprochen haben wir allerdings noch nicht miteinander. Die Atmosphäre ist wirklich schön und bis auf wenige Ausnahmen sehr familiär. Auch heute spielt das Wetter wieder mit, obwohl ich glaube, dass es wieder ein Stück kälter geworden ist. Froh um meine dünne Strickmütze und den Schal, den ich mir heute Morgen noch schnell umgelegt habe und hinter dem ich mich außerdem hervorragend verstecken kann, merke ich, wie sich in meinem Augenwinkel plötzlich Aufregung breit macht.

Ich kann nicht genau sagen, woher das Gefühl kommt, aber ich meine zu merken, wie die Menschen anfangen zu tuscheln. Wie in einem schlechten Film stecken einige die Köpfe zusammen. Und dann sehe ich sie. Die von mir so gehassten Paparazzi. Sie machen sich nicht einmal die Mühe, sich unauffällig zu verhalten. Selbst wenn ich mich am liebsten dafür ausgelacht hätte, verstecke ich mich sofort ein Stück hinter eben jenem Schal, über den ich eben noch so froh war. Genau kann ich nicht erkennen, um wen sich die Fotografen dort nur wenige Meter entfernt von meinem Stand reißen. Alles, was ich sehen kann, ist ein Mann, der den Kopf nach unten gerichtet hat. Dunkle Haare, die gekonnt so gegelt sind, dass sie noch immer natürlich, aber auf jeden Fall gestylt aussehen. Einen etwa knielangen dunkelgrauen Mantel, dunkelbraune Timberlands. Die Kleidung sieht teuer aus. Und der Mann so, als würde er ziemlich bekannt sein. Allerdings kann ich von meiner Position kaum etwas erkennen. Selbst als er an meinem Stand vorbeieilt und seine Umwelt keines Blickes zu würdigen scheint, erkenne ich nichts von ihm.

Komischerweise fühle ich mich dennoch auf eine seltsame Art verbunden mit ihm. Weiß, wie er sich fühlt. Wie es ist, wenn Blitzlichter dich aus einem scheinbar normalen Moment reißen.

Das Gefühl, irgendetwas verpasst zu haben, ploppt auf, aber die Aufregung ist ähnlich schnell wieder verflogen, wie sie gekommen ist. Zurück bleibt bloß weiteres Getuschel. Die Menschen um mich herum sind so mit sich selbst beschäftigt, dass keiner merkt, wie sich nur wenige Minuten später derselbe Mann, der eben noch von den Fotografen über den Markt gescheucht wurde, vor meinen Stand schiebt. Er hat sich eine Kappe aufgesetzt und den Mantel ausgezogen, aber an der Haltung und an den Schuhen erkenne ich ihn dennoch wieder. Als er mich ansieht, bin ich für einen Moment fest davon überzeugt, dass ich träumen muss.

Vor mir steht Adams Bruder.

-

"Du musst Maggie sein", spricht er das Offensichtliche aus. Mir liegt eine zynische Bemerkung auf der Zunge, aber ich kann sie herunterschlucken. Tatsächlich bin ich vor allem verwirrt. Er sieht Adam so ähnlich und ist doch völlig anders. Wie mir damals schon aufgefallen ist, als ich sein Gesicht das erste Mal im Fernsehen gesehen habe, haben die Brüder die gleichen Grübchen, dasselbe unverwechselbare Lächeln. Und auch die Augenfarbe ist identisch. Dieses strahlende Braun, das ich auch jetzt sehe, versetzt mir sofort einen Stich und macht mir bewusst, wie sehr ich Adam vermisse.

"Ich hab nicht viel Zeit, es wird nicht lange dauern, bis man meine kleine … Verwandlung bemerkt hat." Beim zweiten Teil seines Satzes grinst er und unwillkürlich frage ich mich, was er wohl mit seinem Mantel gemacht hat. Stattdessen trägt er nun einen dunkelbraunen Hoodie. Diese Familie scheint auf dunkle Farben zu stehen.

Nick schiebt mir einen Zettel zu. Ich will ihn am liebsten sofort lesen, aber er hält einen Finger darauf.

"Das hier ist meinem Bruder letzten Sonntag aus der Hosentasche gefallen. Du bist die Einzige, die ihn zu so einem hoffnungslosen Romantiker werden lassen konnte, also bin ich sicher, dass es an dich gerichtet ist. Daher solltest du es auch haben." Er hebt seinen Finger hoch, aber ich öffne den sorgsam gefalteten Zettel trotzdem nicht.

"Und deswegen", er nickt in Richtung des kleinen Stück Papiers, "kommst du morgen Mittag zu Harrods. Zweite Etage. Irgendwo in der Mitte. Ich warte dort auf dich."

"Warum sollte ich das tun?", flüstere ich, dabei bin ich sicher, dass uns ohnehin niemand zuhören kann. Gleichzeitig fällt mir ein, dass es in der zweiten Etage des großen Londoner Kaufhauses nur Klamotten gibt, was meine Verwirrung bloß noch größer werden lässt.

"Weil mein Bruder eine Begleitung für eine Filmpremiere braucht. Und außer dir kommt niemand infrage."

"Und was willst du da tun? Da gibt es doch nur Klamotten, oder?", frage ich unglaubwürdig und muss mir dennoch ein Lachen verkneifen. Die Situation ist zu komisch, als dass ich sie ernst nehmen kann. Ich will nach Adams angeblicher Freundin fragen, aber in diesem Moment bin ich mir plötzlich so sicher, dass es diese Freundin nicht gibt, dass ich es nicht über die Lippen bringe.

Nick lächelt. "Du hast es erfasst." Dann blickt er sich um, hebt die Hand wie zum Gruß an die Stirn und verschwindet ohne ein weiteres Wort.

Ich muss mich selbst in den Unterarm zwicken. Das kann einfach nicht real sein. Dann aber fällt mir der Zettel ein, der noch immer vor mir liegt und eindeutig davon zeugt, dass Nick wirklich hier war. Dass er mich wirklich in das wohl teuerste Kaufhaus Londons eingeladen hat. Die Spannung kaum mehr aushaltend greife ich nach dem Zettel. Ich muss ihn einfach lesen. Auch wenn es mein Herz vielleicht in Stücke reißt. Ich habe mit allem gerechnet, aber nicht damit. Ich lese den Zettel und glaube, innerlich zu zerschmelzen.

Weil ich dich noch immer liebe.

Instinktiv weiß ich, dass Adam diese Worte geschrieben hat. Und genauso weiß ich, dass sie an mich gerichtet sind. Hoffnung durchflutet meine Adern, mein Herz pumpt sofort schneller.

Das kann nicht wahr sein.

Aber ich sehe es vor mir. Und wenn es diese Verbindung zwischen zwei Menschen gibt, bei der man automatisch spürt, wenn etwas die Wahrheit ist, wenn es diese Verbundenheit, diese Liebe wirklich gibt, dann bin ich mir sicher, dass ich sie in genau diesem Moment spüre. Und das, obwohl ich diese Narbe habe. Die Gewissheit, dass Adam so fühlt, obwohl das Schicksal es nicht gut gemeint hat mit mir, treibt mir Tränen in die Augen.

Adam

Ich wache auf und merke, dass ich nicht in meinem Bett, sondern auf der Couch liege. Dann kommt die Erinnerung, warum das so ist, mit voller Wucht.

Nick und ich hatten einen fiesen Streit, weil er mich zu überreden versuchte, ihn auf die Filmpremiere zu begleiten. Nachdem ich laut geworden war, einfach, weil ich nicht wollte, dass er sich in mein Leben einmischt, hat er noch immer nicht lockergelassen. Irgendwann kam das Gespräch auf Maggie – und damit in einen Bereich, den man besser hätte aussparen sollen. Als Nick behauptet hatte, dass sie sich früher oder später einen anderen Mann suchen würde, wenn ich mich nicht bald am Riemen reißen werde, hat er die Situation nur noch verschlechtert. Ich habe schwarz gesehen, habe ihn angebrüllt, er solle sich aus meinem Leben heraushalten. Nick ist geflüchtet und ich bin im Anschluss erschöpft auf der Couch eingeschlafen.

Dass ich überreagiert habe, bemerke ich erst jetzt. Wie ein egoistischer Trottel habe ich seine eigentlich gut gemeinten Worte in den völlig falschen Hals bekommen. Hinzu kam die Angst, dass er vielleicht recht haben könnte. Dass Maggie mit einem anderen Mann glücklich wird. Einem, der sie keiner Gefahr und schon gar nicht der gnadenlosen Öffentlichkeit aussetzt, die in meinem Leben zwangsläufig ein Teil ist.

Ich will Nick anrufen und mich entschuldigen, aber alles, was ich höre, ist seine Mailbox. Das ist entweder ein Zeichen dafür, dass er gerade neue Musik aufnimmt oder schreibt oder aber dass er nicht gestört werden will, weil er sich mit einer Frau trifft. Irrationale Eifersucht meldet sich erneut in mir, aber ich kann sie schnell und erfolgreich verdrängen. Er lebt bloß sein Leben. Ich tippe eine schnelle SMS, bevor ich es mir anders überlegen kann,

Adam: Ich komme mit. Aber lass die Frauen aus dem Spiel. Wenn nicht mit Maggie, dann mit keiner.

Zum Entschuldigen per Textnachricht bin ich zu stolz, aber ich weiß, dass Nick die Nachricht dennoch als Entschuldigung verstehen wird. Wenn ich den Kontakt zu jemandem aufnehme, bin ich ihm in der Regel auch nicht mehr böse, und das weiß Nick.

Ich schalte die Musikanlage im Wohnzimmer an, in der eine selbst zusammengestellte CD mit französischem Hip-Hop liegt, der sofort meine Wohnung durchflutet. Dann gehe ich in mein Schlafzimmer. Das breite Bett mit der dunklen Bettwäsche scheint mich beinahe vorwurfsvoll anzublicken und wie auf Kommando spüre ich ein schmerzhaftes Ziehen im Rücken. Die Couch war bei Weitem nicht so bequem wie mein Bett und nun bekomme ich die Rechnung dafür ausgestellt. Meiner Entscheidung, die Filmpremiere zu besuchen, folgend, muss ich vor meinem ersten Kaffee jedoch dringend schauen, ob mir mein Anzug noch passt. Ich trage ihn nur sehr selten und musste ihn bereits einige Male abändern lassen. Als ich ihn schnell anprobiere, muss ich feststellen, dass er an den Armen und Schultern etwas eng sitzt und spannt, aber glücklicherweise ist es noch nicht so schlimm, dass es lächerlich aussieht.

Im Flur ertönt das nächste Lied, das ich schon so oft gehört habe, dass ich es ohne Probleme mitsingen kann, obwohl außer dem Schulfranzösisch nicht mehr viel Fremdsprachenkenntnis in mir schlummert. Das meiste verstehe ich nicht, aber es ist auch auf einer fremden Sprache meine liebste Musikrichtung. Nick hat bereits mit einigen englischsprachigen Rappern zusammengearbeitet und einige davon habe auch ich kennengelernt und ich vermute, dass ich einige von ihnen auch heute Abend wiedersehen werde.

Gewissheit überkommt mich. Ich habe mich die letzten Tage viel zu sehr verkrochen. In meinen Augen habe ich das zwar zu Recht getan, aber nun, so beschließe ich, ist Schluss damit. Auch, wenn es bei Weitem nicht das Liebste ist, was ich gerne tun würde und ich vielleicht sogar ein Stück weit aus schlechtem Gewissen Nick gegenüber handle, ist mir klar, dass ich heute auf die Zähne beißen muss. Dass ich versuchen muss, etwas Spaß zu haben.

Eine Filmpremiere ruft nach mir.

Maggie

Das prunkvolle Harrods-Gebäude überschattet alle anderen Einrichtungen in dieser Gegend so sehr, dass man es einfach nicht verfehlen kann. Geschäftig wirkende Menschen wuseln durch die breiten Straßen, dazwischen befinden sich Touristen mit vollgestopften Plastiktüten. Es ist kurz vor elf an einem Donnerstag, aber schon voll wie am Wochenende, wenn alle frei haben. Ich versuche, mich nicht anrempeln zu lassen, und steuere auf das Luxus-Einkaufszentrum zu. Einer der Angestellten hält mir die Tür auf und mein Fluchtinstinkt erwacht. Ich habe bereits Kleidung aus meinem Schrank gefischt, von der ich dachte, sie sei angemessen, aber ich fühle mich dennoch unwohl, als ich die ganzen Klamotten sehe, von denen nichts weniger als 500 Pfund kostet. Mich an Nicks Anweisung erinnernd schaue ich mich nach einer Rolltreppe um und erkenne sie vor lauter Prunk fast nicht.

Schließlich aber bahne ich mir doch einen Weg und werde das unangenehme Gefühl darüber, dass die Leute mich anstarren, auch hier nicht los. An der Rolltreppe steht ein Mitarbeiter in schicker Harrods-Uniform und nickt grüßend mit dem Kopf, als er mich sieht. Zaghaft lächele ich ihn an und betrete die fahrende Treppe, die mich hoffentlich möglichst nah dahin bringt, wo Nick mich treffen will. Meine Lust, durch die Gänge zu streifen, hält sich in Grenzen.

Als ich meinen Fuß gerade wieder auf festen Untergrund setzen möchte, erkenne ich Nick aber bereits. Als ob er es gespürt hätte, hebt er den Kopf in meine Richtung und lächelt. Als ich mich ihm nähere, breitet er bereits seine Arme aus. Will er mich umarmen? Bevor ich weiter das Für und Wider abwägen kann, zieht er mich in eine feste Umarmung. Ich kann nichts dagegen tun, dass ich mich zwar irgendwie geborgen, aber absolut unvollständig fühle. Ich will, dass Adam das tut, nicht sein Bruder. Und ich befürchte, dass Nick das spürt.

"Du bist ja tatsächlich gekommen", sagt er und fährt sich mit der Hand durchs Haar.

"Ich wäre allerdings am liebsten am Eingang schon wieder gegangen", antworte ich. "Nur, damit du es weißt."

Nick lacht über den gespielt genervten Unterton in meiner Stimme, aber ich glaube, dass er gleichzeitig weiß, wie ernst ich es meine. Mir fällt auf, dass er keine Paparazzi-Tarnung trägt. Fragend klopfe ich mir mit der Hand auf den Kopf. "Keine Kappe?"

Er schüttelt den Kopf. "Nein, das ist hier nicht nötig. Die meisten Menschen, die hier wirklich einkaufen, sind viel zu alt, als dass sie meine Musik kennen. Und die Wenigen, die es doch hierher verschlägt, werden von den Mitarbeitern aufgehalten, bevor sie mich erreichen."

Staunend hebe ich eine Augenbraue. "Und warum wurde ich dann nicht aufgehalten?"

"Weil du angemeldet warst", grinst er und bevor ich protestieren kann, zieht er mich am Arm in eine Richtung, die verdächtig nach Kleidern aussieht. Als ich die ersten Preise sehe, verfliegt mein Protest über seine Aussage endgültig, denn er wird überschattet von einem noch viel größeren Protest.

"Wie zum Teufel soll ich mir das jemals leisten können, Nick?"

Ein wenig Wut mischt sich in meine Worte. Denkt er, ich könne mir ein Kleid für einige hundert Pfund leisten, wenn ich doch in einer Bar gearbeitet habe?

"Du wirst dir das nicht leisten", sagt er dann erstaunt. "Ich dachte, es wäre klar, dass ich dir das hier kaufe." Bei den Worten *das hier* schwenkt er die Arme ausladend um sich herum.

Sofort will ich klarstellen, dass er keine Chance hat, damit durchzukommen und fange nun tatsächlich an zu protestieren: "Das kann ich nicht annehmen, und das kann nicht dein Ernst sein. Du kennst mich nicht einmal richtig und –"

"Und ich habe viel Geld, ohne zu wissen, was ich damit anfangen soll. Nenn mich eingebildet, aber es tut mir nicht weh, dir einen Gefallen zu tun. Und auf eine Filmpremiere geht man selbst in London nicht alle Tage."

Seine Ergötzung ist in der Tat unverschämt. Sehr unverschämt. Aber er nimmt mir den Wind aus den Segeln. Mir ist bewusst, dass das, was er gesagt hat, der Wahrheit entspricht. Und ich werde das Gefühl nicht los, dass er sich von seinem Plan nicht abbringen lassen wird. Ähnlich wie eine Prinzessin eingekleidet zu werden – ist das nicht der Traum einer jeden Frau? Und dann auch noch, ohne etwas zu zahlen?

Aber so leicht werde ich nicht lockerlassen und während Nick mich spitzbübisch angrinst und sich in Sicherheit wiegt, dass ich ihm kein Widerwort geben werde, schaue ich mich unauffällig um. Die Sachen hier sind tatsächlich allesamt sehr schön, aber ich habe keine Lust auf einen solch teuren Fummel an meinem Körper. Nick schleicht durch die Gänge, fasst hier und da immer mal wieder ein Stück Stoff an, nur um ihn sofort wieder loszulassen. Manchmal mit anerkennendem, zumeist aber mit etwas schockiertem Blick.

"Wäre es dem Herrn denn auch recht, etwas zu kaufen, was nur ein Bruchteil dessen kostet, was wir hier finden werden?", frage ich schließlich ins Blaue hinein.

Nick lächelt zaghaft, ehe er antwortet. "Ich bin jetzt zwar nicht direkt glücklich, aber schlecht finde ich die Idee tatsächlich nicht. Ich verstehe nicht, was daran so teuer sein soll." Er hat einen Fetzen auf einem stabil aussehenden Kleiderbügel gefunden und hält ihn nun in die Höhe. Die seltsame Farbkombination gepaart mit unzähligen

Strasssteinchen bereitet mir beinahe augenblicklich Kopfschmerzen.

Ich muss lachen. Trotz seines Eingeständnisses wirkt er nicht so, als würde er die Worte von vorher zurücknehmen wollen. Es liegt nicht daran, dass die Kleider in diesem Teil von Harrods so teuer sind, sondern dass sie schlichtweg nicht zu mir passen.

"Ich fürchte aber, wir müssen trotzdem in diesem Gebäude bleiben", sagt er dann, etwas unsicher, was irgendwie so gar nicht zu ihm passen mag.

"Du meinst wegen den Securitymännern, die dich vor Frauenangriffen schützen?"

"Du hast es erfasst. Ich wusste, dass mein Bruder sich eines Tages eine schlaue Frau suchen wird." Sein darauffolgendes Zwinkern geht fast unter, weil er sich umdreht und den Weg zu den Rolltreppen einschlägt, die eine Etage weiter nach oben führen.

Dort angekommen fühle ich mich zwar noch immer unwohl, aber nicht mehr ganz so sehr wie zuvor. Auch hier sind die Klamotten noch immer teuer, aber sie überschreiten weder den vierstelligen Bereich, noch sehen sie zu sehr nach verrücktem Designer aus.

Wir haben noch einige Stunden Zeit, bis wir auf die Premiere müssen. Nick und ich albern kindisch herum, indem wir uns immer wieder hässliche Teile zeigen und dann immer wieder lachen müssen. Diese Unbefangenheit, die ich auch bei Adam verspüre, genieße ich auch in diesen Minuten.

Aber im Gegensatz zu Adam werde ich bei Nick das Gefühl nicht los, dass er mit den Gedanken ständig woanders ist. Immer wenn er denkt, ich würde nicht hinsehen, hat er einen eigenartigen Gesichtsausdruck, der irgendwo zwischen Schmerz und träumerischer Abwesenheit liegt. Ich kenne ihn viel zu wenig, um mir ein Urteil erlauben zu können, aber ich vermute, dass das an seinem Leben liegt, das sicherlich ein Wunderbares ist, aber auch mehr Schattenseiten birgt, als man sich vorstellen kann. Allein, dass wir uns hier treffen konnten, muss einen ewig langen Rattenschwanz an Vorbereitungen erfordert haben.

Und jetzt, da ich das weiß, wird mir das an jeder Ecke bewusst. Denn der Mann im Anzug, von dem ich erst dachte, er sei ein reicher Schnösel auf der Jagd nach einem Geschenk für seine Frau, ist auch in dieser Etage ständig in unserer Nähe. Und auf den zweiten Blick hat er ein Funkgerät bei sich und blickt ständig in unsere Richtung. Es muss sich um einen Bodyguard handeln.

Schließlich hat Nick ein dunkelblaues Kleid in der Hand, das am Rücken ziemlich freizügig geschnitten ist, dafür aber auf der Vorderseite eher verhalten und mit wunderschönen, aber unauffälligen Stickereien versehen ist.

"Vergiss all die hässlichen Sachen. Das ist es!", sagt er ergänzend und hält das Kleid in die Höhe.

"Bitte lass es meine Größe sein", murmele ich auf dem Weg zu ihm und muss einen kleinen Jubelschrei unterdrücken, als es sich wirklich als meine Konfektionsgröße herausstellt.

"Anprobieren?", frage ich eher rhetorisch.

"Anprobieren!", befiehlt Nick mit Nachdruck und ich eile zur Umkleidekabine. Selten habe ich so sehr gehofft, dass ein Kleidungsstück mir passt wie in diesem Moment. Und als ich mich in der geräumigen Umkleidekabine endlich umgezogen habe, fühle ich mich zum ersten Mal seit dem Unfall wunderschön. Wunderschön, genau so, wie ich bin. Trotz Narbe, trotz des Schicksalsschlags, den man mir ansieht. Ich bin einfach so, wie ich bin, und ich akzeptiere mich.

"Nicht schlecht", sagt Nick anerkennend, als ich aus der Kabine trete. Er lächelt, ehe er die nächsten Worte sagt, die ich ihm sofort abnehme.

"Wäre Adam nicht schon längst in dich verliebt, dann würde er es ab diesem Abend sein."

-

Wir finden noch ein paar wunderschöne silberne Pumps, die obendrein noch bequem sind, und ein wenig silberfarbenen Schmuck. Nick benimmt sich an den Kassen immer derart unauffällig und schiebt sich so gekonnt vor jegliche Preisschilder oder Anzeigen von Kassendisplays, dass ich überhaupt nicht mehr weiß, wie viel Geld er mittlerweile ausgegeben hat. Ein schlechtes Gefühl macht sich in meinem Magen breit, das vergleichbar mit Schuldgefühlen oder schlechtem Gewissen ist, nur nicht so intensiv. Immerhin hat er ungefähr hundert Mal betont, dass er genug verdient, um mit einem Schlag die ganze Etage aufzukaufen.

"Kann ich mich irgendwie bei dir revanchieren?", frage ich, als wir uns einen Kaffee zum Mitnehmen geholt haben. Wir laufen gemeinsam zurück zu einer geeigneten Underground-Station, von der ich möglichst schnell und unkompliziert nach Hause komme. Die Tüten mit den Klamotten trage ich selbst, als wäre das das Mindeste, was ich tun kann. Nick hingegen hat sich eine dunkel getönte Sonnenbrille aufgesetzt und eine Mütze tief in die Stirn gezogen. Ich glaube dennoch, dass einige Passanten ihn erkannt haben. Einige, die uns entgegenlaufen, tuscheln miteinander und denken vermutlich, wir würden es nicht merken. Andere zeigen auf ihn oder schlagen sich die Hand vor den Mund.

"Mach meinen Bruder glücklich", sagt er schließlich, nachdem er einige Momente nachgedacht hat. Ich nicke erst, dann merke ich, dass er es nicht sehen kann. Einige Meter weiter ragt das typische Underground-Schild aus dem Boden.

Kurz vor der Treppe dreht Nick sich zu mir um und ballt die Faust.

"Wir sehen uns heute Abend. Wir holen dich um sieben ab."

Dann schaut er auffordernd auf seine Faust, die noch immer auf Brusthöhe in der Luft schwebt. Erst nach einigen Sekunden macht es bei mir klick und ich stoße meine Faust gegen die seine, was ihn ein letztes Mal kurz auflachen lässt, bevor er sich umdreht und schon bald wieder anonym in der Menschenmenge verschwunden ist.

Adam

"Wo fahren wir hin?", frage ich Nick, der ungewöhnlicherweise am Steuer meines Autos sitzt. Normalerweise lasse ich andere Menschen nicht mit meinem Range Rover fahren, aber es besteht die Gefahr, dass ich heute Abend etwas trinke, und dann möchte ich nicht selbst den Wagen lenken müssen.

Ich habe erwartet, dass Nick sich so schnell nicht mehr hinter ein Steuer setzen wird, aber da habe ich mich wohl getäuscht. Nach seinem Autounfall, der ihn noch immer mehr beschäftigt, als er zugibt, würde es ihm niemand übel nehmen, wenn er niemals mehr fahren will. Das Ermittlungsverfahren, das zwangsläufig bei so einem Unfall folgt, ist noch nicht abgeschlossen, weil er so lange nicht ansprechbar war. Nick selbst kann sich noch immer an nichts erinnern und der letzte Stand, den wir von den leitenden Ermittlern mitbekommen haben, war der, dass man momentan wohl mehreren sehr schwachen Spuren nachgeht. Wir befinden uns dahingehend in einem unangenehmen Schwebezustand und ich kann mir nicht einmal ansatzweise vorstellen, wie quälend das für meinen Bruder sein muss.

"Wir holen noch jemanden ab", sagt Nick schließlich und reißt mich aus meinen Gedanken.

"Deine Managerin Schrägstrich neue Flamme?", frage ich frech grinsend und er wirft mir einen bösen Blick von der Seite zu, von dem ich allerdings weiß, dass er gar nicht so böse gemeint ist.

Die Gegend, die wir durchqueren, ist mir völlig unbekannt. Das wundert mich aber nicht, denn Nick kennt die besten Schleichwege der Stadt, um nervigen Paparazzi auszuweichen und bei seinem vollen Terminkalender trotzdem immer überall rechtzeitig anzukommen. Denn ich kenne kaum einen Menschen, der so pünktlich ist wie er.

Etwas nervös zupfe ich an meinem Hemd herum, das Jackett habe ich auf die Rückbank gelegt. Ich habe etwas Bedenken, dass mein weißes Hemd einen Fleck abbekommt. Es war das letzte Hemd, das gepasst hat, die anderen haben derart an der Brust gespannt, dass ich Sorge hatte, einer der Knöpfe könnte abplatzen. Das wäre lustig für alle anderen außer mir gewesen, vermute ich.

"Kommt Abby direkt dorthin?", spreche ich ein etwas weniger verfängliches Thema an und ich sehe, wie mein Bruder nickt. Wir halten an einer roten Ampel und die Sonne blendet in ihrem Dämmerzustand so sehr, dass ich Probleme habe, die Lichter zu erkennen. Ich hasse es, dass die Tage nun immer kürzer und dunkler werden. Und kälter.

"Ja, sie ist unterwegs. Ich habe kurz mit ihr telefoniert, bevor wir losgefahren sind. Sie hat gesagt, dass die die besten Plätze sichert."

"Das klingt nach Abby", lache ich und Nick fährt an. Ich blicke aus dem Fenster, weiß noch immer nicht, wo wir sind. Jedenfalls bis wir um zwei weitere Ecken biegen und mir die Gebäude plötzlich doch bekannter vorkommen. Es ist wie in einem seltsamen Déjà-vu, das einen manchmal überkommt. Nur, dass das Gefühl nicht verblasst, wie es eigentlich sein sollte. Ich weiß, wo wir sind. Denn wir sind nur noch wenige Meter von Maggies Wohnung entfernt.

Nick, der neben mir schweigt und bloß wissend grinst, ist zu hundert Prozent der, auf den das hier gewachsen ist. Kribblige Nervosität überkommt mich. Angst. Unsicherheit. Aber als ich sehe, wie sich die Wohnungstür öffnet und Maggie heraustritt, werden alle Gefühle, die ich jemals hatte, in einen dunklen Schatten gestellt, denn nichts ist vergleichbar mit der Art von Freude, die ich mit einem Mal empfinde.

Maggie

Eine frische Brise zieht um meine Beine und meine Füße, als ich hinaus auf die Straße trete. Es ist kurz vor sieben, also etwas vor der abgemachten Zeit, aber ich sehe bereits Adams Range Rover auf mich zukommen.

Ich kann es nicht ändern, dass sich ein dümmliches Grinsen auf meinem Gesicht ausbreitet. Und vor allem kann ich nicht glauben, dass das hier wirklich passiert. Ich? Auf einer Filmpremiere? Es hört sich nicht nur verrückt an, es *ist* verrückt. Und ich bin unglaublich nervös.

Tief in mir ist so viel Freude, dass ich meine Wut darüber, dass Adam sich die letzte Zeit nicht gemeldet hat, für einen Moment kaum mehr spüre. Gleichzeitig schwankt mein Hochmut. Nick hat vorhin kein Wort darüber verloren, ob er seinen Bruder eingeweiht hat. Ich bin einfach davon ausgegangen, dass Adam wusste, was sein Bruder tut. Nun komme ich mir fürchterlich naiv vor. Was, wenn Nick einfach eigenhändig gehandelt hat. Was, wenn Adam mich gar nicht sehen will? Wenn die Brüder nicht darüber geredet haben, was passiert ist? Aber müsste Nick nicht auch die Zeitungsartikel lesen, die über mich geschrieben wurden? Ich selbst habe sie mir nicht angesehen, aber Neela hat mir regelmäßig zusammengefasst, was in meinem Leben so los ist – als würde ich es nicht selbst mitbekommen. Wir haben uns einen Spaß daraus gemacht, aber nun wird mir einmal mehr bewusst, wie wenig ich von diesem Leben im Rampenlicht weiß. Dass mir gar nicht wirklich bewusst ist, wie ich damit umgehen soll. Und doch bin ich auf dem Weg zu einer Filmpremiere.

Glücklich darüber, dass ich mir einen langen Wollmantel von Neela habe leihen können, stecke ich meine eisigen Hände in die Jackentaschen. Durch die getönten Scheiben kann ich nicht in das Auto blicken, als er vor mir zum Stehen kommt, aber Adam steigt bereits aus dem Wagen, als er nicht einmal zum Stehen gekommen ist.

Grundgütiger, er sieht unfassbar gut aus.

Sein weißes Hemd und die dunkle Anzughose sehen so männlich an ihm aus. Sein Duft weht zu mir herüber, während er auf mich zukommt, und meine Knie werden weich. Wenn ich jemals dachte, dass es ein solches Gefühl nur im Film geben kann, dann habe ich mich getäuscht. Echte Liebe kann das wirklich bezwecken.

Als er direkt vor mir steht, weiß ich nicht, was ich sagen soll. Ihm scheint es genauso zu gehen. Wir blicken uns bloß in die Augen und jede Kälte, die ich vorher verspürt habe, ist verflogen. In seinen braunen Augen lodert ein Feuer, das ich noch nie gesehen habe.

Und mein Ärger kehrt mit voller Wucht zurück. Warum hat er mir das alles angetan, sich nicht gemeldet? Mich allein gelassen? Und steht nun hier vor mir, als wäre nichts. Ich würde die letzten Tage gern einfach aus meinem Gedächtnis streichen, vergessen, dass ich eigentlich wütend auf diesen Mann bin. Aber in genau diesem Moment fällt es mir unfassbar schwer. Niemals würden diese Augen mich anlügen. Habe ich vorher noch irgendeinen Zweifel an ihm gehegt, dann ist dieser nun verschwunden. Brian muss mich angelogen haben, denn ich spüre das, was zwischen mir und Adam ist mehr als deutlich. Und noch eines bemerke ich in diesem Moment: Da war niemals echte Wut auf ihn, sondern bloß Enttäuschung. Enttäuschung, dass sich das wunderbare Gefühl, das dieser Mann in mir ausgelöst hat, am Ende aufgelöst hat. Dass er nicht mehr geschrieben hat, mich scheinbar so leicht ignorieren konnte. Meine Zweifel habe ich mir selbst gestreut und ich habe in jeder Minute verstehen können, dass Adam sich von mir abwenden wollte. Ich habe mich hässlich gefühlt, ungeliebt.

Und dann kamen Brians Worte dazu und ich habe mich bloß noch meinem Kummer hingegeben. Aber wütend war ich nie.

"Du siehst wunderschön aus", flüstert er und ich befürchte, jede Sekunde zu schmelzen, mitten hier auf diesem Bürgersteig. Und als er seine Hände besitzergreifend um meine Taille legt, ist es endgültig um mich geschehen. Ich falle ihm um den Hals und kann meine Freudentränen nur schwer unterdrücken. Er ist so warm, sein Bart kitzelt mich im Gesicht.

"Es tut mir so leid. So leid", murmelt er.

Ich weiß nicht, was ich sagen soll, aber er spricht weiter, und der Drang, ihm zu antworten, erlischt.

"Ich habe mich benommen wie ein Arschloch. Ich konnte nicht mehr klar denken, weil ich mir die Schuld für das gegeben habe, was passiert ist. Wenn ich nicht gewesen wäre, dann … dann wäre das alles nicht geschehen. Ich hätte auf dich aufpassen sollen. Müssen. Ich hätte dich beschützen müssen. Stattdessen hat Steven keinen Halt vor dem Menschen gemacht, der mir mehr bedeutet als jeder andere."

"Es ist nicht deine Schuld, Adam", flüstere ich. "Aber du hättest dich melden können. Du hast mich einfach aufgegeben."

Meine letzten Worte klingen eher wie eine Frage und lassen Adam seinen Kopf schütteln.

"Nein, das habe ich nicht. Ich habe dich nicht eine Sekunde aufgegeben. Aber ich weiß, dass keine Entschuldigung der Welt gutmachen kann, wie ich mich verhalten habe." Adam macht eine kurze Pause, ehe er fortfährt. "Ich kann verstehen, wenn du mir nicht verzeihen magst. Nenn mich einen Idioten, weil ich erst den Tritt meines Bruders brauchte, um einzusehen, dass man eine Frau wie dich nicht einfach so gehen lassen kann. Ich nehme jede Anschuldigung an, Mags."

Seine Worte berühren mich tief in mir. Und ich glaube ihm. Glaube ihm, dass er wirklich bereut, was er getan hat.

"Du bist wirklich ein Idiot", sage ich nach einer Weile und trete einen Schritt von ihm weg, lasse ihn los. Er nimmt seine Hände von meiner Taille und augenblicklich wird mir wieder kälter, weil ich ihm nicht mehr so nah bin wie zuvor. Ich sehe ihm ins Gesicht und erkenne den Schmerz in seinen Zügen. Traurig sieht er kurz nach unten und als er mir wieder in die Augen sieht, tritt echte Qual in die seinen. Adam öffnet den Mund, um etwas zu sagen, aber ich unterbreche ihn.

"Ich verzeihe dir."

Sein Mund schließt sich, nur um sich direkt danach wieder ungläubig zu öffnen. Ich kann ein Grinsen nicht unterdrücken, spüre seine Erleichterung. Und dann nimmt er mich wieder in den Arm, fest und voller Energie, voller Freude. "Ich lasse dich nicht mehr gehen, meine Schöne", nuschelt er an meinem Ohr.

"So schnell wirst du mich auch nicht mehr los", antworte ich. Meine Stimme ist vor Freunde und ungeweinten Tränen des Glücks belegt.

Ich weiß nicht, wann ich mich das letzte Mal so vollkommen gefühlt habe.

Adam

Nachdem ich Maggie auf die Rückbank geholfen und mich selbst wieder auf den Beifahrersitz gesetzt habe, ist die Situation zwar real, aber noch immer vollkommen unbegreiflich.

"Alles klar?", fragt Nick, den Kopf nach hinten gerichtet, als er den Motor anlässt. Zwar sehe ich Maggies Reaktion nicht, aber Nicks zufriedener Gesichtsausdruck zeigt mir, dass sie genickt haben muss.

"Gut siehst du aus", sagt er dann schelmisch grinsend und rüttelt damit an meiner Eifersucht.

"Das macht das Kleid", kommt es von hinten. Nick lacht verhalten.

"Das wird es sein."

Ich habe das Gefühl, etwas an der Situation nicht zu verstehen, verschiebe meine Nachfrage aber auf einen späteren Zeitpunkt. Die oberflächliche Vertrautheit zwischen meinem Bruder und Maggie verwirrt mich, aber ich bin zu glücklich, um länger darüber nachdenken zu wollen.

Maggie beugt sich weiter vor, ich spüre ihren Atem an meinem Nacken. Also drehe ich meinen Kopf leicht zur Seite und bin ihr plötzlich ganz nah.

"Alles gut?", frage ich sie leise. Wir fahren in eine Kurve und sie hält sich an meinem Sitz fest.

"Bloß ein bisschen aufgeregt." Gott, es ist so schön, wenn sie mir so nah ist. Und das, obwohl ich mich verhalten habe wie der letzte Depp auf Erden.

"Geht mir genauso", stelle ich klar und ernte dafür einen verwirrten Blick.

"Man könnte meinen, er kennt das alles schon", mischt sich Nick ein, "aber er macht sich noch immer jedes Mal in die Hose, wenn eine Veranstaltung ansteht."

"Dich hat niemand gefragt", sage ich gespielt frostig in seine Richtung gewandt und ich sehe nur, wie er mit einem imaginären Schlüssel seine Lippen verschließt und ihn dann hinter sich wirft. Hinter uns lacht Maggie verhalten. Wie ich dieses Geräusch liebe!

"Wahre Zuneigung unter Brüdern", bemerkt sie neckend, wechselt aber schnell das Thema. "Wann sind wir da?"

"Nur noch ein paar Minuten, wenn der Verkehr uns nicht im Stich lässt", antworte ich ihr, weil Nick demonstrativ schweigt, obwohl er als Fahrer eigentlich am besten Bescheid wissen müsste.

"Und", fängt Maggie wieder an, "wie genau läuft das dann ab?" Sie wird wieder unsicher. Und dieses Mal ist es mehr als verständlich. Wenn ich schon mit Nervosität zu kämpfen habe, wie soll es ihr dann erst gehen?

"Es gibt keinen roten Teppich oder so, falls du das denkst. Es ist ein Parkhaus in der Nähe in das wir fahren werden und dann gehen wir bloß die Treppe runter und in den Filmsaal. Klar werden ein paar Fotografen da sein, aber um die kommt man nicht herum. Ganz sicher haben es auch einige Fans bis an die Tür geschafft und werden uns mit Geschrei begrüßen, aber es ist halb so wild", erkläre ich. "Außerdem bin ich die ganze Zeit bei dir."

Ihr Lächeln ist zuversichtlich, aber bevor sie noch etwas erwidern kann, fahren wir in das besagte Parkhaus hinein. Kurz habe ich Angst um meinen Wagen, der generell nicht für das Fahren in engen Parkhäusern gebaut zu sein scheint, aber Nick findet souverän einen Parkplatz neben einem weißen Mercedes, den er irgendwie seltsam ansieht. Nick steigt sofort aus, als er den Motor ausgemacht hat. Im Gegensatz zu mir hat er eine

Krawatte an, die er kurz richtet, als er steht. Dann sehe ich, dass aus dem Mercedes eine großgewachsene Frau aussteigt, den Wagen umrundet und meinen Bruder in eine vertraute Umarmung zieht. Dass ich nicht gut genug über das Leben meines Bruders Bescheid weiß, um sofort sagen zu können, um wen es sich handelt, versetzt mir einen kurzen Stich, den ich aber sofort beiseiteschiebe. Momentan gibt es wichtigere Sachen. Und die Wichtigste sitzt mit mir im Auto.

"Bereit?", frage ich Maggie und schaue direkt in ihr hübsches Gesicht. Die Narbe ist auffällig und ich glaube, dass sie sie absichtlich nur leicht überschminkt hat. Sie ist bereits heller geworden und nicht mehr so rot wie am Anfang, aber man erkennt sie auch auf viele Meter. Mir macht das nichts aus, ganz im Gegenteil. Auch wenn mir der Anblick jedes Mal vor Augen halten wird, dass ich versagt habe, werde ich sie immer hübsch finden.

"Bleibst du die ganze Zeit bei mir?", fragt sie und senkt den Blick. Sofort denke ich an den Tag, an dem wir uns das erste Mal begegnet sind. Dass aus einem Missverständnis ein solches Gefühl entstehen konnte, wie ich es in diesem Moment empfinde, ist mir beinahe unbegreiflich. Was das Leben manchmal mit einem macht, ist unerklärlich. Aber ist die Liebe nicht meistens unerklärlich?

"Natürlich bleibe ich die ganze Zeit bei dir. Für heute Abend und darüber hinaus."

Ihr Lächeln ist alles, was ich brauche.

-

Wie sich herausstellt, handelt es sich bei der Frau aus dem weißen Mercedes um Nicks Managerin. Und ich kann völlig ohne Wertung behaupten, dass sie wirklich eine sehr hübsche

Frau ist, die Nick allerdings ziemlich zappeln lässt. Mein Bruder hat bloß Augen für sie, so wie ich nur Augen für Maggie habe, aber im Gegensatz zu Maggie und mir laufen seine Avancen oft ins Leere. Ich glaube, wir beide bekommen nicht sonderlich viel von dem Film mit, der auf der Leinwand vor uns läuft. Abby ist die Einzige von uns, die ihre Augen konstant auf das Flimmern gerichtet hat und muss uns nachher dringend eine kurze Zusammenfassung geben, falls wir von irgendwem nach unserer Meinung zum Film gefragt werden.

Maggies silberne Kette glitzert im Licht der Leinwand. Für jeden Anderen hätte das einen Vorwand bedeutet, ihr ununterbrochen auf ihr Dekolleté zu starren, aber ich kann sie nicht anders als in ihrer Vollkommenheit sehen. Dass sie die ganze Zeit so dicht neben mir sitzt, ich jeden ihrer Atemzüge daran spüre, wie ihre Brust sich leicht hebt und senkt und mir ihrer verstohlenen Blicke nur allzu bewusst bin, sorgt nicht gerade dafür, dass sich … bestimmte Körperregionen zur Ruhe setzen können.

Ich bin völlig im Dunkeln darüber, was nach der Premiere passieren wird, aber ich würde nur allzu gerne alles daran setzen, dass ich ein paar Minuten mit ihr alleine habe. Bevorzugt ein paar Stunden, aber mir ist bewusst, dass ich nicht einfach ihr Leben vereinnahmen kann, wo ich mich tagelang überhaupt nicht bei ihr gemeldet habe. Ein normales Date ist das hier jedenfalls nicht. Dafür sind die böse dreinschauenden Bodyguards zu auffällig, die Parfümwolke, die im Kinosaal hängt, viel zu luxuriös, die Kleider und Anzüge viel zu teuer. Aber Maggie und ich werden nie ein völlig normales Date haben können.

Aus einem Impuls heraus greife ich nach ihrer Hand. So, wie ich es schon so oft getan habe. Es müsste ein vertrautes Gefühl sein, aber es jagt mir noch immer wohlige Schauer über den Rücken und an Maggies Reaktion merke ich, dass es ihr ähnlich gehen muss. Für einen Moment blicken wir uns tief in die Augen. Mir fällt es schwer, ruhig zu bleiben, weil ich am liebsten sofort über diese wunderschöne Frau herfallen würde. Aber für den Moment muss es reichen, einfach ihre Hand in der meinen zu halten und zu genießen, dass sie hier ist. Bei mir.

Selten war ich so froh, endlich den Abspann eines Films vor meinen Augen ablaufen zu sehen. Vereinzelt erheben sich Personen von ihren Sitzen und auch Nick und die mysteriöse Managerin machen sich bald auf den Weg nach draußen. Bloß Abby, Maggie und ich bleiben sitzen, bis es hell wird, weil die Techniker das Licht angeschaltet haben. Der Saal ist riesig, aber außer ein paar Popcorntüten leer. Man könnte meinen, dass wichtige Menschen, die zu einer Filmpremiere eingeladen werden, ein weniger schweinisches Verhalten an den Tag legen, weil jeder sie kennt, aber auch hier liegt überall Müll herum, den man getrost hätte mit nach draußen nehmen und wegwerfen können.

"Ist wieder alles gut zwischen euch?", fragt Abby plötzlich in die Stille hinein und zeigt dabei auf unsere immer noch ineinander verschränkten Hände.

Ich muss mich räuspern, bevor ich antworte, weil sich meine Stimmbänder nach dem langen Schweigen belegt anfühlen. "Ich frage mich, wie ich so dumm sein konnte, jemals dafür gesorgt zu haben, dass etwas nicht gut zwischen uns war."

"Du hast nichts falsch gemacht", beteuert Maggie.

"Freut mich jedenfalls, euch so zu sehen." Und dann ergänzt sie an Maggie gewandt: "Lass dir bloß nicht einreden, ich wäre seine Freundin."

Ich kann erkennen, wie die Puzzleteile in Maggies Kopf ineinander rasten und weiß sofort, dass ihr Onkel ihr alles erzählt haben muss. Doch anstatt sauer zu sein, fängt sie plötzlich laut zu lachen an, bis Tränen in ihren Augen schimmern. Abby und ich fallen irgendwann in ihr ansteckendes Lachen mit ein, einfach, weil es befreiend ist. Erst nach einigen Minuten haben wir uns wieder so weit beruhigt, um weiter reden zu können.

"Ich denke, ihr zwei Turteltauben wollt nachher ein bisschen alleine sein. Ich schnappe mir Nick und fahre mit ihm nach Hause." Abby zwinkert mir zu und ich sehe, wie Maggie neben mir errötet.

"Wenn er nicht mit einem schicken weißen Mercedes davonbraust", witzele ich und lockere die Situation so auf. Abby hat die Situation richtig erfasst: Alles, was ich will, ist das, was meine Schwester eben vorgeschlagen hat.

Wir reden noch ein wenig über belanglose Themen, bis Abby sich schließlich erkundigt, ob es hier irgendwo etwas zu essen gebe.

"Vermutlich ja. Da, wo die Reichen und Schönen sind, gibt es doch immer Essen", sage ich ironisch.

"Nur, dass man davon nie satt wird", seufzt sie. "Egal, ich hole mir eine Pizza. Wenn es etwas in London gibt, dann Italiener, die Pizza backen."

Ich nicke zustimmend.

"Möchtest du hier etwas essen? Oder sollen wir uns unterwegs was holen?", frage ich Maggie. Sie zuckt die Schultern und ich weiß im selben Moment, dass sie mir keine ehrliche Antwort geben wird, weil sie Angst hat, genau die Lösung vorzuschlagen, die mir an wenigsten passt.

Auch Abby scheint die Situation richtig einzuschätzen. "Ich würde an eurer Stelle woanders was essen." Sie steht auf, streicht sich das Kleid glatt und schnappt sich ihre Handtasche. Ohne eine Antwort abzuwarten, entfernt sie sich von uns. "Guten Appetit!", ruft Abby im Weggehen und wir sind endlich allein.

Maggie

Am Ende haben wir uns auch für Pizza entschieden. Beflügelt von einem schönen Abend sitzen wir nun im Adams Range Rover. Er hat bereits den Motor ausgestellt und ich habe zwei leere Pizzaverpackungen auf dem Schoß.

"Ich hätte ja viel von dir erwartet, aber nicht, dass man in deinem Auto essen darf", necke ich ihn.

"Ich stecke eben voller Überraschungen", grinst er.

"Das glaube ich dir aufs Wort."

Meine Schuhe, die ich irgendwann einfach abgestreift habe, liegen im Fußraum. Aufregung regt sich langsam in mir.

Denn ich weiß, was als Nächstes passieren wird. Wir stehen vor seiner Wohnung. Das Kribbeln zwischen uns haben wir beide gespürt. Diese Anspannung, die es nur gibt, wenn sich zwei Menschen so sehr begehren, wie wir es tun und die keiner Worte bedarf.

Adams Stimme ist belegt, als er spricht. "Kommst du mit nach oben?"

Die Frage ist rhetorisch, denn er lässt mir in dieser Situation wohl kaum eine andere Wahl. Aber es ist genau das, was ich will. Ich beiße mir auf die Lippe und vergesse für einen Moment, dass er mir damals gesagt hat, wie verrückt ihn das macht. Und auch jetzt schlüpft ihm ein leises Stöhnen aus den leicht geöffneten Lippen, als ich nicke.

Dann geht alles schnell. Er nimmt die Pizzaverpackungen und wirft sie achtlos nach hinten. Er schnallt mich ab und streift dabei über meine Hüfte, was sofort gierige Blitze in meinen Körper schießt. Bevor ich reagieren kann, ist er ausgestiegen und hat den Wagen umrundet, um mir die Tür aufzuhalten. Schnell schlüpfe ich in meine Pumps und steige ebenfalls aus, nur um mich direkt in einer liebevollen Umarmung wiederzufinden. Adam zieht mich immer noch an sich, während er die Autotür hinter mir schließt und den Wagen verschließt.

"Morgen wird dein Auto fürchterlich nach Pizza stinken", wende ich ein.

"Ich bin mir noch nicht sicher, ob wir zwei das Bett morgen überhaupt verlassen werden, um das zu überprüfen", raunt er an meinem Ohr.

Oh. Mein. Gott.

Ich schlucke. Adam zieht mich zur Wohnungstür und schließt einarmig auf. Ich habe kaum Zeit, mich darüber zu wundern, wie er das schafft, weil er meine Lippen mit einem wilden Kuss verschließt. Wir stolpern das Treppenhaus nach oben, er trägt mich mehr, als dass ich selbst laufe und ich habe die Befürchtung, meine Schuhe einfach zu verlieren. Nicht, dass es mich in diesem Moment kümmern würde. Das Kunststück mit der Tür vollbringt er ein zweites Mal und plötzlich stehen wir in seiner Wohnung.

Für einen Moment stoppen seine Küsse und ich habe kurz Gelegenheit, mich umzuschauen, weil er die Tür von innen zuschließt und den Schlüssel stecken lässt. Eine Sicherheitsvorkehrung, die mir einmal mehr bewusst macht, mit was für einem Mann ich hier stehe. Der Gedanke daran, wie viele Frauen ohne mit der Wimper zu zucken mit mir tauschen würden, macht mich noch ein Stück nervöser.

Adam räuspert sich, hat seine Hand aber noch immer besitzergreifend auf meiner Hüfte abgelegt. Ich bin mir seiner Berührung und der stromschlagähnlichen Blitze, die sie auslöst, überdeutlich bewusst.

"Möchtest du etwas trinken?", fragt er mich und ich bin kurz verwirrt. Ich habe mit allem gerechnet, aber nicht mit einer so alltäglichen Frage.

"Nein, danke", antworte ich ihm und muss zu meinem Leidwesen feststellen, dass er mich dennoch loslässt. Die offene Wohnküche und der Tresen, der die beiden Bereiche teilt, breiten sich vor mir aus. Drei Barhocker sind am Tresen aufgereiht und ich setze mich auf einen von ihnen, während ich Adam beobachte, wie er ein Glas von der Spüle nimmt und es mit Leitungswasser füllt, um es im Anschluss mit wenigen Schlucken leer zu trinken. Seine breiten Schultern lassen sein Jackett spannen und in meinem Unterleib fängt es an zu kribbeln.

"Maggie", setzt er an und dreht sich zu mir. Sein Blick ruht liebevoll auf mir. "Hör mir kurz zu."

Dann schweigt er, bis er direkt vor mir steht. Wieder umfasst er meine Taille.

"Du bist etwas ganz Besonderes für mich. Ich will nichts mehr, als dich die ganze Zeit in meinen Armen zu halten, und ich werde nichts tun, wozu du nicht bereit bist." Seine tiefe Stimme bringt mich um den Verstand. Als Bestätigung dafür, dass ich seine Worte verstanden habe, drücke ich ihm einen liebevollen Kuss auf die Lippen.

"Ich will dich nicht verlieren, nicht noch einmal. Du bestimmst das Tempo, Süße", fügt er flüsternd hinzu.

Meine Antwort ist ein weiterer Kuss. Diesmal intensiver, fordernder. Ich kann ein Stöhnen nicht unterdrücken und sein Griff bleibt liebevoll, wird aber fester. Ich glaube ihm jedes seiner Worte, aber ich habe mich noch nie so bereit für irgendwas gefühlt wie in diesem Moment. Ich will ihn und ich spüre deutlich, dass es ihm genauso geht. Also greife ich nach seiner Hand, entferne sie sanft von meiner Seite und schiebe sie weiter nach oben, bis Adam meine Brust berührt.

"Oh, Süße", murmelt er und verstärkt den Kuss noch ein Stück mehr. Das Knistern zwischen uns erfüllt den ganzen

Raum. Ich komme kaum zum Luft holen und nutze daher den kurzen Moment zwischen zwei Küssen, um die Worte, die ich dringend loswerden möchte, zu sagen.

"Bett?", frage ich atemlos. Anstelle einer Antwort hebt Adam mich hoch. Er trägt mich in sein Schlafzimmer und ich habe bloß Augen für ihn. Er legt mich behutsam auf die weiche Matratze und streift sein Jackett von den Schultern, um es achtlos auf den Boden fallen zu lassen. Dann nimmt er mir die Schuhe von den Füßen und stellt sie an das Fußende des Bettes. Und ehe ich mich versehe, ist er über mir. Wir sind beide noch bekleidet, aber ich spüre die Hitze zwischen uns deutlich. Sein Gesicht ist meinem so nah, aber immer noch nicht nah genug.

"Ich liebe dich, Maggie", murmelt er, kurz bevor er meinen Hals mit leichten Küssen bedeckt, die mir kurz den Atem rauben.

"Ich liebe dich auch, Adam", flüstere ich schnell atmend. Meine Hände wandern an seine Brust und obwohl es eigentlich nicht zu mir passt, ergreife ich die Initiative und knöpfe sein Hemd auf, was ein weiteres leises Stöhnen zur Folge hat. Unsere Bewegungen werden immer schneller und unser Atem immer hektischer. Schließlich hilft Adam mir und knöpft seine Hose auf, wirft sie genauso achtlos hinter sich wie vorher sein Hemd und sein Jackett. Und dann, endlich, zieht er mir so sanft und zärtlich mein Kleid und meine Unterwäsche aus, dass ich das Gefühl habe, Schmetterlinge tanzten auf meiner Haut. Eine Gänsehaut überkommt mich, als ich schließlich nackt vor ihm liege, aber ich fühle mich nicht unwohl.

"Du bist wunderschön, Süße." Ich kann eine Verzweiflung in seiner Stimme hören, die mich noch mehr zittern lässt.

"Und ich gehöre nur dir", beteuere ich. Adam hält kurz den Atem an, dann stöhnt er ein weiteres Mal, fast so, als könne er nicht glauben, dass das hier wirklich passiert. Jedenfalls geht es mir so.

Als er mich jedoch ohne Vorwarnung an meiner empfindlichsten Stelle berührt, werde ich augenblicklich in die Realität geworfen. In die süße, wunderschöne Realität, die noch nie so vollkommen war wie in diesem Moment. Ich schließe die Augen und hoffe, dass der Moment nie vorübergeht, schwebe auf Wolken und spüre viel zu schnell den süßlichen Schmerz. Ich klammere mich an Adams Schultern fest.

Als ich die Augen öffne, sehe ich ihn direkt vor mir.

"Oh, verdammt Baby", murmelt er mit gequältem Gesicht. "Womit habe ich das bloß verdient?"

Damit spricht er genau das aus, was ich denke, aber ich komme nicht dazu, etwas zu sagen, weil er mich wieder zu küssen anfängt. Ich habe das Gefühl, dass seine Küsse noch viel liebevoller sind. Trotz meiner Müdigkeit bin ich noch immer voller Begehren und streichle seine nackte Brust, ehe auch ich meine Hände tiefer bewege und ihm auch das letzte Kleidungsstück ausziehe.

Wir lieben uns so oft, dass wir irgendwann bloß erschöpft nebeneinander einschlafen. Das, was zwischen uns ist, ist unbeschreiblich.

Ich habe das Gefühl, dass ich endlich komplett bin.

-

Noch bevor ich meine Augen aufgeschlagen habe, spüre ich, wie glücklich ich bin. Der gleichmäßige Atem des Mannes neben mir und das sanfte Gezwitscher der Vögel draußen vor dem Fenster, das erfüllte Gefühl tief in mir und das Lächeln, das sich unweigerlich auf mein Gesicht stiehlt, sind die Gründe dafür. Für einige Momente blicke ich Adam an und kann kaum genug von ihm bekommen. Ich trage ein Shirt von ihm, das mir viel zu groß ist und mir bis über den Po reicht, während sein

Oberkörper noch immer nackt ist. Er trägt bloß Boxershorts und hat mich liebevoll mit der Decke zugedeckt, sodass er nun ohne Decke geschlafen haben muss. Schuldgefühle regen sich in mir und ich kuschele mich samt Decke, die ich sorgsam über ihn ausbreite, an ihn.

"Schon wach, Süße?", fragt er verschlafen.

"Habe ich dich geweckt?", ist meine bestürzte Gegenfrage. Wecken wollte ich ihn nicht. Oder hat er gar nicht mehr richtig geschlafen? Er erwidert meine Umarmung und schlägt die müden Augen auf. Sein leises Lachen erfüllt den Raum.

"Es sieht dir ähnlich, dass du dir darum Sorgen machst", bemerkt er. "Ja, du hast mich geweckt, Baby, aber ich bin so müde, dass ich gleich wieder einschlafen werde."

Ich kichere. "Wenn das so ist", setze ich an, "wäre es okay für dich, wenn ich mir schnell etwas zu trinken hole?"

Sein müdes Nicken ist seine letzte Reaktion, bevor sein Atem bereits wieder so gleichmäßig wird, dass er schlafen muss. Vorsichtig schäle ich mich aus seiner Umarmung und bahne mir meinen Weg in die Küche. Endlich bekomme ich die Gelegenheit, mir seine Wohnung anzusehen. Sie ist großzügig geschnitten, es hängen viele Kunstdrucke an den Wänden. Und die Farben sind allesamt dunkel gehalten, nur vereinzelt finden sich bunte Töne. Ich schnappe mir ein Glas und fülle es genau wie Adam am Abend zuvor mit Leitungswasser. Nur in T-Shirt bekleidet ist es mir zu kalt und ich beschließe, mir einfach später alles von Adam zeigen zu lassen. Kurz war ich schon einmal hier, aber damals war ich viel zu nervös, um tatsächlich wahrzunehmen, wie es hier aussieht. Viel lieber möchte ich jetzt zurück ins Bett. Vielleicht kann auch ich noch eine Runde schlafen.

Als ich das Schlafzimmer betrete, habe ich schon wieder nur Augen für den Mann, der im Bett liegt. Und bemerke deshalb die Kiste nicht, die mitten in meinem Weg liegt und an der ich mit schmerzhaft meinen kleinen Fußzeh anhaue.

"Autsch!", rufe ich und sehe sofort, wie Adam zusammenzuckt und dann die Augen aufschlägt.

"Was ist los?", fragt er wie aus der Pistole geschossen. Ich würde die Sache gern einfach unter den Teppich kehren, aber ich sehe, dass ich die Kiste nicht nur berührt, sondern umgeworfen habe. Unzählige kleine Zettel sind herausgefallen, was es mir unmöglich macht, die Situation einfach zu überspielen.

"Sorry, das tut mir leid", sage ich betroffen.

Adam steht auf und wirft einen Blick auf das Schlamassel, das ich angerichtet habe. Kurz befürchte ich, dass er meckern wird, aber er kommt direkt auf mich zu und nimmt mich in den Arm.

"Hast du dich verletzt?", fragt er mit besorgter Miene.

"Nein", sage ich, "nur Unordnung gemacht. Ich räume das auf."

Seine Umarmung verlassend bücke ich mich, um die Zettel einzusammeln und wieder zurück in die Kiste gleiten zu lassen.

Als ich sehe, was es für Zettel sind, stockt mir kurz der Atem. So ein Stück Papier habe ich schon einmal gesehen. Gerade kann ich es nicht zuordnen, aber etwas arbeitet in meinem Kopf …

Adam setzt sich neben mich auf den Boden. Sein unsicherer Gesichtsausdruck passt so gar nicht zu ihm.

"Was ist das?", frage ich, als ich noch immer nicht genau zuordnen kann, woher mir diese Art von Zettel bekannt vorkommt.

Adam lacht peinlich berührt.

"Das … sind Zettel", spricht er das Offensichtliche aus.

"Hör zu, du musst mir nicht verraten –", beginne ich, doch er unterbricht mich.

"Lies sie."

Und das tue ich.

Weil du noch immer die schönsten Augen hast.

Weil dein Lachen noch immer ansteckend ist.

Weil dein Herz noch immer strahlt.

Weil mein Kopf nur an dich denkt.

Weil deine Stimme wie Honig ist.

Und dann fällt es mir ein, wo ich das letzte Mal einen solchen Zettel gesehen habe. Nick hat mir einen dieser Zettel gegeben.

"Hast du das hier alles geschrieben?", frage ich ergriffen. Tränen bilden sich in meinen Augen. Als wäre es ihm unangenehm, nickt Adam, ohne etwas zu sagen.

"Warum?", hauche ich.

"Warum?", wiederholt er meine Frage ungläubig, sieht mir tief in die Augen und legt seine Hand auf meine Wange, auf meine Narbe. Seine Antwort trifft mich mitten ins Herz.

"Weil ich dich noch immer liebe. Und weil ich dich für immer lieben werde, egal, was das Leben mit uns macht."

Kapitel elf - Ein Jahr später

"Weil mein Herz noch immer für dich schlägt"

Maggie

Irrer Stalker muss für acht Jahre ins Gefängnis

Nachdem der Angeklagte Steven M. schon einmal wegen schwerer Körperverletzung angezeigt und zu einer Bewährungsstrafe verurteilt wurde, hat er im letzten Jahr erneut schockiert. Nicht nur der Unfall des Sängers Nick McGuire geht auf das gefährliche Konto des Stalkers Steven M., auch der Überfall an Maggie Gruber, der Verlobten von Adam McGuire, soll der Täter lange geplant und schließlich völlig gewissenlos durchgeführt haben. "Die Grausamkeit seiner Taten ist erschreckend", so der Richter. Dass er versucht hat, eine ganze Familie auseinanderzureißen, ist unvorstellbar und zeigt einmal mehr, wie gefährlich es sein kann, in der Öffentlichkeit zu stehen. Die Verurteilung wird der Familie wohl etwas Ruhe geben, aber die schlimmen Ereignisse haben Spuren hinterlassen und werden sicherlich nie ganz in Vergessenheit geraten.

Die Zeitung liegt auf dem Küchentresen, daneben meine halb volle Müslischale. Es ist kurz vor neun und ich höre, wie Adam im Bad leise summt, während er sich umzieht. Ich will gerade aufstehen, um meinen leeren Kaffeebecher aufzufüllen, da summt neben mir mein Handy. Als ich sehe, wer der Anrufer ist, stiehlt sich ein Lächeln auf mein Gesicht.

"Hey Brian", sage ich fröhlich und klappe mit der freien Hand die Zeitung zu.

"Na Prinzessin. Geht es dir gut?", fragt mein Onkel mich und ich bejahe seine Frage. "Und dir? Hast du schon gelesen, was passiert ist?"

"Du meinst, dass der Mistkerl endlich das bekommt, was er verdient?", ist die rhetorische Frage am anderen Ende der Leitung. Ich muss befreit seufzen. Zwar wussten wir schon, dass Steven hinter Gitter kommt, aber es nun noch einmal schwarz auf weiß gedruckt zu sehen, gibt mir eine beruhigende Gewissheit. Und auch, dass ich mit meinem Onkel darüber sprechen kann, erfüllt mich mit Zufriedenheit. Nicht lange nachdem Adam und ich wieder zueinandergefunden haben, bin ich zu meinem Onkel gefahren. Ohne Ankündigung habe ich bei ihm geklopft. Und als er die Tür geöffnet und mich gesehen hat, hat sein Gesichtsausdruck zwischen Schmerz und Freude gewechselt. Wir haben uns ausgesprochen. Und dann beide schnell gemerkt, dass man eine Familie nicht so leicht auseinanderreißen kann. Brian hat mich bloß schützen wollen, hat dabei aber völlig falsche Schlüsse gezogen und mich dabei weder zu Wort kommen lassen wollen noch einsehen können, dass er sich verrennt. Es tat ihm leid. Und ich habe unsere schnelle und unkomplizierte Versöhnung nur zu gerne angenommen.

"Was machst du heute Abend?", fragt Brian mich schließlich und mein Grinsen wird noch breiter.

"Mom, Dad und Courtney vom Flughafen abholen", sage ich dann und höre, wie mein Onkel flucht. "Verdammt, das habe ich ja ganz vergessen. Brauchst du mein Auto?"

"Nein, ich nehme das von Adam", versichere ich ihm. Wie aufs Sprichwort erscheint mein Verlobter im Flur, die Haare noch feucht vom Duschen. Ich forme mit den Lippen still Brians Namen, damit er weiß, mit wem ich rede, und schon verschwindet er lächelnd im Schlafzimmer.

"Bist du nervös?", will mein Onkel schließlich wissen. Am liebsten würde ich laut ja schreien, aber ich versuche, wenigstens äußerlich cool zu bleiben. In Wahrheit bin ich unfassbar nervös. Es ist das erste Mal, dass meine Eltern und Courtney mich in London besuchen. Nachdem ich vor knapp zwei Monaten zu Adam gezogen bin, weil Neelas Schwester von ihrem Auslandsjahr zurückkam und sich die Situation einfach so ergeben hat, hat meine Mom irgendwann gefragt, ob sie mich nicht einmal besuchen kommen können. Erst war ich skeptisch, aber es hat sich viel verändert in den letzten Monaten.

Dad hat nur noch einen kleinen Posten in seiner Partei und ist mehr daheim. Mom und er reisen viel, verbringen manchmal einfach ihre Wochenenden in Wellnesshotels. Das Geld dafür haben sie, und nun endlich auch die Zeit. Ein bisschen wehmütig bin ich schon, dass dieser Wandel nicht schon viel früher passiert ist, aber ich freue mich für die beiden. Und mein Leben hier ist beinahe perfekt.

Ich habe mich noch immer nicht an die Paparazzi gewöhnen können. Und ich bin noch immer unsicher, wenn ich alleine unterwegs bin, obwohl das mittlerweile nur noch sehr selten der Fall ist. Aber eigentlich könnte es kaum besser sein. Jedes Mal, wenn ich auf den Verlobungsring an meiner Hand sehe, könnte ich vor Freude ein paar Tränen verdrücken. Und immer, wenn Adam mich in den Arm nimmt, fühlt es sich schöner an als beim Mal davor. Die Bar läuft gewohnt gut und Adam steckt viel Zeit hinein. Ich arbeite mit ihm dort, habe aber mittlerweile einen kleinen Onlineshop mit meinen selbstgenähten Artikeln eröffnet und verdiene tatsächlich ziemlich gut daran. Den Hobbymarkt in Notting Hill besuche ich noch immer einmal im Monat und verkaufe auch dort einen Teil meiner Sachen. Der

Andrang ist immer riesig und ich freue mich über jeden, der meinen Stand mit einem Lächeln wieder verlässt.

Nick ist mit neuer Musik beschäftigt und lässt sich nur selten blicken. Abby wird ständig für irgendwelche Modemagazine gebucht und strahlt mich von verschiedenen Titelblättern an, wenn ich an einem Kiosk vorbeilaufe. Es ist, als wäre ich schon Ewigkeiten ein Teil von Adams Familie und Abby und Nick sind mir ans Herz gewachsen.

"Ja, schon. Aber ich freue mich", antworte ich meinem Onkel endlich auf seine Frage.

"Sag mir Bescheid, was ihr macht. Vielleicht kann ich irgendwann auch mal allen hallo sagen. Ich muss jetzt leider los. Mach's gut, Prinzessin", sagt er noch und hat aufgelegt, bevor ich antworten kann.

Ich lege das Handy neben mich und esse schnell den Rest meines Müslis. Eine Kiste voller Stoff wartet darauf, von mir ausgepackt zu werden, und ich muss noch einige Kissen nachproduzieren, weil die ersten Kunden online ihre Weihnachtsgeschenke bestellen.

"Hey Süße", murmelt Adam plötzlich hinter mir und umarmt mich so fest, dass ich mich nicht mehr bewegen kann. Er macht mich so glücklich. Es ist schwer in Worte zu fassen, was er in mir auslöst.

"Musst du mich so erschrecken", beschwere ich mich lachend und ziemlich halbherzig und versuche, mich aus seinem Griff zu winden, was unmöglich ist.

„Geht es dir gut?", fragt er mich und wirft dabei einen Blick auf den Artikel, den ich eben gelesen habe und der noch offengeschlagen auf dem Tisch vor mir liegt.

„Ja, alles ist gut", sage ich und meine es zum ersten Mal seit langer Zeit wirklich und wahrhaftig ernst. Es hat eine Zeit gedauert, bis ich mich mit der ganzen Situation so arrangieren konnte, dass sie nicht mehr meinen Alltag bestimmt hat. Neela und Conrad haben mir geholfen, aber am meisten habe ich wohl Adam zu verdanken. Er ist immer da, seine feinfühlige Art macht es leicht, sich mit jedem negativen Gedanken an ihn zu wenden. Und ich weiß, dass auch er mit mir über alles redet, was ihn bedrückt. Wir verbringen unzählige Abende nur damit, über alles zu sprechen, mit dem klar zu kommen, was passiert ist. Wir haben es geschafft, haben die Schatten zwar nicht hinter uns gelassen, aber immerhin so weit in den Hintergrund gerückt, dass sie nicht mehr bei jedem Schritt neben uns sind.

Adam lächelt. „Du bist die stärkste Frau, die ich kenne, weißt du das?"

„Und du der stärkste Mann, den ich mir vorstellen kann.", gebe ich zurück. Eine leichte Röte überzieht meine Wangen, die Adam sogleich mit einem Kuss belegt.

"Ich bin um sieben hier", erklärt er dann und legt mir seinen Autoschlüssel auf den Küchentresen. "Gehen wir alle zusammen was essen?"

Ich nicke und er lässt mich los. Wir haben noch keine richtigen Pläne gemacht, was wir in der kommenden Woche, in der meine Eltern und Courtney hier sind, alles machen wollen. Wir haben zwei Zimmer in einem guten Hotel nicht weit von hier gebucht, als klar war, dass sie kommen.

"Ich freue mich", sagt Adam noch, bevor er sich von mir verabschiedet und mir einen weiteren liebevollen Kuss gibt.

"Pass auf dich auf", sage ich noch, während er die Tür öffnet. Er nickt. "Du auch, Maggie. Ich liebe dich."

Ich muss lächeln. "Ich liebe dich auch."

Ende

Danksagung

Wo fängt man bloß an, wenn man an dieser Stelle angekommen ist? Wenn der Traum, den man so viele Jahre hatte, tatsächlich wahr wird? Ich weiß nur, dass ich ohne die vielen wunderbaren Menschen um mich herum nicht an diesem Punkt sein könnte, dass der Traum vom eigenen Buch weiterhin nur ein Traum wäre, wenn ich nicht so viel Unterstützung gehabt hätte.

Danke an Mama, Papa, Oma und Opa, denn ohne euch hätte ich niemals so weit kommen können. Eure Unterstützung und Liebe ist das Wertvollste, was ich haben kann.

Danke an meinen Freund Sandro, der immer an mich glaubt und der sich so oft anhören musste, dass ich kurz noch den einen Satz aufschreiben muss (bei dem es natürlich nicht blieb). Danke, dass du dir ständig meine Ideen angehört hast und dass du mich so grenzenlos unterstützt. Mein Herz schlägt für dich!

Danke an Katha für das wundervolle Cover und die unzähligen Sommerabende auf deiner Terrasse.

Danke an Vivien, meine erste Leserin, die dann auch noch meine persönliche Lektorin wurde. Ohne dich gäbe es eine Menge lose Enden.

Danke an meine unheimlich wertvollen Testleserinnen. Ihr hab mir nicht nur Mut gemacht, sondern auch geholfen, meinem Traum den letzten Schliff zu geben.

Danke an „Bookstagram" – meine hunderten bücherverrückten Bloggerfreunde, ich habe euch alle in mein Herz geschlossen. Was wäre ich bloß ohne diese Community?

Und natürlich danke an dich! Danke, dass du mein Buch gelesen hast, dass du Maggie und Adam begleitet hast. Ich hoffe, dass es dir gefallen hat!

Über die Autorin

Bianca Magens wollte schon immer Autorin werden und schreibt schon seit ihrer Jugend Kurzgeschichten, mit denen sie in Schreibwettbewerben erste Erfolge feiern konnte. Ihre Leidenschaft zu Büchern hat sie Anfang 2017 in einen Buchblog verwandelt.

Wenn sie nicht gerade in ihrer eigenen Schreibwelt ist oder liest und rezensiert, ist sie leidenschaftlicher Fußballfan und verbringt ihre Wochenenden regelmäßig im Stadion.

Kontakt und weitere Bücher

Ich bin für jede Kritik, jedes Lob, jede Rezension und Mail dankbar. Schreibt mir an bianca.magens@gmx.de oder auf Instagram und sagt mir eure Meinung! Das nächste Buch ist in Planung, alle Informationen findet ihr natürlich auch auf Facebook oder Instagram.

Wir hören und lesen uns!

Eure Bianca